Hilos de Seda y Lana

Amelia Lloret Pérez

Primera Edición abril 2014

ISBN 978-84-616-8585-1

Amelia Lloret Pérez

Hilos de Seda y Lana

13 Mayo 2012
Universidad de Granada
Campus de la Cartuja

Estimado profesor Ahmad Sabet:

Quizá le sorprenda el contenido de este correo. Antes de continuar con él, me gustaría presentarme. Soy Roberto Ruíz, profesor titular de Historia Antigua de la Universidad de Granada, España.

Enmarcado en unos estudios que estoy realizando sobre arte persa, aparece un nombre del que necesito saber algo más. Se trata de un tejedor que vivió en Kashan, en la última década del siglo XVII. Su nombre era Mohsen.

No tengo ningún dato que ampare mis deducciones, únicamente la experiencia de tantos años dedicado a estudiar el arte persa. Basándome en ésta, creo que Mohsen pudo ser un artesano tejedor que quizá tuviera, un taller propio donde tejiera las alfombras que con el tiempo, han dado fama a su país. Estaría ayudado por sus mujeres y sus hijos, como era lo habitual, con lo que podríamos pensar que podía haber entre ocho o quizá quince personas trabajando.

Pero como le digo, es una mera suposición. Por las necesidades del mencionado estudio, necesito creer que eso era así. Llegados a este punto, si finalmente acepta, tengo que agradecerle de antemano el esfuerzo que va a realizar para un desconocido, sin objetivo claro, con una dificultad muy grande y como única recompensa la satisfacción personal.

El reto que le propongo es seguir el rastro de la estirpe de Mohsen. Indagar con los datos que le he dado, si los descendientes del tejedor mantienen hoy en día el taller en activo.

Soy muy sabedor de que la gran distancia en el tiempo, más de trescientos años, es un grave inconveniente para seguir la trayectoria de cualquier empresa o incluso persona.

En espera de sus noticias, gracias de nuevo por su atención.

Saludos cordiales,
Roberto Ruíz
Historia Antigua
Universidad de Granada.

22 de Mayo 2012
Universidad de Kashan
Departamento de Arquitectura

Estimado señor Ruíz:

No le voy a ocultar mi sorpresa ante la extraña petición que me hace en su correo de apenas unos días. Me sorprende que no me aporte el dato más importante, el que podría respaldar su solicitud, es decir, el tema de su investigación. Esto me ha hecho dudar.

Señor Ruíz, comprenderá mis recelos si consigo hacerle ver mi punto de vista.

Desde el momento en que se dirige a mí en mi lugar de trabajo, la Universidad de Kashan, es ella la que se vuelve protagonista del estudio que yo pueda hacer. Ella es la responsable de todo lo que acontezca desde ese momento. Es su nombre el que aparece en la posible información que le pueda dar. Al desconocer el motivo de la investigación, su origen y su objetivo me pareció algo arriesgado el realizarla bajo el manto de la Universidad.

Pero siguiendo con la misma línea de pensamiento y dirigiendo la mirada a su Universidad descubro que usted se encuentra en la misma situación. Es ella la que nos pide ayuda para una investigación. Esto me dio la luz necesaria para aceptar su petición.

No insistiré en la necesidad de conocer información sobre la labor que está realizando. Acepto la extrema discreción con lo que lo lleva. Estoy seguro que la Universidad de Granada tiene motivos suficientes para hacerlo.

Después de pensarlo detenidamente, he decidido que si bien va a ser un trabajo extra importante, creo que va a merecer la pena el reto que me plantea. Lo he comentado con compañeros de otros departamentos, como arqueología o arte. Debo decirle que a todos les ha parecido un desafío muy bonito y curioso al que se han adherido gustosamente.

Espero tener pronto noticias sobre los descendientes de Mohsen, el tejedor.

Hasta entonces, reciba un cordial saludo,

Ahmad Sabet

KASHAN 1688

Todavía no era nada, pero advertía que cada pellizco le hacía crecer. Sentía los dedos meterse en lo más hondo de su ser y al instante una brizna de color quedaba sujeta a ella. Con sorpresa iba descubriendo que con ese movimiento constante y repetitivo se agolpaban en la base una infinidad de motas de colores, pigmentos bellísimos sin ningún significado. Los días se sucedían lentos, monótonos, se aventuraba a decir idénticos sin que apreciara cambio alguno, quizá por eso le desesperaba tener la molesta sensación de que no avanzaba. A menudo se sorprendía imaginando su ser después de ver como quedaba unido a ella un brillante hilo de seda. Era entonces cuando su humor cambiaba y el optimismo le invadía intentando adivinar los distintos y variados motivos que finalmente formarían su carácter. Pasaba muchas horas conjeturando como podría ser su vida con arreglo a ellos, creando el lugar ideal donde viviría, dibujando en su pensamiento las gentes que le acompañarían en esa existencia plácida y sosegada. Pero la lentitud del tiempo la angustiaba y cuando de nuevo tomaba conciencia de ello tenía que hacer un gran esfuerzo para que la exasperación no le invadiera. En la quietud de la noche observaba la luna, y secretamente la envidiaba pues la veía disminuir hasta quedar en una fina linea muy parecida a sus hebras para muy lentamente crecer ofreciendo al mundo su redonda belleza. El bello astro alcanzaba su zenit una y otra vez. Ella sin embargo llevaba mucho atada y tensa y, aunque se encontraba cómoda, le desesperaba no divisar el fin y el deseo de descubrir los dibujos que crearían su campo era cada vez más grande. Nadie se lo había dicho, pero sabía que era una alfombra.

Cuatro mujeres estaban sentadas en el rudo tablero del andamio del telar. Sus voces suaves y cantarinas salpicaban el aire de frescura. Hablaban entre ellas casi en un susurro, como queriendo guardar respeto a un lugar sagrado. En la alta y vasta estructura de madera se veía desnuda la trama que acogería el bonito colorido de los hilos. Sabían que tardarían meses en cubrirla, meses para que el campo de la alfombra se fuera vislumbrando a medida que la dura tabla donde se sentaban se elevara para avanzar en la tejeduría. Nunca levantaban la mirada buscando el final. Pacientes y tranquilas consumían las horas anudando uno a uno los nudos que lentamente fueron dándole la vida. Cada vez que Mohsen pasaba junto al telar sus cuatro esposas callaban. Tejían en silencio hasta estar seguras que se había alejado lo suficiente para no molestarle. Entonces el delicado sonido de su conversación se volvía a oír.

Mohsen sentado en el bajo murete de la acequia recortaba plantillas de palmeras que luego guiarían a las mujeres en el tejer. Le gustaba oír el murmullo del agua mientras trabajaba. Era el momento ideal para rememorar sus orígenes, su pequeña historia. Decenas de veces se la había contado a sus hijos para que la aprendieran. Era la única manera que pasara de generación en generación. De no olvidar quienes eran y de donde venían. Con orgullo recordó que era descendiente de una de las tribus nómadas del desierto. Decían que durante cientos de años sus antepasados deambularon por las dunas buscando alimento para sus animales. El tejedor siempre creyó que fue una vida muy dura. Las mujeres se encargaban de ordeñar, moler el trigo que habían obtenido a cambio de leche, amasar y poner a secar los excrementos de los camellos que luego utilizarían para hacer fuego. Como una tarea más del hogar, realizaban unas bastas alfombras de lana que cubrían el suelo de la jaima en un intento de detener las arenas del desierto.

Mientras cortaba el papel imaginaba a sus tatarabuelos salir al alba con el rebaño buscando alimento. Los veía recorrer entre dos o tres parasangas de ida y otras tantas de vuelta guiando a decenas de ovejas entre arena y guijarros hasta encontrar los arbustos que les proporcionarían sustento. Recordó que con el qanat, aquel sistema de pozos que la antigua gente del desierto inventó hacía cientos de años, se garantizarían el suministro del agua, fundamental para la supervivencia de ellos y del ganado pudiendo regresar cuando el sol empezaba a ponerse. El tejedor suponía que las tatarabuelas, como era habitual, les esperarían junto a la hoguera preparadas para cocinar las ricas tortas de trigo que acompañarían al guiso de conejo y al yogur agrio. Ya habrían colocado los cojines en forma de circulo en el centro de la jaima, y mientras los ancianos, que serían lentos y les costaría moverse, tomaban asiento ellas colocarían las viandas. Cada uno de ellos cogería su ración con las manos y se la llevaría directamente a la boca, como el mismo hacía, y disfrutarían, también como a él le pasaba en la actualidad, de ese momento del día charlando animadamente mientras comían. Suponía que al acabar, sentirían en su cuerpo todo el cansancio de la dura jornada. Entonces se echarían en las dobles jarapas que los aislaban del suelo y tapándose con una manta de lana para resguardarse del frío del desierto caerían en un profundo sueño. A la mañana siguiente desmontarían su hogar para seguir un camino que a veces se les antojaría eterno. Mohsen hizo una leve negación con la cabeza, quizá reconociendo la dureza de la vida en aquella época tan lejana.

El tejedor recordaba que el alimento empezó a escasear de forma alarmante y que aquellas tribus no tuvieron otra solución que abandonar gradualmente el nomadismo y adaptarse al ritmo sedentario de las ciudades. A los hombres del desierto no les quedó otra opción que aprender nuevos oficios para subsistir. Muchos se dedicaron a la mercadería, pues no les era del todo ajena; otros se convirtieron en labradores o carpinteros; y otros hicieron de los telares su forma de vida. Sus tatarabuelos eran de estos últimos. Con la vitalidad que le había dado esos pensamientos colocó una palmera recortada a su derecha y continuó con otra.

Deducía que el traslado a la urbe influyó significativamente en las alfombras pues ya no había que frenar la arena en la jaima sino que ahora se buscaba el bienestar de las casas, el calor en el invierno, la ostentosidad. Por lo que atrás fueron quedando aquellas primeras que se realizaban con simples temas geométricos y gruesos nudos, para dejar paso a motivos de medallón, de jardín o de oración. Aunque a él nadie le había explicado esta evolución le gustaba trasladar a sus hijos las propias deducciones. Les explicaba que al cambiar su razón de ser, la confección se enriqueció con los nuevos dibujos que la sociedad demandaba, la trama se perfeccionó, haciendo las ataduras cada vez más pequeñas y perfectas. Para conseguir ese resultado introdujeron lanas más finas y suaves, teñidas con colores vivos que contrastaban entre sí. Estaba seguro que para embellecerla, aquellos antiguos tejedores incorporaron la seda y los hilos de oro en su composición. Con los nuevos materiales los nudos resultantes eran mucho más pequeños por lo que necesitaron un número mayor de ellos para cubrir toda la urdimbre. Su elaboración se tornó lenta y pesada pero a cambio la nitidez de los diseños era cada vez más espectacular y grandiosa. Con la última palmera recortada recogió el pequeño montón y se dirigió a la mesa de trabajo de su primogénito.

Las cuatro mujeres sabían que trabajaban en un encargo muy especial. Era de un rico mercader que había insistido mucho en tener una alfombra de lana que nadie tuviera con un diseño único. Buen conocedor de la mercancía sabía que la kork, la que procedía del cuello o del pecho de la oveja era la mejor y no quería de otro tipo. Mohsen propuso incorporar seda para ennoblecerla y utilizar colores distintos a los habituales azules y tejas algo que entusiasmó a su cliente

El patrón que seguían las esposas lo había diseñado Delshad, el hijo mayor de Mohsen. Describía el jardín del paraíso en su máximo esplendor. La profusión de flores y bellos animales como panteras, tigres o gacelas hacía pensar que ese debía ser, en verdad, el del Sah. Las margaritas o mina kani, las flores abiertas llamadas Sah-Abbas y el jazmín eran las predominantes. La combinación de colores blancos, verdes y amarillos en sus distintas tonalidades atraían la mirada e iluminaban el espíritu. Estaba parcelado en cuatro rectángulos mediante finas alamedas y canales de irrigación donde, por zonas, se podía ver el agua cristalina. Delshad decidió rellenar los bordes de la alfombra con versos sencillos y poéticos de Saib-ebTrabizi, el poeta mejor valorado de Persia. Como era costumbre en el taller de su padre en cada una de las cuatro esquinas tejían la información del trabajo. En la primera esquina izquierda el nombre del fabricante, Mohsen; en la segunda la ciudad, Kashan; en la tercera el año, 1100; y en la cuarta para quién fue hecha, Bahadur Abbas.

Delshad era todavía joven, pero sabía que en poco tiempo debería desposarse con la mujer que eligieran sus padres. Para entonces necesitaba ser independiente y poder mantener a su propia familia. Eso sólo lo podría conseguir instruyéndose en el oficio de su padre y abuelos. Ponía empeño en aprender todo lo referente a la confección de alfombras. Había aprendido a diseñar los dibujos bajo la tutela de su progenitor y, desde meses atrás, realizaba los trabajos sin supervisión. El lápiz de grafito le servía para delinear unos bocetos que más tarde perfeccionaba con otro de punta afilada y fina. Paciente, añadía detalles como hojas, estambres, pétalos o cualquier otro por pequeño que fuera. Componía los colores con polvos que obtenía de algunas plantas, frutas o insectos. Según el origen los diluía en agua o en aceite hasta conseguir una pasta con la que poder colorear el dibujo. En un cuenco distinto mezclaba las bases para lograr el tono que necesitaba.

Esta faceta le entusiasmaba. Estaba dotado de una creatividad muy grande. No repetía los motivos que la familia había hecho desde muchos años atrás, al contrario, incorporaba nuevos diseños, aunque sobre los mismos temas de jardines, jarrones o estampaciones florales. Dedicaba muchas horas a dibujar, pero para él ese tiempo era muy leve, no le parecía que hubiera pasado una jornada completa inclinado sobre la mesa rellenando de color un boceto de líneas negras. Siempre le parecía poco. Disfrutaba tanto que cuando su padre le mandaba a hacer otra labor se enfadaba interiormente por tener que abandonar la mesa de los proyectos, aunque no osaba contradecirle y obedecía de inmediato. Su progenitor estaba contento, pues desde que su primogénito se dedicaba al diseño creyó notar un ligero aumento en los pedidos. El chico conocía como seleccionar la lana y como teñirla, aunque ellos no hicieran ese trabajo y lo encargaran a tintoreros expertos. Cómo convertirla en hilo con los que trabajar. Distinguía y sabía hacer todas las clases de nudos. Aprendió a comprar seda y algodón. Le enseñó el arte del regateo. Mohsen estaba contento con su hijo mayor. Sentía que estaba preparado para afrontar la vida.

Delshad dividía el diseño en seis partes y lo dibujaba en pliegos de papel distintos. Le daba a las esposas los dibujos de un solo pliego. Iba sustituyéndolos a medida que el anterior estaba a punto de ser finalizado. Pensaba que de esa manera las mujeres podían ver mejor los detalles y los colores. Ellas estaban contentas con esa nueva forma de trabajar pues les resultaba más cómoda y los errores se reducían mucho. Hasta que el joven incorporó esa idea, los dibujos de las alfombras se hacían en un sólo plano tan grande que costaba moverlo.

Los dedos, finos pero ásperos y fuertes por el trabajo diario, anudaban la seda en pequeñísimos nudos. En su agilidad parecía como si bailaran una danza ritual, dedos que aparecían y desaparecían entre bellos colores con el sonido del tintineo de las pulseras de metal y madera que adornaban los desnudos brazos de las esposas, guiados por la constancia rítmica del golpe seco del tablón que prensaba el nudo.

Las semanas y los meses pasaban. El andamio de las mujeres subía lenta pero imparablemente para poder seguir tejiendo. Una mañana soleada y calurosa ataron el último nudo de seda. Al fin llegó el momento de bajarla y comprobar que todo iba bien. La alfombra estaba emocionada y muy nerviosa. Era su gran día. Hacía mucho tiempo que sabía que su campo consistía en un bello jardín del Sah. También que su composición era de lana y seda. Con eso mitigó algo la desesperación por la espera, pero ahora sentía unas fuertes ganas de que la miraran, de que la admiraran, de sentir la vida. La pusieron en un suelo llano y examinaron minuciosamente buscando alguna arruga o viendo si estaba torcida. Ella, curiosa y expectante, se dejaba mirar.

Como era previsible no había deficiencias, por lo que pronto se aplicaron con el risheh. Sabían que si los flecos de los extremos no estaban bien rematados podrían soltarse y con el paso del tiempo la trama se iría deshaciendo. Como si peinaran el cabello de sus hijas, fueron trenzándolos entre sí y atándolos con energía. Era una alfombra tan bella, que deseaban que durara el máximo tiempo posible.

Le dieron la vuelta y la colocaron en una especie de rejilla. Con unas hojas de palmas, las cuatro comenzaron a golpear su espalda. La alfombra lo agradeció. De ella fueron saliendo trozos de hilo, pelusa y polvo. Cuando ya no caía nada de su cuerpo, de nuevo le dieron la vuelta, pero esta vez la colocaron en un suelo inclinado y muy limpio. La cepillaron cuidadosamente y la lavaron volcando varios cubos de agua con detergente. Para suprimir la humedad, la enrollaron fuertemente y por último, con gran delicadeza, fueron eliminando el resto con las palmas de las manos, deslizándolas sobre ella, siempre hacia abajo. La alfombra lo sentía como las caricias de una despedida.

Desde que estaba en el telar con todo su cuerpo tirante, veía como las mujeres dedicaban largas horas del día a su elaboración. Notaba sus dedos abrir la urdimbre para atar en ella el hilo. Ágiles repetían el movimiento con rapidez. A medida que avanzaba su elaboración tenía la sensación de ir naciendo a la vida. Descubrió que el continuo roce de esas manos morenas despertaba en ella sentimientos. Le gustaba el tintineo de las pulseras cuando fijaban el nudo. Le gustaba cuando antes de subir al andamio las cuatro mujeres se colocaban frente a ella y la miraban sonrientes. Con la retirada del agua percibió por primera vez la calidez de una caricia.

Durante los días que duró el secado, numerosas personas se acercaron al taller a verla porque pronto se corrió la voz de que en el telar se había creado una obra excepcional. No estaba al sol, pues se podría estropear, pero con la luz que entraba en el habitáculo de secado, resplandecía como si sus rayos cayeran sobre ella directamente. Los colores relucían y brillaban. La extraordinaria nitidez y detalle de los dibujos se podía apreciar muy bien. Había quién se atrevía a más y tocaba las hebras o miraba el acabado de atrás. Preguntaban mil pormenores acerca de su creación. Despertaba gran curiosidad. Como se enteraron de que habían conseguido el mismo peso en cualquier punto de su cuerpo, preguntaron si era voladora. Delshad reía, era evidente que era demasiado grande para volar.

La alfombra no cabía en sí de gozo. No hubiera imaginado mientras era testigo de su nacimiento que iba a ser objeto de tanta expectación. Cuando veía a las esposas anudar los hilos de seda y lana de extraordinarios colores pensaba que todas sus hermanas serían iguales. Pero se dio cuenta de que estaba equivocada. Era tan distinta que decenas de personas entraban en el telar de Mohsen únicamente para verla. Los continuos comentarios y halagos hicieron florecer una vanidad que la hacía fuerte.

Su creador disfrutaba esos días del continuo ir y venir de gentes. Se sentía orgulloso de su obra. Jamás pensó que esto fuera a suceder cuando hacía algo más de una año, empezó a dibujar un jardín. De forma complaciente contestaba a todas aquellas preguntas que los curiosos le hacían. En muchas ocasiones se sorprendió dando explicaciones sobre las herramientas utilizadas, la estructura, las urdimbres o el rajt a personas que él conocía y sabían las respuestas. Algunas de ellas se dedicaban a lo mismo. Era, como si quisieran averiguar un secreto. Algo, alguna técnica que hasta ahora no se hubiera realizado, y de ahí la majestuosidad de esa alfombra. Quizá por eso estaba más orgulloso. Era su propio trabajo en el espectacular diseño del paraíso, la selección de los hilos con sus colores y distintos grosores unido a la perfección en la realización de los nudos hechos por las esposas de su padre lo que daba un resultado tan extraordinario.

Pasados unos días la sorpresa de Mohsen fue grande al comprobar que ya no eran solamente vecinos curiosos los que se acercaban. Hombres ricos, comerciantes en su mayoría, también habían oído hablar de ese taller. Querían averiguar si las maravillas que contaban eran ciertas. Para ellos era muy importante hacer ver su condición económica y social. Sobre todo la primera. Lo hacían, además de con el número de esposas, con sus casas y su decoración, y parte importante en ello adquirían las alfombras. Comenzaron a interesarse por el trabajo de Mohsen. Todos quedaron maravillados ante ella.

Los encargos de alfombras de todo tipo, tamaño y función, empezaron a entrar y Mohsen se vio desbordado. Delshad y las mujeres no podían hacer tantas al mismo tiempo. Le daba miedo contratar anudadoras u hombres tejedores porque, aunque tuvieran experiencia, desconocía la perfección de su trabajo. Si no hicieran los nudos de forma excelente como sus esposas, echarían por tierra la buena fama que habían conseguido.

Kashan estaba lleno de pequeños talleres de alfombras. La mayoría formados por las propias familias, aunque empezaba a haber alguno que sobrepasaba esa frontera. Cuando era encargada, el cliente proporcionaba la materia prima, más un salario diario durante el tiempo que durara su elaboración. Con el sorprendente resultado del último trabajo, Mohsen se preguntaba si éste no había sido demasiado bajo.

El tejedor se dio cuenta de que no podía atender las nuevas peticiones y mantener surtido el puesto que tenía en el gran bazaar. No quería renunciar a los pedidos, pero tampoco podía, al menos ahora, repartir el salario entre los trabajadores y él. No era suficiente. Dos de sus tres hijos varones se encargaban del puesto y otro diseñaba las alfombras. Tras meditar tomó una decisión: el más pequeño abandonaría el bazaar para unirse al diseñador, y entre los dos tejerían alfombras. Se centraron en la construcción de un nuevo telar y pocos días después, empezaron a tejer.

Cuando llegaba alguien interesado en una alfombra, Mohsen lo hacía pasar a su casa. Entraban cruzando el patio que unía el taller y el hogar. Estaba semicubierto con hojas de palma y el suelo humedecido, para evitar en lo posible el polvo de la tierra. La sombra y la humedad, daban frescura al ambiente. Pero era cortés llevar al invitado a la estancia principal, casi única, a excepción de las dos habitaciones traseras, una para los hombres, y otra para las mujeres y los niños. La sala aparecía prácticamente cubierta con distintas alfombras, algunas encima de otras. El hornillo para cocinar estaba en un rincón. En las paredes, tapetes y espejos restaban austeridad al adobe. Varios cojines se distribuían por todo el espacio.

En una ocasión le acercó uno de los cojines a su invitado y cogió otro para él. Se arrodillaron sobre ellos, cara a cara. Le ofreció un té chay que el hombre, respondiendo a la cortesía, aceptó. Tranquilamente, el cliente le expuso sus deseos de cómo debía ser su alfombra y cuál era su destino, algo muy importante para tamaño, formas, materiales y diseño. El tejedor le aconsejó dónde debía adquirir los hilos y lanas. Por su experiencia sabía que había gran diferencia de calidad entre hilanderos y tintoreros. Si la materia prima no era excelente, el trabajo final tampoco lo sería. Discutieron el salario. Desde el éxito de la alfombra, el tejedor pedía un treinta por ciento más. Finalmente quedó en el dieciocho. Sintiéndose osado, exigió una bolsa de monedas de cobre extra, por adelantado, si el cliente deseaba que empezaran sin dilación. Para su asombro aceptó.

Las monedas de cobre, las más utilizadas en los canjes diarios, suponían un ingreso, que aún siendo bajo, empezó a tener cierta fluidez, con lo que pronto pudo comprar telas con que coser nuevos vestidos para la familia y comidas más abundantes y ricas.

Se acercaba el chahar shanbeh suri, o la fiesta del último miércoles del año. Era un día importante. Todo el pueblo saldría a la calle. Mohsen quería lucir vestimentas propias de su éxito profesional. Estaba muy lejos de ser como los ricos mercaderes, ni siquiera tenía casa nueva, pero era notable que ya no era tan pobre como antes. Sentía orgullo por ello, y deseaba que sus vecinos lo vieran.

Pasó una mañana entera en el gran bazaar, recorriendo todos los puestos de telas hasta que encontró las que él pensó que eran las más bonitas. Estaba emocionado. Nunca hasta ese momento había realizado compras tan importantes. Al pasar por una platería, le llamó la atención las joyas expuestas. Miró su saquito de piel, donde guardaba las monedas y comprobó que todavía había suficientes. Entró resuelto a la tienda y adquirió unas sencillas pulseras de plata para las esposas.

La tarde del último miércoles, Mohsen y sus tres hijos salían de casa contentos y vanidosos, vestidos con sus faldas nuevas en forma de campana, camisas con amplias mangas atadas en los puños y encima unas chaquetas cortas. Los turbantes rematados con broches y en las cinturas dagas. Cubriendo toda la indumentaria con un manto. Las esposas, detrás, vestían pantalones abotonados en los tobillos, sobre ellos una especie de viso por encima de los mismos, abiertos en el centro y muy sueltos. Unas blusas ajustadas a los cuerpos sobresalían de las entalladas chaquetillas. La estrechez de la cintura era muy valorada, por lo que se esmeraron en resaltarla. Como los hombres, también llevaban manto. Una trenza negra rematada con pequeñas perlas y las nuevas pulseras de plata ponían fin a su renovado atuendo.

Formaban un grupo muy colorista y llamativo en su humilde barrio de adobe. Recorrieron las calles repletas de gente. Era el día de la gran fiesta. Las hogueras se encontraban repartidas por toda la ciudad. Algunas las hacían entre varios vecinos y amigos y otras, como era el caso del tejedor, eran motivo para que los familiares se reunieran. El grupo se dirigía a la calle donde vivía el hermano de Mohsen. Cuando entraron en ella tuvieron que sortear varias hogueras y mucha gente. Vieron a sus familiares alrededor de una gran fogata. Algunos haciendo palmas, otros bailando, todos felices. La tradición les había enseñado que el fuego era purificador. Una vez al año, en el chahar shanbeh suri, debían saltar sobre las llamas para que éstas quemaran todo lo amarillo que pudiera haber en sus vidas, las enfermedades o debilidades. En el momento de hacerlo, debían impregnarse del vigor y de la vida que únicamente otorgaba el fuego. De la energía que transmitía el rojo de la hoguera. La familia comenzó el rito. Primero los hombres, seguidos de los niños. Por último las mujeres. Cada salto era vitoreado por el resto, que daban palmas y animaban al participante. En el mismo instante debían pronunciar una frase casi mágica: para mí tu rojo, para ti mi amarillo. Sólo así serían liberados de las penurias y bendecidos con la fortaleza. Sus frases se unieron en el aire a la de sus vecinos. Curiosos ecos de varias palabras con infinidad de distintos tonos de voces flotaban en toda la calle. Todos saltaron al menos dos veces. Querían asegurarse de dejar el color maldito hundido en la lumbre. Los niños, ajenos a todo, repetían una y otra vez.

Entraron en la casa agotados pero alegres y, sobre todo, esperanzados con que el deseo se hiciera realidad. El olor a canela inundaba la estancia. Las mujeres se apresuraron en poner el tapete en el centro del suelo de la sala e ir colocando sobre él todos los platos que habían cocinado durante horas. Era la primera vez que podían poner tanta comida diferente. Estofado de ternera con garbanzos, patatas y canela; pollo con granadas; arroz con virutas de zanahorias y pasas; arroz con pistachos y almendras; berenjenas y tomates asados; y varias salsas agridulces para acompañar. Los postres a base de almendras y pistachos y té con menta. Se sentaron todos en los cojines, alrededor de los alimentos. Cada uno empezó por el que más le apetecía. La velada se alargó más de lo habitual. La tisana y los dulces animaban a seguir. Pero faltaban muy pocas horas para abordar un nuevo día. Las esposas e hijas todavía tenían que limpiar la vajilla, almacenar la comida sobrante en los recipientes de barro y guardar cuidadosamente los trajes nuevos en los arcones. Sólo quedaban tres horas para empezar en el telar. Cuando por fin agotadas se tumbaron sobre su kilim, cayeron inmediatamente en un profundo sueño.

El día llegó muy pronto. Las mujeres fueron las primeras en levantarse. Las abluciones ligeras y un rápido, aunque esmerado cepillado del cabello para acabar recogiéndolo en una trenza fueron las únicas acciones dedicadas a ellas. Rociaron la calle y el patio. Encendieron el fuego del hornillo y prepararon la fina masa del pan. Finalmente se dirigieron al telar.

La alfombra veía como la luz del amanecer se intensificaba y alumbraba la estancia. Era la mañana de su recogida. Le parecía especialmente bonita y radiante. Así se sentía ella. En breve iba a tener la vida para la que fue creada. Por fin conocería a su dueño. Seguro que echaría de menos el telar, más aún ahora, con el movimiento que tenía. Estaba orgullosa de haber traído la buena suerte a sus creadores. Eran trabajadores y honrados.

Delshad y su hermano la descolgaron del secadero y sacudieron fuertemente todo su cuerpo varias veces para quitar el polvo que se había colado entre sus hilos de seda y lana durante los días de secado. Cuando pensaron que ya no podía tener nada de suciedad, la colocaron en el suelo. Entre los dos la enrollaron lentamente, con cuidado para que las hebras no se deformaran con el aplastamiento, aunque sabían que era imposible por el poco tiempo que iba a estar de esa manera. Pero si ocurriera, con un simple cepillado volverían a su sitio. Una vez enrollada, la envolvieron con una piel de cabra que ataron con tres cintas de lana, una a cada extremo y la última en el centro. Ella se sentía segura.

A media mañana, llegaron los esclavos de Bahadur Abbas, su dueño. Vestían simplemente con túnicas por encima de la rodilla y de mangas cortas. Eran extranjeros y, como la mayoría de los esclavos, ya habían pasado la primera juventud. Uno era de estatura media y delgado, el otro algo más alto y de complexión fuerte. La alfombra pensó que con su cuerpo podía un solo hombre cargándola sobre uno de los hombros. Pero Bahadur Abbas conocía las calles. Sabía perfectamente que su esclavo podía ser víctima de un robo, por eso le protegía con otro esclavo. Delshad les indicó el bulto que debían coger. No les ayudó. Eran esclavos. El más bajo la cogió y la colocó sin mucho cuidado en su espalda. A ella le molestó ese gesto y pensó que el siervo en su cortedad puede que valorara más un saco de pistachos que una alfombra de seda.

En los pocos metros que le separaban de la entrada le invadió un miedo enorme a dejar lo que había sido su hogar. En él se sentía querida y admirada. La manera en que la habían cogido esos hombres le indicaba que el trato podía ser muy distinto. Temía que el dueño la maltratara, que la dejara enrollada para siempre, que la olvidara. Notó la mano de Mohsen que le daba unas palmadas suaves justo antes de abrir la puerta. Le deseaba una buena vida. Con eso tranquilizó algo su espíritu.

Los dos hombres salieron a la calle. El fuerte brillo del sol les hacía entrecerrar los ojos y en silencio comenzaron a andar en dirección a su residencia. Durante el trayecto, el miedo dio paso a la decepción. Al principio se encontraron con poca gente, pero cuando pasaron cerca del mercado había movimiento de personas que iban o venían de comprar. Nadie reparó en ella. Eso le entristeció mucho. En el telar estaba acostumbrada a que la admiraran. En su gran deseo por salir y gustar, no se acordó de que estaba enrollada y además tapada con una piel. Era imposible que la vieran. A lo sumo, acertarían al pensar que era una alfombra, una de tantas o incluso un simple kilim.

Pasado el mercado, muy cerca de la ceca, apareció de repente la casa más espectacular que podía imaginar. Era muy grande, con varios techos abovedados, dos pisos, jardines y estancias anexas. No esperaba acabar en un palacete. Al verla, se convenció que una vida maravillosa le esperaba dentro. De nuevo se sentía alegre y feliz. Los esclavos rodearon la nueva residencia y entraron por la parte de atrás, donde había una pequeña puerta para los sirvientes y guardias.

La dejaron en un habitáculo sin ventanas, cercano a la cocina. Ésta era tan grande como la sala principal de su hacedor. Se dio cuenta que no estaba sola. Había multitud de vasijas, grandes jarrones, cuadros y espadas. En esa oscuridad pasó mucho tiempo, quizá fueron varias semanas. La alegría con la que abandonó el taller y entró en el nuevo hogar se fue diluyendo en la opacidad de esa solitaria habitación.

Bahadur Abbas llegó un atardecer. Venía cansado, lleno de polvo y sudor. Viajó durante tres días de regreso de Isfahán. Era un importante mercader. Comerciaba con todo aquello que le proporcionara riqueza. La capital le ofrecía, generalmente, más oportunidades que Kashan. Aunque en su ciudad también existía la fabricación de la seda, allí había conseguido tres carretas de una calidad excepcional.

Se despojó de sus ricas vestimentas y se metió en el hammán. El masaje de dos esclavos terminó por adormecerlo. Después sólo tomó un té con menta acompañado de unos pastelillos de miel, y se acostó en el mullido saco relleno de algodón.

El día siguiente, lo dedicó a supervisar el buen almacenaje de la mercancía y a visitar toda su hacienda. Lo hizo junto a su siervo más antiguo y mayor, en el que tenía depositado el encargo de controlarla en su ausencia. Juntos pasaron por la piscina, los jardines y el huerto, comprobaron el estado del sistema de irrigación de ambos, repasaron las distintas dependencias, incluidas la de las mujeres, así como la cocina y su despensa. Al comprobar la cantidad de víveres se enfadó porque lo veía escaso. Si hubiera venido con invitados, habría quedado como un pésimo anfitrión y administrador de su propia casa. Azotó al viejo sin contemplaciones. Prosiguieron la inspección. A continuación entraron en el cuarto oscuro, donde almacenaba todo aquello que compraba y que luego olvidaba o simplemente ya no le gustaba. Era un hombre caprichoso e impulsivo. Con frecuencia se sorprendía en esa habitación viendo objetos que ya no recordaba haber comprado. El criado le advirtió, temeroso, que había un nuevo bulto, la alfombra que meses antes encargó al tejedor Mohsen. Vio que estaba todavía enrollada y cubierta con la piel. Pensó que esta vez el viejo inútil había actuado bien. No le dijo nada sobre ello. Esto debería quedar en sus pensamientos. Podría interpretarlo como un signo de debilidad. Pero esta noticia le borró el mal humor que le causó el estado de su alacena. Mandó a un sirviente que la desenrollara. Ardía en deseos de saber cómo era. Allí mismo, el joven cortó los nudos y la desplegó lentamente. Bahadur Abbas quedó fascinado por su belleza. Ordenó su traslado a la sala fresca. La llamaban así porque construyó una serie de canales subterráneos por donde discurría continuamente agua refrescando de manera natural el aire de la sala.

Era una estancia muy amplia, rectangular y en su último tercio el suelo tenía una altura superior que se alcanzaba con dos anchos escalones. Columnas bellamente decoradas con filigranas estaban dispuestas a lo largo de todo el espacio y en el centro del techo una cúpula con dibujos geométricos en tonos azules, rojos, dorados y blancos. Las paredes con una cerámica de formas romboidales en verdes otorgaban majestuosidad. Las ventanas ojivales dejaban pasar el sol a todo el salón. Había numerosas alfombras distribuidas por distintas zonas y, junto con extraños muebles de otros países, creaban un ambiente extraordinariamente nuevo y acogedor. A ella la colocaron sobre los dos escalones. En ese instante creyó que nacía de nuevo. Después de pasar tanto tiempo encerrada en un cuarto oscuro la intensa claridad que entraba por las ventanas la cegó momentáneamente. El aire que respiraba le supo a libertad. Cuando se adaptó a la luz observó lo que le rodeaba. Le asombró la riqueza de lo que veía. Todo era de una gran belleza y opulencia. No pudo evitar compararla con el salón de adobe y espejos de Mohsen. Cuando superó el desconcierto que le supuso la nueva ubicación se hinchó de orgullo al darse cuenta de que la habían puesto ahí porque era singular y bella, como todo lo que formaba parte de la habitación. Descubrió que su sitio era privilegiado pues se la veía desde cualquier punto, pero sobre todo, era dónde Bahadur Abbas centraba las reuniones.

Casi a diario recibía a hombres de negocios. En ocasiones organizaba abundantes cenas y contrataba prostitutas que bailaban sinuosamente para ellos mientras comían. Los jóvenes esclavos se encargaban de que nos les faltara nada y, una vez finalizaban, retiraban las grandes fuentes dejando solo los tés y dulces. Entonces sus bellos cuerpos morenos, casi desnudos, cumpliendo una tarea más, se deslizaban sobre la alfombra, dejándose acariciar por su amo y sus invitados. Los chicos se retorcían y arqueaban buscando y recibiendo más placer. El señor abrazaba con pasión a su preferido, un jovenzuelo de piel blanquecina, al que había convertido en su amante desde hacía tiempo. Los dos se mezclaban y unían apasionadamente. Sólo cuando llegaban al clímax, aceptaban que una de las prostitutas se uniera a sus juegos. Eran dos hombres para una mujer. Y de nuevo llevaban el sexo al máximo, pero esta vez situando a ella entre ambos. Disfrutaban de las caricias del amado, que apenas alcanzaban a tocar extendiendo sus brazos. Éstos sobrepasaban la figura femenina hasta llegar al del amante, para acabar con las manos entrelazadas en cruz.

La alfombra los recibía cumplidamente. Le gustaba sentir el tacto de los cuerpos desnudos mientras giraban, daban vueltas y gozaban sobre ella. Sus hilos de seda se aplastaban e incluso se tensaban demasiado con los enérgicos movimientos de los hombres. Pero no le hacían daño. Muy al contrario. La tibieza y sudor de su piel le proporcionaba un sentimiento que hasta entonces no había experimentado. Era extraño y algo inquietante, quizá por no saber que era, pero dulce. Le gustaba. Sentía que recibía algo. Se dio cuenta de la importancia de su suavidad en el juego de su amo. Estaba segura de que la habían creado para eso.

Después de disfrutar del sexo, sellaban el acuerdo al que habían llegado durante la cena. Cuando sus invitados se iban, Bahadur Abbas prefería irse a dormir solo, sin amantes ni esposas. Disfrutaba tanto de los negocios como del sexo. Pero ambos le agotaban.

Una mañana recibió un correo avisando de la llegada del holandés. Le interesaba mucho ese hombre. Podía ser el contacto que estaba buscando hacía años. Lo conoció en una recepción con la que el visir agasajó a las personas influyentes de Isfahán. Esas recepciones se hacían, entre otras cosas, como forma de ayudar y fomentar el comercio entre Oriente y Occidente. El holandés y Bahadur Abbas se dieron cuenta de que tenían mucho de qué hablar. Rápidamente el mercader le ofreció su casa. Eran grandes cantidades las que manejaba y eso se merecía un trato tranquilo y meditado.

Llegaría en dos días, tiempo suficiente para estar preparado. Organizó una cena con prostitutas pero sin jóvenes esclavos. Había oído que para los occidentales resultaba una práctica nada deseable. Hizo preparar la mejor habitación del ala de los hombres. En ella dispusieron muebles y utensilios de occidente comprados a otros comerciantes o viajeros. Quería que se sintiera cómodo.

Cuando llegó el invitado, Bahadur Abbas le recibió con gran cortesía, acompañándole personalmente a la habitación y ordenando que sacaran el equipaje. Como venía de un largo viaje, sabía que el hamman, un masaje y posterior baño en la piscina, le ayudaría a quitarse el polvo del camino y el agotamiento del cuerpo. Le ofreció una fresca túnica de algodón para después del baño. Con ella se sentiría cómodo y alejaría el pegajoso calor. El holandés jamás se había puesto una prenda parecida y, menos aún, sin nada debajo. Pero no quería ofender a su anfitrión y la aceptó. Pronto tuvo que reconocer que era muy cómoda y fresca. En los días sucesivos, no dejó de ponérsela.

Conoció a las siete esposas del mercader. Todas de una belleza y elegancia extraordinaria. Era curioso que en Persia las mujeres llevaran pantalones. Los vestidos ceñidos superpuestos estilizaban la figura. La riqueza de las telas, sus estampados y colorido, nada tenían que envidiar a las que llevaban en Europa. Lo mismo ocurría con la de los hombres. Éstos en general, vestían más llamativamente que en el viejo continente, sin contar que aquí ellos llevaban falda. Le resultaba muy extraño y singular.

El holandés también era comerciante. Hasta ahora había importado seda de China. Pero los graves problemas políticos de Asía Central, con continuas guerras y rebeliones y la dificultad del transporte terrestre, le hicieron buscar otros países donde se fabricara ese tejido. Sabía por otros mercaderes del gremio que en Isfahán, el Sah Abbas I había creado un gran centro comercial de la seda, arrebatándosela a los armenios. En efecto, venía de allí, de la capital. Pero la demanda era muy grande. Ingleses y holandeses pujaban por grandes lotes. Los persas conocedores de esa necesidad, incrementaban los precios cada día que pasaba. Ya era muy alto para ser competitivo. Estuvo recorriendo el mercado de Isfahán durante un mes. Visitó a todos los vendedores. Vio muchos de sus talleres, comió con ellos en un afán de llegar a un acuerdo, regateó el precio. A veces conseguía rebajar algunas monedas de cobre, pero muy lejos de llegar a una cantidad adecuada. Con alguno, intentó compensar parte del precio con productos en especie. Pero eso sólo les interesaba en pequeñas transacciones. Llegó a la conclusión que por el hecho de ser extranjero, no llegaría nunca a un acuerdo razonable con ningún proveedor. Por lo tanto, necesitaba otra estrategia. Encontrar un comerciante local que hiciera de intermediario. Eso era lo que le había llevado a casa de Bahadur Abbas.

Durante el segundo día, comenzaron a hablar de los intereses de cada uno. El holandés le explicó su negocio al anfitrión. El importaba seda a Europa, donde luego la distribuía a distintos gremios, bien tapiceros, bien a tenderos para la venta de piezas de tela para vestidos sobre todo de mujer o también para cortinajes. Trabajaba para todo Occidente, tanto Europa como América. Habitualmente compraba en China, pero con las revoluciones tan violentas que se estaban produciendo, temía por su vida. Había puesto sus esperanzas en el gran mercado de la seda de Isfahán como alternativa a Oriente, pero la decepción fue tan grande, que estaba planteándose viajar de nuevo a Asia. Los precios valían la pena.

Bahadur Abbas miraba al holandés mientras escuchaba atentamente los relatos. Aunque ya estaban varias jornadas juntos le seguía sorprendiendo el aspecto de ese hombre. Jamás había visto un pelo tan rojo y una piel tan blanca y pecosa. Tenía que esforzarse por apartar la mirada de su cabello y centrarse en lo que le contaba. Fijó la mente en la seda. Le interesaba introducirse en la ruta que se había creado. Era un negocio muy floreciente desde hacía muchos años. Es verdad que habían conseguido desbancar a China, pero sólo por cuestiones políticas, algo que, estaba seguro, era transitorio. Por otro lado, llevaban tanto tiempo siendo líderes, que su olfato mercante le decía que en breve empezaría el declive. Pero por pronto que llegara, tardaría años. Tiempo suficiente para apostar por ese tejido, y ganar. Le parecía que el otro estaba desesperado, pero no por ello dispuesto a pagar el precio que le pidiera por su carga de magníficas telas. Sin embargo, deseaba profundizar en ese mundo y hasta ahora no lo había conseguido.

Los días pasaban. Los dos hombres paseaban por los bellos jardines, se refrescaban en la piscina, disfrutaban de la rica cocina persa. Hablaban de diversos temas, de costumbres de un país y del otro, de mujeres, pero sobre todo de la seda. Desenvolvieron muchos de los rollos. Bahadur Abbas quería que el holandés apreciara la excelencia del tejido, y en alguno de ellos los bordados con leones, pavos reales y escenas caza, o con flores. Él lo valoraba mucho. En efecto, rayaban la perfección. El holandés apreciaba que sin ser una industria mecanizada, como los telares de occidente, el hilo no podía ser uniforme, por lo tanto el acabado de la tela, debería aparecer con imperfecciones. Pero éstas no las tenían. Eran de un trabajo meticuloso y de muy alta calidad. Aún así, no podía pagar lo que hasta ahora le estaban pidiendo.

Ambos se habían dado cuenta que se necesitaban el uno al otro para triunfar, pero no veían la solución. En la quinta noche, sentados sobre la alfombra, mientras saboreaban un helado de pétalos de rosa, el pelirrojo preguntó cuántos rollos tenía. Cuántos lisos, cuántos estampados, cuántos bordados.

El persa le pasó una lista con el inventario de sus rollos de seda. Sesenta bordados, ciento cuarenta y cuatro lisos, noventa y seis estampados. Trescientos en total. El otro apuntaba estos datos en una libreta de piel marrón. Hacía números. Los tachaba y escribía otros. Absorto en ellos, no levantaba la mirada del cuaderno. Le preguntó si le podría conseguir esas mismas cantidades, o muy aproximadas, otras veces durante el año. Quizá esos lotes era un único cargamento. El dueño de la alfombra no lo dudó. Conocía a todo el mundo, viajaba a menudo a Isfahán. Sí. Lo podía hacer.

Le explicó que había calculado cuánto podía vender con seguridad a lo largo de doce meses a contar desde la llegada a su país. Había estado haciendo memoria de sus clientes, qué tipo de seda le compraban y sus cantidades, que novedad les podía ofrecer que aceptaran, si hacían reposiciones o sólo les vendía una vez al año.

Bahadur Abbas estaba atento a lo que le decía el holandés, al mismo tiempo que éste le mostraba una lista, de lo que debían ser nombres junto a otra de lo que debían ser números. Él no sabía leer ni sabía escribir, menos aún con esos extraños signos. Cortés, miraba la libreta cada vez que el otro la golpeaba con el lápiz. Mientras oía las explicaciones, jugaba con los hilos de seda de la alfombra. Los acariciaba o simulaba pequeños bucles con el dedo.

Después de dar toda clase de detalles acerca de sus clientes, el extranjero se enderezó y le dijo que creía tener una solución para llegar a un acuerdo. Necesitaba cuatro veces más de la cantidad que tenía ahora para cubrir las ventas de todo un año. Le propuso a Bahadur Abbas un compromiso en firme de compras futuras, en periodos de cuatro meses. Éste no cabía en sí de gozo. Con eso ganaría mucho dinero. Pero pronto su ensueño se desvaneció.

El holandés siguió con el plan. Le ofrecía cinco monedas de oro por cada rollo bordado y tres de plata por el resto. A Bahadur Abbas no le gustó mucho el plan. De esa manera apenas le ganaba el veinte por ciento a la seda, y sabía que los del gremio se hacían ricos rápidamente. Pero sopesaba la posibilidad de la continuidad, algo que le iba a resultar difícil conseguir hasta no estar metido de lleno en ese mundo. Siguió jugando con los hilos de la alfombra, la miraba y miraba a su interlocutor. Finalmente, se removió ligeramente en su cojín y le dijo que estaría de acuerdo si el precio era de siete y cinco respectivamente. El pelirrojo no tardó nada en responder. Había contemplado en sus cálculos previos esa posible subida. Estaba totalmente de acuerdo, sólo que ese aumento de precio merecía cierta compensación, le dijo al persa. Éste puso las palmas de la mano hacia arriba, a la altura de los codos, a modo de pregunta. Su invitado le dijo serenamente mirándole a los ojos que quería la alfombra de seda en la que estaban sentados.

La alfombra, impactada por semejante petición, no reaccionaba. Miraba a su dueño suplicante. No creía que fuera cierto lo que acababa de oír. En ningún momento desde que fue creada se había planteado la posibilidad de ser parte de una transacción. El escaso tiempo que estaba en la sala fresca le había servido para sentirse parte de la casa. Había asumido que era su hogar. El lugar donde pasaría el resto de su vida. Bahadur Abbas la miraba con los ojos ligeramente entrecerrados. Con la mano derecha le dio un par de palmadas y después la alzó en dirección al holandés. Comprendió que con ese leve gesto la cedía. El profundo dolor que invadió su urdimbre fue apagando el brillo de sus colores.

LEYDEN 1715

La joven miraba a través de las cortinillas del carruaje los campos verdes plagados de riachuelos. Mientras su cuerpo se movía involuntariamente al ritmo de los vaivenes del camino, su mente estaba estancada en la casa familiar. Furtivamente observó a su esposo, con quién se había casado hacía sólo unas horas. Era un hombre todavía atractivo para la edad que tenía, con una elegancia un tanto desaliñada. Le doblaba los años, pero sus padres creían que con él su calidad de vida estaba garantizada. No era comerciante como ellos, sino médico y profesor en la Universidad de Leyden, donde tenía su residencia y a donde se dirigían después de haber sido desposados.

Se sentía feliz por haberse casado. Tenía dieciocho años y pocos secretos le quedaban por aprender sobre cómo llevar un hogar. Su madre le había instruido desde pequeña porque, aun teniendo criados, cocineras y jardineros, los amos debían saber administrar su patrimonio y, parte de él, era la casa. Estaba contenta. No conocía a su marido y lo veía viejo, pero el matrimonio era eso. Las lágrimas que se le escapaban no se debían a disgusto alguno o a temor por la nueva vida que le esperaba. Eran lágrimas de añoranza. Le invadió una gran melancolía al pensar en su hogar, en lo que dejaba atrás, en lo que ya no viviría nunca más. Recordaba una casa muy animada. A menudo se organizaban cacerías y cenas. En muchas ocasiones, conocidos de sus padres o abuelos les visitaban a la hora del té. En otras tantas acogían durante días las amistades que su abuelo había ido fraguando a lo largo de sus innumerables viajes por el extranjero.

Echaba de menos al abuelo. Había fallecido unos meses antes de la boda. Sabía que, de entre todos sus nietos, había sido su preferida. La única a la que había dejado estar en su despacho mientras trabajaba, y es que era como él, pelirroja y pecosa, de carácter abierto y jovial.

Cuando la alfombra llegó desde Kashan a Ámsterdam, el abuelo ordenó ponerla en su despacho. Era una estancia amplia. Todo era muy distinto a la vida que había llevado hasta entonces. La colocaron junto a unos sillones de terciopelo azul que se encontraban enfrente del escritorio. La nieta, entonces muy pequeña, estaba impresionada con ella. Se tumbaba boca abajo y seguía sus hilos de seda, acariciaba los bellos animales como si fueran reales. Pocos días después pidió al abuelo que le trajeran su casa de muñecas. Como era habitual, concedió el deseo. Colocaron el enorme caserón en unos de sus lados más estrechos. La niña empezó a saltar de alegría, dando palmas, exclamando *¿lo ves?* repitidas veces. El anciano se plantó en el lado opuesto a la casa de juguete, con las manos cogidas a la solapa de su chaleco. Paseó la mirada varias veces entre ella y la alfombra. Arqueando su cuerpo ligeramente hacia atrás, soltó una carcajada. En efecto, la pequeña tenía razón. Era el complemento perfecto a su pequeña mansión. Era el jardín que cualquier noble soñaba tener.

Se pasaba horas sobre ella, hablando con sus animales, bañando a las muñecas en sus canales de riego, recogiendo fruta de sus árboles y hojas de sus plantas desconocidas, que le servían para hacer pociones mágicas. El abuelo mientras tanto, trabajaba en la gran mesa de nogal. La alfombra observó que su nuevo dueño pertenecía a lo que llamaban una sociedad de acciones. En ella, los socios agrupaban su dinero y compartían el riesgo al participar en el comercio transoceánico. En esa sociedad, admitían a personas que simplemente invertían dinero para luego obtener dividendos de los resultados de las transacciones realizadas por otros. Estaba segura que a Bahadur Abbas le hubiera gustado esa forma de hacer negocios.

La gran fortuna del abuelo, de la que vivían también las familias de sus tres hijos, aumentaba según la flota de barcos de la sociedad recorría gran parte del mundo. Se traían objetos extraños para occidente y los vendían con márgenes comerciales altísimos. No se centró en una tipología de producto. Compraba todo aquello que su intuición le decía que era de gran valor, pero seguía también la demanda de determinadas mercancías, como las especias o el algodón. A menudo se entrevistaba con hombres de negocios. Entonces, se sentaban en los sillones de terciopelo azul. Encendían una pipa de donde salía un humo de un tabaco muy aromático. Las reuniones bien podían durar horas, bien una escasa taza de té.

Fueran largas o cortas las entrevistas, hacía salir a la niña y ordenaba apartar la casa de muñecas. Sin embargo, cuando despachaba con su contable o con su hombre de confianza, lo hacía en su mesa de trabajo y la otra persona permanecía sentada en un amplio sillón al otro lado de la mesa, frente a él. Así, su nieta podía estar en la habitación jugando sobre la alfombra. Al menos una vez al año, embarcaba a destinos lejanos y exóticos buscando nuevos productos. No le gustaba dejar en manos de ningún socio o subalterno la toma de decisiones a este respecto.

Durante los meses que el abuelo estaba fuera, tenía prohibida la entrada al despacho para jugar. Siempre que se iba lo echaba de menos y preguntaba a diario por su vuelta. Pero tenía hermanos y primos con quienes jugar. Ella en edad estaba en el centro. Jugaban siempre a juegos varoniles pues los chicos nunca aceptaron sus súplicas de jugar con las muñecas porque eran cosas de niñas. Quizá por eso estaba orgullosa de poder ganarles a la peonza, y se jactaba de ser la que conseguía mantenerla girando más tiempo en la palma de la mano. También solía ganar en las carreras con el aro. Con las faldas y enaguas tenía desventaja, pues éstas, con el vuelo de la tela al correr, tumbaban el aro. Pero había encontrado una manera de evitarlo: se las arremangaba todas en la cintura, dejando sus piernas sólo cubiertas por los blancos pololos. A veces, su madre la veía, sudorosa, despeinada, colorada por el esfuerzo, con los pololos al aire y encabezando el grupo por los senderos del enorme jardín de la casa. Eso, en una pequeña dama, no se podía consentir. Una señorita debía pasar las horas bordando, pintando, aprendiendo a servir el té, orando o leyendo, pero jamás brincando y sudando. Indignada, encerraba a la niña en su habitación para que escarmentara, sin poder estar ni hablar con nadie. Ella no lo entendía. Aceptaba el castigo por haber desobedecido a su madre al hacer algo que no debía. Sentada sobre la cama, las lágrimas dejaban un surco en su carita sucia. La risa de los chicos se colaba por la ventana. No acertaba a comprender porque a ella le castigaban y a sus hermanos no, si habían hecho lo mismo. Era en esos momentos cuando desearía ir corriendo a los brazos del abuelo. Con él nunca se sentía distinta.

Aunque su madre no estaba de acuerdo, el abuelo le enseñó a leer y a escribir. Cuando lo hubo conseguido, un profesor venía a diario a darle clases. Éstas se impartían en el despacho, bajo la supervisión atenta del anciano que complacido, veía la evolución de la pequeña. Aprendió aritmética, geografía, historia, inglés y francés. Era inteligente y aplicada pero sobre todo sobresalía el afán por contentarlo.

Los dos disfrutaban cuando extendían sobre la alfombra persa un gran mapa del mundo y se arrodillaban junto a él. El abuelo le iba describiendo a su nieta los viajes que había hecho, siguiendo con el dedo un camino imaginario, detallando las costumbres de otros países y culturas, ofreciendo una imagen aventurera de los mismos, llenando de admiración a la niña. Le contaba una y otra vez como había adquirido la alfombra. En cada nueva versión añadía algo distinto con lo que sorprender a la pelirroja. Ella acariciaba los hilos de seda y lana mientras oía atenta el relato. A la alfombra le invadía una gran ternura al notar la suavidad de las manos infantiles. En esos momentos se sentía parte de ellos, de su complicidad. Se sabía querida y apreciada.

Cuando la niña fue creciendo, la llevaba con él al puerto durante las horas en que se descargaba el género recién llegado. Le encantaba ese ajetreo. Los hombres bajando de los barcos enormes bultos por una diminuta pasarela sin barandillas y que cargaban en unas carretas de base muy alargada apostadas frente al navío. Los había también a caballo dando instrucciones a marineros, algún pequeño coche como el de ellos, pero sobre todo, muchos estibadores en continuo movimiento. En el mismo muelle, existían naves donde era depositada mucha de la mercancía descargada. Otras, las menos, se dirigían directamente al cliente que había hecho el pedido.

La pelirroja traviesa y juguetona se convirtió en una bella señorita en edad de merecer y sus padres no querían que acompañara al abuelo al puerto. Decían que estaba lleno de borrachos y maleantes. No era lugar para exhibirse una dama. Todo lo que decían era cierto. Pero a esas alturas, la chica conocía también el negocio como su padre o su abuelo y ni éste último ni ella reparaban en esas cosas. Simplemente trabajaban. Claro que iba vestida de forma sencilla, con colores apagados, cubriendo con un sombrero su pelo rojo, evitando en lo posible llamar más la atención de los marineros con hambre de mujer. Ambos eran conscientes de eso.

Entraban en la gran nave donde se colocaban los bultos. El abuelo le dejaba hacer. Lástima que fuera una mujer. Ella levantaba la fusta del carruaje que mantenía en la mano e inmediatamente venía el capataz. Juntos comprobaban los sacos de pimienta y clavo, hacían los lotes correspondientes, mandaban embalar, marcaban el destino y colocaban su sello. Con los tejidos hacían lo mismo, comprobando aleatoriamente su estado y calidad. Repetían la operación. Anotaba los lotes, a quién se le vendía, cuando salía, en qué estado, su coste y su precio de venta. Era tremendamente meticulosa. Era como él. Saboreaba la esencia del negocio. No importaba que producto fuera, lo apasionante era convertirlo en oro.

Al llegar a casa, invariablemente, la jovencita ordenaba que le prepararan un baño de agua caliente. Se lavaba la cabeza también. Decía que el olor del puerto se le quedaba impregnado en todo su cuerpo y que no lo podía disimular con perfumes, como era lo habitual, pues ninguno era tan fuerte. A su madre le desquiciaba esa manía del baño. Estaba convencida que no podía ser muy bueno hacerlo a menudo.

Los días que iban a la bolsa los dos se arreglaban con esmero. El abuelo con la peluca recién empolvada, la levita planchada, los zapatos con hebillas relucientes y las medias blancas. Ella, con un recogido alto, dejando sobresalir algún bucle pelirrojo por el sombrero de encaje y paño verde.

El cochero los llevaba hasta el edificio. Normalmente había un gran movimiento de gente. Gesticulaban y se movían rápidamente de un lado a otro de la calle. Dentro en el gran claustro había varias mesas para atender a los clientes. Se pavoneaban por el lugar. Iban de un corrillo a otro, sin prisas, y dejándose ver. Estaban en la creencia de que los rumores hacían mover los precios de las acciones. En negativo o en positivo. En verdad era cierto que su empresa daba pingües beneficios y continuaba creciendo. Ellos sabían eso, pero necesitaban que los demás también lo supieran, o al menos lo intuyeran. Si se paseaban con las mejores galas de día, con un buen aspecto, transmitiendo tranquilidad y confianza en sí mismos, sabían que conseguirían contagiarlos de ese sentimiento y eso se trasladaría al precio de las acciones.

Aquella mañana se acercaron a una de las mesas, la de la Naviera Belga, donde habían invertido hacía varios meses ya. El precio había bajado. En ese momento perdían treinta mil florines. La joven se alarmó mucho y se lo hizo notar al anciano. Sin embargo éste no le dio demasiada importancia. Recuperarían en muy poco tiempo. Pasaron a la Botánica Inglesa y en ésta ganaban veinte mil. El abuelo paradójicamente se enfadó. Ante el desconcierto de la chica por esa reacción le explicó que los ingleses se estaban llevando la mano de obra mejor cualificada que había en Ámsterdam. Éstos les ofrecían una mejor remuneración pero a medio plazo seguro que eso se les iba a volver en contra. Mientras se dirigían a otra mesa, le argumentaba a la joven que lo que pretendían era aprender las técnicas agrarias, industriales y manufactureras. Cuando lo consiguieran, los desbancarían como potencia económica. De hecho, ya se empezaba a vislumbrar una tendencia a la baja en las exportaciones. Inglaterra y Francia, le decía con aspavientos, se estaban recuperando rápidamente de la guerra de los treinta años. Esa recuperación, en gran medida venía por la emigración de holandeses a esos países. El hombre se enfadaba porque no entendía como sus compatriotas no veían este declive tan claro como incipiente de su país.

Ámsterdam era una de las principales ciudades europeas. A la joven le gustaba vivir allí. No conocía otras pero siempre había oído que era una población muy tolerante, que admitía todo tipo de inmigración que le aportara algún beneficio, incluida la cultura.

Quizá por eso las calles estaban repletas de gente y siempre había actos lúdicos a los que acudir. En esa ciudad era imposible aburrirse. A menudo iba con el abuelo al teatro o a conciertos, pero el sólo hecho de pasear por sus calles y canales era un placer. Acompañaba a su madre cuando iba de compras sólo para disfrutar de ellas, sobre todo en primavera y en verano, que rebosaban de flores. Algunas colgadas de las ventanas, otras junto a las puertas. Inundaban las plazas, los patios y balcones y mitigaban el mal olor de las aguas.

Caminando del brazo de su madre podía ver a toda clase de gente. Disfrutaba contemplando la gran variedad que había. Muchos extranjeros quizá huidos por la presión política o religiosa de sus países. Cuando se cruzaba con alguno de ellos le gustaba fabular con su posible historia. Imaginaba por qué habría huido de su país, cómo lo había hecho, con quién llegó, a quiénes dejó atrás... tantas preguntas. Con el tiempo aprendió a distinguir la procedencia y los oficios de las personas que se cruzaban con ella. Mercaderes, políticos, artistas o poetas.

Una bonita tarde de verano el abuelo la llevó a casa de un pintor. Se había dado cuenta de que no tenía ningún retrato de su pequeña. En realidad, se había convertido en una bella mujer. Deseaba tenerlo en su despacho. Durante varias tardes tuvo que ir al estudio del artista. No le importó. Era la excusa perfecta para pasear a diario por los floridos pasajes que tanto le gustaban. Finalmente resultó una pintura muy fiel a ella. Estaba contenta. Cuando el cuadro llegó a la casa, el hombre eligió el sitio para colgarlo. Decidió situarlo encima del sofá de terciopelo azul de su despacho. La alfombra pensó entonces que era agradable tener siempre presente a una de las personas que más quería. Cuando estuvo colocado, se sentaron los dos a jugar al ajedrez.

Después de la partida, durante el té, el abuelo le comentó que pronto sus padres le buscarían un marido. Se acercaba la hora de formar su propia familia. Estaba seguro que sería un hombre bueno, que la protegería y con quien sería feliz. La chica le escuchaba atenta. El semblante iba cambiando a medida que el anciano le explicaba su inmediato porvenir. Su mundo empezó a desmoronarse. Tendría que dejar esa casa, su hogar. Alejarse de sus seres queridos para vivir con alguien que ni siquiera conocía. No quería llorar, pero finalmente una lágrima cayó sobre la alfombra persa. Ella no pensaba en casarse. No quería cambiar de vida, no deseaba ser esposa y madre. No quería separarse de él. Desesperada, le decía que era muy joven. Estaba segura de que él podría hacer algo para impedirlo. Éste le miró a los ojos y, cogiéndole las manos, le dijo que no podía ni debía hacer nada. Estaba avanzando en la vida. La boda era el paso natural y esperado para la mujer. Para tranquilizarle, le siguió hablando de la felicidad que le supondría. Cuando dejó de llorar, sonriendo, le aseguró que con independencia de la dote que le dieran sus padres, le entregaría cuarenta mil florines sólo para su disfrute personal. Ella le abrazó, agradeció esas palabras, pero no quería dinero, le quería a él. Él no sabía cómo decirle que no tardaría mucho en abandonar este mundo, que aunque no se casara, el no viviría muchos años más, por lo que debería aprender a vivir de forma independiente. Con marido o sin él. Se lo decía con mucha ternura, acariciándole el cabello rojo. La joven sintió como si se le rompiera algo por dentro. No había pensado nunca que el abuelo algún día fallecería. Se le hizo un nudo en la garganta. Lo miró fijamente y le dijo de nuevo que no quería dinero, sin embargo sí le gustaría tener una cosa. Él le interrogó con los ojos. La nieta, con una dulzura embriagadora en su mirada le pidió quedarse con la alfombra persa. Gracias a ella, explicó, habían podido pasar más tiempo juntos. De alguna manera, si la tenía, lo sentiría siempre a su lado y le daría fuerzas.

La alfombra se emocionó al comprobar que una vez más la tenían presente en sus vidas. Las palabras que había pronunciado la chica eran trascendentales. La joven proyectaba su futuro teniéndola a ella como talismán. Sus delicados hilos de seda se convertirían en fuertes asideros emocionales donde agarrarse para enfrentase a la vida.

El abuelo accedió una vez más encantado de complacer a su nieta. Además, compartía el argumento que le había dado su pelirroja. La alfombra había sido siempre un punto de unión muy especial para ellos. Fue el campo de juegos y de la imaginación pero también el de la confianza y las confidencias. Pero no cedió en lo referente al dinero. Mantuvo la promesa de una dote exclusiva para ella de cuarenta mil florines. Dos semanas después, sus padres anunciaron la visita de su futuro marido.

Habían negociado la boda, si la chica gustaba al profesor, para dentro de seis meses. La novia aportaba todo el ajuar de la casa: lencería del hogar, vajilla, cristalería, cubertería, varios muebles y veinte mil florines. El novio ofrecía una casa en la ciudad de Leyden y una renta anual de treinta mil florines.

Mark Van Dijken era médico y profesor en la Universidad. Colaboraba en la gaceta de Ámsterdam y en la de Leyden. Con la fortuna de la familia quizá ella podría haber aspirado a más. Pero los padres pensaron que un hombre culto, les podía ayudar mucho. Habían observado movimientos culturales que parecían estar teniendo muy buena acogida por la sociedad. Sus miembros eran muy valorados y respetados.

El pretendiente entró en la casa un poco cohibido. Era la primera vez que se encontraba en esa situación. La madre de la chica rompió el hielo interesándose por el viaje. Le ofreció un té con unos pastelillos recién hechos. No había visto todavía a la futura novia.

Estaba intranquilo. Desconocía su aspecto, su voz, su porte. Los padres, hermanos y abuelo estaban presentes. Todos menos ella. Un anciano pelirrojo le preguntaba sobre su trabajo en la Universidad. Mientras explicaba al caballero sus estudios en botánica, vio bajar por las escaleras a una joven. El resto de la familia debió advertirlo, pues todos dirigieron la mirada hacia ella. Era desenvuelta, agradable y extrovertida. Sabía que la estaban midiendo. Se le notaba inteligente. Era pelirroja. Se llamaba Maartje.

Los acontecimientos sucedieron muy rápidamente. El fallecimiento del abuelo, la organización del traslado de la dote a la otra cuidad, la confección del traje de novia y finalmente la boda. Ésta se había celebrado esa misma mañana, unas horas antes. Todo en tan poco tiempo.

Un bache en el camino los sacudió y la sacó de sus pensamientos. Maartje se colocó bien sobre su asiento, posando sus manos enguantadas sobre el vestido de novia, de un precioso color gris oscuro en seda, bordado discretamente en los mismos tonos. Apoyó su cabeza sobre la pared del carruaje y se durmió.

La alfombra enrollada y atada en lo más alto de una pequeña pirámide de baúles y bultos veía como iban dejando atrás la ciudad donde había pasado tantos años. El mar se fue volviendo borroso hasta desaparecer. El camino sinuoso le abría paso a nuevos horizontes. La belleza de los pequeños bosques que cruzaban le decía que un grato porvenir le aguardaba. Tranquila disfrutó del extraordinario paisaje hasta que llegaron a su nueva residencia.

La vida en Leyden era más tranquila. Colocaron a la alfombra en el único salón que tenía la casa. Pusieron sobre ella dos coquetos sillones donde el matrimonio se sentaba por las tardes a hablar. A menudo, la joven esposa se descalzaba y la acariciaba con sus pies embutidos en medias blancas de algodón. Necesitaba fuerzas para superar la tristeza de la muerte de su abuelo y la separación de la familia. El roce con los hilos de lana y seda le reconfortaba. La alfombra agradecía esas caricias. Esperaba ese momento del día para notar el tacto de los pies de su dueña. Le gustaba sentirla y sabía que ella lo necesitaba.

Poco a poco, los esposos se fueron conociendo. El marido quedó asombrado de la cultura de su mujer. Nunca pensó que pudiera llegar a hablar con su esposa de temas que fueran más allá de aventuras amorosas o bailes. En las reuniones sociales a las que asistía, la conversación con las damas solían ser triviales.

El nuevo dueño de la alfombra era profesor en la Universidad. En ella pasaba todo el día. Daba clases de anatomía y botánica. Pero con frecuencia se reunía con otros profesores, especialistas en problemas técnicos y en cómo resolverlos. Le apasionaban los retos intelectuales. Hombre de ciencias, dedicaba horas de estudio no sólo a estar al día en su profesión de médico, le interesaba cualquier tema, tuviera o no que ver, con el desarrollo de su doctrina. Se reunía en una taberna con otros colegas y con todo aquél que estuviera interesado en oír o aportar ideas o conocimientos de cualquier materia.

En muchas ocasiones le decía a su mujer que vivían en un país conocido por la libertad que daba a sus ciudadanos en cuestiones políticas, religiosas o culturales. Quizá sin proponérselo, se había convertido en el país de la tolerancia, la libertad y la multiracialidad. Maartje pensó que llevaba toda su vida oyendo lo mismo, aunque reconocía que nadie hasta ese momento le había explicado cómo llegaron a ese estatus. El hombre continuaba hablando y le recordaba que hacía años se marcaron un objetivo claro, el crecer económicamente. Lo consiguieron hasta ser la primera potencia mundial en comercio. Pero, decía el profesor levantando el dedo índice, los beneficios colaterales que le aportó la política expansionista no se calcularon, y de hecho, llegaron a ser tan importantes como el desarrollo económico. Mark comentaba con tono cada vez más eufórico que en toda Europa se conocían estas libertades, y que fue por esta razón por la que se produjo la fuerte inmigración de pensadores, artistas, disidentes políticos y religiosos. Todo estaba permitido a cambio de aportar beneficio a la nación. Acoger a ese tipo de gente les estaba ayudando a crecer.

La joven esposa siempre le escuchaba con mucha atención. Eran discursos repetidos, pero se había dado cuenta que cada vez aprendía algo nuevo. Un día le sugirió la posibilidad de realizar esas reuniones en su casa, los niños, ya tenían tres, no molestarían. Había oído que en Francia, determinadas señoras de la alta burguesía las organizaban ellas mismas con grandes intelectuales de moda en ese país, y a las que podía asistir todo aquél que estuviera interesado en esas materias. Le advirtió que los que acudían siempre eran de su misma clase social. Suponía que el pueblo no sólo carecía de conocimiento cultural alguno, sino que además le faltaría tiempo para dedicarlo a debates teóricos. A Mark le pareció muy buena idea. De esa manera comenzaron a asistir a la casa, una vez a la semana, hombres cultos que estaban durante horas hablando de distintos temas. Con el tiempo, y esgrimiendo el mismo argumento, Maartje invitó también a señoras que podían aportar conversación culta o que estaban interesadas en poder hacerlo algún día.

La pareja, aunque habían pasado años, seguían manteniendo la costumbre de sentarse a hablar en los dos sillones, sobre la alfombra. Cada vez, su querida dueña distanciaba el hecho de descalzarse y acariciarla con su pie. Ya no necesitaba tanto de la fuerza emocional que le daba. La madurez y los años la alejaban de ella. Cuando los niños eran pequeños, se sentaba con ellos y acariciando los hilos de seda, les contaba las historias que su abuelo le había contado en numerosas ocasiones. Pero no tenía el mismo efecto en sus hijos. Era una alfombra, sólo eso. Nunca vieron en ella un jardín por donde paseaban bellos animales a los que acariciar, o un extraño huerto para recoger las frutas desconocidas de sus árboles. Se preguntaba que sentimientos albergaría la pelirroja. Algún pensamiento fugaz le reveló que se podría haber contagiado de sus retoños. Apenas eran segundos, pero le daba miedo.

Mark Van Dijken leía la Gaceta de Leyden en el sillón. Solía colaborar en ella. Escribía sobre los avances en medicina, las cualidades terapéuticas de determinadas plantas, los movimientos culturales, políticos o sociales que en ese momento se desarrollaban. Hacía relativamente poco tiempo que ese tipo de información escrita había aparecido en la sociedad. A él le entusiasmó la idea. Decía que era una forma de comunicación muy novedosa. Originalmente, eran los propios impresores los que escribían la hoja y la repartían de forma gratuita. Con el tiempo se fueron incorporando personas que aportaban algún tipo de artículo, como forma propia de expresión. No buscaban noticias, ni tenían obligación contractual con la gaceta. Simplemente, el, como tantos otros, creía que era interesante divulgar lo que iba aconteciendo en la Universidad, en la política o en la economía. Le gustaba escribir, pero también conocer las diferentes opiniones de otros ciudadanos. Cuando acabó de leer, salió de casa dirección al trabajo. Estaba muy cerca. Recorrió tranquilamente las dos calles hasta llegar al canal, el de Rapenburg, lo cruzó y en frente, estaba la Universidad.

Era un edificio gótico que inicialmente fue un convento. Cada disciplina tenía su aula. Las más importantes era la medicina y la botánica. De hecho, el hortus medicus surtía de plantas y derivados de ellas a otras universidades tanto del país como de Francia y el anfiteatro anatómico era único. Las anatomías que se realizaban las podían ver alumnos desde las gradas. El profesor se dirigió directamente al hortus medicus. Allí había plantas de la India, China y países europeos. Tenían un acuerdo con la Compañía de las Indias. Esta empresa debía recolectar plantas vivas y especímenes secos en zonas tropicales y subtropicales. Ya contaban con un catálogo de mil plantas diferentes.

A Mark le fascinaba el hortus. Dedicaba mucho tiempo al estudio de las plantas. Se detenía en varias de ellas para controlar su evolución. A veces, viendo los espectaculares especímenes extranjeros, tropicales muchos de ellos, pensaba en lo extraordinario que debería ser ese país para tener como frutos esos ejemplares tan bellos. Con algunos, además, hacía experimentos para la curación de enfermedades.

Enseñaba a sus alumnos, no sólo las características de las plantas, sino también cómo convertirlas en un medicamento. Algunas se destilaban, extrayendo los aceites esenciales que posteriormente se aplicarían al enfermo, con otras se hacían recetas magistrales mezclando varias de ellas en proporciones exactas, de otras se utilizaba el jugo resultante de su maceración. Los futuros médicos quedaban maravillados de las posibilidades de unas hierbas que en su mayoría las encontraban en las campiñas.

Su vida era tranquila. Entre el estudio, la lectura, las clases y los artículos corría su existencia. Pero sabía que su país estaba revuelto, como lo estaban también sus vecinos Inglaterra, Francia o Alemania. En las reuniones semanales del pequeño grupo, hacía tiempo que no se hablaba de otra cosa. Uno de ellos comentó que Holanda ya estaba en clara decadencia, que había perdido su gran poder económico. Otro añadió que el estar apoyando la sucesión de España les estaba minando y, aunque la guerra había terminado, en el tratado de Utrecht no habían salido muy beneficiados. Un tercer hombre, entró en la conversación con tono airado diciendo que Carlos VI de Austria se había quedado con los países bajos españoles. El mismo hombre manifestando un gran enfado comentó la desfachatez que suponía que en Francia, al fallecer Luis XIV, le sucediera su bisnieto de cinco años. En ese momento todos hablaban a la vez. Todos tenían algo que decir, que expresar. Del cruce de palabras surgió la aseveración de que el absolutismo había tomado Europa y que ellos eran como una pequeña isla que no había sido infestada. Maartje recordó entonces aquella visita a la bolsa de Amsterdam con el abuelo. En aquella época el anciano mostró su enfado por los mismos motivos que ahora esos pensadores exponían en el salón de su casa.

El profesor comentaba que se sentía en la obligación de hacer algo. Parecía como si el mundo se derrumbase. De nuevo en el grupo comenzaron a hablar todos a la vez. Alguien dijo que poco podían realizar. Al mismo tiempo, el hombre enfadado casi gritó que el Tesoro Público había suspendido pagos durante nueve meses de lo debilitado que había quedado después de financiar tantas guerras. Otro, callado hasta ese momento, se levantó de la silla como con un resorte y, alzando el brazo derecho, les preguntó con voz grave y con ira contenida como creían que el gobierno iba a restituir sus arcas. Él mismo contestó que subiendo los impuestos, ahogándoles. Esta intervención sirvió para que el silencio planeara en el grupo. Después de unos segundos meditando, llegaron a la conclusión de que todos tenían una sensación extraña. Por un lado se sabían conocedores de su libertad, algo que valoraban mucho, y de lo que estaban muy orgullosos, pero también se daban cuenta de la inclinación que llevaba el país. No podían evitar compararse con el siglo anterior. Aquel había sido muy bueno en economía, cultura o política. Fue tan excelente, que incluso los artistas les comentaban que se sentían incapaces de superar tal perfección. Ese día cerraron la reunión con el pensamiento de que esa comparación lo único que podía generar era deterioro cultural y económico. Dejaron la casa del profesor abatidos.

En la vida de Mark Van Dijken, se había introducido desde que se casó la asistencia a bailes y fiestas. Estas se organizaban en las lujosas casas de la alta burguesía y grandes comerciantes. Él no era demasiado rico, pero sí pertenecía al núcleo de intelectuales, tan bien vistos en ese momento. No le gustaba asistir a esos eventos, pero su esposa disfrutaba de ellos. Algo que no le dejaba de sorprender. Era una mujer brillante, culta y hábil como un hombre; sin embargo, amaba las mismas cosas absurdas que todas las féminas. Para ir a estos eventos, ella empezaba a prepararse con horas de antelación.

Después de ponerse la muy delicada y abundante ropa interior, con finísimos encajes, almidonada y perfumada, dos de las criadas estiraban fuertemente de los lazos del corsé por la espalda, mientras que una tercera, al mismo tiempo, se encargaba que la parte delantera del mismo, quedara recta y alineada, ya que ese momento, la moda no era sólo tener la cintura estrecha, también debían tener el torso en forma de uve, rígido hasta cubrir los senos. Cuando lo conseguían, la señora se sentaba satisfecha en un sillón alto y recto de espalda. Mientras su cuerpo se acomodaba a la estrechez y acompasaba la respiración, las doncellas empezaban con el maquillaje.

Le cubrían la tez con polvos de arroz hasta parecer una máscara. Era la moda francesa. A Maartje le encantaba el roce de las borlas de plumón sobre su tez. Ese día había elegido el color verde para sus ojos. Después se los delinearon en negro. Contornearon la boca en forma de corazón con lápiz de labios rojo. Para conseguirlo debían esconder su forma natural, entonces mandaba aplicar más polvo de arroz mezclado con espesante. Estaba relajada, disfrutando serena de su acicalamiento. El acabado del maquillaje era la colocación de un lunar. A veces se lo pintaban pero en esa ocasión eligió que le pegaran uno de terciopelo. Advertía entre risas a las criadas que lo colocaran en la mejilla derecha, pues era mujer casada y los lunares tenían su propio lenguaje dirigido a los hombres. No deseaba mandar ningún mensaje equivocado. A continuación le ponían una peluca, que previamente las sirvientas habían peinado y empolvado de blanco como les había ordenado su señora.

Después de esto se levantaba del sillón y se introducía con cuidado en un armazón que le cubría de la cintura a los pies y que sujetaban las doncellas. Estaba formado con varios aros de madera que crecían de diámetro según se acercaban al suelo. Los aros se unían entre sí, normalmente con cintas. Cuando el bastidor estaba colocado y bien sujeto comenzaban a ponerle primero las enaguas y blusas interiores y por último el vestido. Éste siempre estaba realizado con las más ricas telas del mercado. Comprobaba cada movimiento de las chicas mientras la vestían. Con la colocación de los zapatos de tacón forrados en seda, terminaba la vestidura. Eran horas en las que ella disfrutaba.

Él odiaba este ritual. No el de su mujer. El de él mismo. En su juventud, los hombres no se maquillaban, ni usaban zapatos de tacón. Ahora, cuando Mark Van Dijken se encontraba ya viejo, debía empolvarse la cara, colocarse una incómoda peluca blanca, también muy empolvada, con el pelo enrollado en forma de rulos en los laterales de la cabeza, grandes, y pesados. La parte trasera acababa en una cola rematada con un lazo de terciopelo negro, que se le iba enganchando en el brocado de su chaqueta, lo que hacía que continuamente estuviera recolocándosela. No se le caía, pero a él le daba esa sensación. Se negaba al maquillaje de ojos. La vestimenta no era tan aparatosa como la de las mujeres, no les limitaba el movimiento como a ellas, pero era incómoda. Lo era por los abundantes encajes en la pechera y los puños de su camisa. Le resultaba muy complicado comer sin meterlos en la sopa de guisantes, o calentarse las manos en la chimenea sin que se les quemase. Amén de los continuos enganches en toda clase de objetos caseros. Los zapatos de tacón, otra moda traída de Francia, no los soportaba. Las botas de caña alta eran más varoniles y cómodas. No sólo tenían tacón, además se adornaban con lazadas o juegos de pedrería. Cuanto más ostentosos, mas gustaban. Pensaba que se estaban acercando demasiado al mundo de la mujer. No dejaba de sentirse ridículo, aunque todos los hombres de su alrededor fueran igual que él.

Prefería que las fiestas se hicieran en su casa. Aunque tenían un gran salón y un comedor donde podían sentarse una veintena de comensales, no era comparable con los de los palacetes a los que a veces iban. Las damas asistían con vestidos de dimensiones más aceptables, incluso el varón conseguía alcanzar su mano en los bailes, algo imposible con los otros. Como los atuendos debían estar en consonancia con los complementos que le acompañaban, el resultado final era más suave. En éstas ocasiones, para compensar la falta de lujo y espacio de la casa, Maartje se esmeraba mucho en la cocina. Había conseguido libros de recetas, venidos de Francia, donde la refinación y elaboración en los platos estaba dando lugar a un nuevo concepto de restauración. Allí se disfrutaba de la misma no por la cantidad ingerida, como era habitual, sino por la calidad en su elaboración, la innovación en nuevas mezclas y sabores. El paladar era el rey. Ella ponía empeño en que sus invitados disfrutaran de los nuevos sabores.

De ésta manera, dejó de poner arenques y guisos de manos de cerdo, salchichas y patatas, y jarras de cerveza, para pasar a la carne de vaca con nuevas salsas y, aunque mantuvo la cerveza, incorporó también el vino. En lugar de poner grandes bandejas en la mesa con los alimentos, los criados, servían a sus invitados uno a uno. Tanto la comida como la bebida.

Cuando acababan, los señores se quedaban un rato más, disfrutando del tabaco y la ginebra de bayas de enebro. Las señoras pasaban al salón. Sobre la alfombra persa, habían dispuesto otros silloncitos y mesillas auxiliares. Ellas se acomodaban, dentro de la rigidez de los corsés y las pelucas, cogían las tazas de té que les servían las criadas y, aunque se habían saciado con la comida de su anfitriona, no rechazaban los dulces de mantequilla que se les ofrecían.

A la alfombra le disgustaba mucho esta situación. Necesitaba y deseaba profundamente el contacto humano pero esto no lo tomaba como tal. Los continuos movimientos de los pies sobre ella, aunque muy leves, arañaban con los tacones la seda. El imperceptible polvo de arroz que se desprendía de las pelucas se fijaba en su fuerte entramado y la grasa de las migas de los pastelillos quedaba impregnada en sus hilos. Las señoras no apreciaban dónde reposaban sus pies, la delicadeza y fragilidad de su tejido. No ponían atención alguna para evitar la suciedad y los arañazos. Cuando la velada concluía sentía un gran alivio.

Dos veces al año las criadas la sacaban y la colgaban sobre una cuerda tensa entre dos palos, y con paletas de esparto, le golpeaban fuertemente por los dos lados. Se formaba a su alrededor una pequeña nube blanca de polvo, y se precipitaban sobre la hierba un sin fin de migas, a veces alguna pieza de un pendiente, o incluso algún diminuto botón. Cuando ya no caía nada, la dejaban varias horas allí tendida, para eliminar los olores y reposar las partículas que pudieran quedar flotando. Durante esas horas, el aire fresco que penetraba entre sus hilos la serenaba hasta el punto de olvidar la sensación de inmundicia y abandono que llegaba a tener después de esas fiestas. Finalmente, antes del anochecer, la volvían a colocar en su sitio.

Una noche, los esposos se sentaron después de la cena a hablar. La luz de la vela y la que aportaba la chimenea al fondo, proporcionaban un ambiente cálido y acogedor. Maartje insistía desde hacía ya varios años, que la educación de los hijos, según decían las últimas corrientes, debía culminar con el viaje de éstos al extranjero, con el fin de aprender otros idiomas, ver otras culturas, instruirse en la flora y la fauna de otros lugares, las costumbres sociales y religiosas. Todo ello, decía mientras cogía su cesto de labores, enriquecería a la persona, ofreciéndole más oportunidades para enfocar su vida de una manera sabia y respetuosa. Los dos mayores ya no estaban en edad de poder hacer eso. Pero el pequeño acabaría los estudios de medicina ese curso. Al mismo tiempo que empezaba a bordar, comentaba que quería que viajase al menos por las principales ciudades europeas, la India, China y América. Mark Van Dijken aspiraba su pipa. La oía hablar pacientemente. Dejaba escapar el humo del tabaco inclinando la cabeza hacia atrás. Sólo cuando veía que su mujer callaba, le respondía. Estaba de acuerdo con todo lo que decía. No podía ser de otra manera. Nadie como él sabía que el conocimiento es la base de la tolerancia. Que la experiencia es el mejor camino para una mayor sabiduría. Pero toda esta teoría que compartían, se estrellaba cuando en su mente intentaba hacerla realidad. Le explicaba a su esposa que el chico necesitaba de un mentor que le acompañase en su viaje. Lo que ella soñaba podía durar cerca de dos años. Los padres debían pagar ese viaje por adelantado. La estancia, manutención y traslados de dos personas durante ese tiempo. Todo se reducía a que no tenían dinero. La miraba con ternura mientras le argumentaba sus reticencias. Le daba pena verla. Deseaba con todo su ser que el benjamín culminara sus estudios viajando. La veía sentada frente a él, bordando a luz del quinqué. Era todavía atractiva.

Pero Maartje continuaba defendiendo su proyecto. Sabía que no había dinero. Pero estaba segura que planificando los ingresos y calculando las necesidades de los viajeros, podrían ofrecer a su hijo esa oportunidad.

El profesor la escuchaba complacido. Disfrutaba ver a su esposa sacar partido a su inteligencia. Maartje se levantó y cogió unos papeles de los cajoncitos del bureau. Le acercó las notas su marido. Éste las leyó detenidamente. Se trataba de un trabajo muy detallado de lo que habían estado hablando. No creía que tuvieran que darle todo el capital desde el inicio del viaje. Tenían reservas suficientes para la primera estancia, Inglaterra. Pasados varios meses, regresarían a Holanda, donde ya habrían tenido tiempo para ahorrar algo de dinero y con la venta de la alfombra persa, podrían viajar a Alemania. Vendiendo de las acciones de la Botánica Inglesa que había heredado del abuelo, podrían continuar el viaje por Francia, Italia y España. Para América, saldrían de nuevo desde Holanda, de donde recogerían el dinero necesario. Había calculado los días y el hospedaje durante los trayectos. Localizó las ciudades donde tenían suficientes contactos. En las que no conocía a nadie, había pensado retomar las amistades del abuelo. El ahorro era considerable si conseguían colocar a los dos jóvenes en casas particulares. La elección del mentor la dejaba en manos de su marido.

Mark Van Dijken no salía de su asombro. En verdad era digna nieta de su abuelo. Éste siempre había dicho que, como a él, le apasionaban los negocios. La esencia del mercadeo. Sin importar el producto convertirlo en oro. En este caso, el oro era el viaje. Lo iba a conseguir. Conseguiría que el menor recorriera millas de tierras desconocidas, de mares abiertos, donde paso a paso, aumentaría su sabiduría.

Sí, su esposa tenía razón. Lo podían llevar a cabo desprendiéndose de objetos y acciones, pero no era algo que les disminuyera su calidad de vida. Con un cierto sobrecoste, al tener que volver a casa para recoger dinero. Pero merecía la pena. El profesor hizo la observación del largo tiempo que estaría sin verle. Cuando volviera, ya sería un hombre.

Ella lo sabía. Le dolía sólo pensar que no lo vería en muchos meses, y que cuando lo hiciera, sería fugazmente, sin darle tiempo a disfrutarlo. Se acordaba de su abuelo. Cómo lloraba cuando se iba. Cómo lo echaba de menos. Ahora sería peor. Mucho peor. Pero lo hacía por su bien y eso le alimentaba el alma.

Maduraron la idea en días posteriores. Volvieron a hacer los cálculos, ajustaron los costes. Comenzó una movida actividad epistolar entre las futuras posibles residencias de los viajantes. Maartje buscó en el desván, dentro de su antiguo baúl, la libreta con los datos de las amistades del abuelo. La conservaba guardada envuelta en un pañuelo de encaje. Las cartas iban y venían. Las escribía en francés, en inglés y en alemán, según el destinatario, aunque este último idioma no lo dominaba del todo.

Todas tuvieron respuesta. En algunas, leyendo entre líneas, les advertían que no les parecía buena idea el admitir a dos personas desconocidas como invitados durante tanto tiempo. Otras, sin embargo, contestaban que estarían muy orgullosos de poder enseñar las costumbres, el idioma y todo aquello que tuviera que ver con su país.

Algunos descendientes de las amistades del abuelo no sólo aceptaron esa petición, sino que hacían extensiva la invitación a ellos, sus padres. El abuelo había sido un gran amigo de sus abuelos y estarían encantados en conocer a sus descendientes. Estuvo muy atareada durante los meses siguientes. Se encargó de la redacción de las cartas y de la confección de varios trajes. Calzoncillos, camisas, camisas de dormir, pañuelos, pelucas, sombreros, botas y zapatos. Mandó hacer dos baúles, remachados con tiras metálicas y con grandes candados. Los dos llevaban sus iniciales. Otro baúl, mucho más pequeño, con distintos departamentos era el destinado a los objetos de papelería, plumas y tinta, lacre y sellos que iba a necesitar.

Su hijo por fin partió hacia Inglaterra. A veces se le escapaba alguna lágrima cuando bordaba en silencio sobre la alfombra. Leía, cosía, daba paseos pero sobre todo, suspiraba. Se le estaba haciendo muy dura la separación. Era el pequeño de la casa. Era un hombre, decía su marido. Toda la vida había estado acostumbrada a las distancias. En su familia eran comerciantes. El abuelo, padre, tíos y hermanos, las habían dejado solas a su madre y a ella durante meses. Era con lo que había crecido. Pero con él le parecía que era todo nuevo. Una nueva sensación de inseguridad, de temor por lo que le pudiera pasar. A veces, sólo a veces, se sorprendía maldiciendo el momento en que se le ocurrió la idea del viaje. Entonces, corría al bureau y de un pequeño cajón sacaba las cartas que había recibido de él. Le hablaba de Londres como una ciudad tan importante como Ámsterdam, de sus costumbres culinarias, de su arquitectura, otra desde Escocia, le detallaba impresionado los enormes acantilados y los campos eternos de verde.

Releyéndolas, se sobreponía pensando en el beneficio que sacaría de esos viajes. Sólo quedaban un par de semanas para su regreso. Mandó limpiar la habitación del benjamín a fondo y poner sábanas limpias y frescas en la cama. Pensó en los platos que le cocinaría la semana que estaría con ellos. Comprobó la cerveza que quedaba y la bodega. Entonces, cuando se sentaba de nuevo a bordar, la alfombra veía felicidad en su cara. La idea de verlo pronto le había devuelto la sonrisa.

Una mañana, faltando sólo una semana, Mark Van Dijken entró en el salón con un caballero y con dos hombres que, por su aspecto, debían ser los criados del primero. Los dos sirvientes se quedaron en el umbral del salón. El señor se acercó junto con Mark a saludar a Maartje, sentada en el sillón que estaba sobre la alfombra. Se inclinó ante la señora. Eran viejos conocidos. Los dos hombres se quedaron de pie sobre el jardín del Sah. El visitante, sin apartar la vista de él, dio unos pasos siguiendo los canales de irrigación, azules y transparentes diciendo al mismo tiempo que la recordaba muy bien. Añadió, mientras seguía mirándola, que siempre le habían sorprendido sus colores y la perfección de sus dibujos. Una abierta y franca sonrisa confirmó a la pareja que se la llevaba. Los dos hombres dieron por cerrado el trato con un apretón de manos.

Sólo entonces la alfombra se dio cuenta que era parte del plan para que el pequeño dueño pudiese viajar. Había sido para Maartje un jardín encantado donde jugar, mas tarde se aferró a su ser para encontrar las fuerzas conque afrontar una nueva vida. Ahora nada de eso tenía valor. Ni siquiera la unión con el abuelo que ella representaba tenía importancia. Desde hacía años era el hijo quién guiaba su vida. Para conseguir su felicidad haría todo lo que estuviera en sus manos. Su dueña se levantó del sillón y salió de ella. Los dos criados se acercaron y empezaron a retirar todo lo que tenía encima. Desde el extremo más alejado la doblaron hacia dentro ocultando sus hilos de seda, formando un rollo. Ella miraba como Maartje la dejaba ir impasible. Creyó notar una caricia en su mirada.

VENECIA 1797

Durante una larga temporada la alfombra anduvo de mano en mano, sin encontrar personas que le demostraran un mínimo interés. De hecho, la utilizaban invariablemente como forma rápida y fácil de obtener dinero. Era el único valor que le daban. Pero la suerte cambió en unos de esos canjes. Seis inviernos atrás -corría ya el año 1797- se la ofrecieron a su actual dueño. La compró por una cantidad exigua, la justa para sacar del aprieto al vendedor. Se encaprichó de ella. Desde entonces se encontraba tranquila en el palacete del noble veneciano. Siguiendo el estilo de la época fue colocada en uno de los varios salones que tenía la mansión, cubriendo un gran arcón que hacía de asiento. Se sentía a gusto rodeada de valiosos objetos que engalanaban la estancia. Muebles con ornamentos tallados en las patas; espejos enmarcados con bellos rosetones de cristal; lámparas de color purpúreo que colgaban del techo majestuosas; cuadros con escenas de carnaval y retratos de varias generaciones de la familia; un tapiz representando un bosque con sus ninfas; y las alfombras y los gruesos cortinajes de terciopelo rojo que protegían la sala de la humedad y el frío.

Su dueño, Stefano dei Conti, vivía en Venecia, en el barrio de San Barnabá. Pertenecía a la nobleza. Desgraciadamente, según decía, no estaba registrado en el libro de oro. Éste era el directorio con los nombres de los nobles que tenían mando real. Ya quedaban muy pocos, mil trescientas personas exactamente, pues ese núcleo era un grupo endogámico que no permitía bajo ningún concepto que entraran nuevos miembros.

Stefano dei Conti, como la mayoría de su clase, había visto

disminuir sus ingresos año a año hasta la desesperación. La pérdida de las colonias había dejado a muchos de ellos en una situación económica muy precaria. La gran flota marítima, que hizo posible levantar un gran imperio, también se estaba perdiendo. Se había quedado sin barcos, sin trozos de tierras lejanas que administrar y que le reportaran beneficios. Se había quedado sin nada. Estaba en la ruina. Conocía el apodo que el pueblo les daba a todos ellos: les llamaban despectivamente los barnaboti. El nombre venia del barrio donde se concentraban. El populacho era tan simple que sólo alcanzaba a eso.

Él era noble y como tal no debía trabajar. Exigió, junto con otros nobles, una paga al Estado para poder sobrevivir. Finalmente, el Gobierno accedió y todos los barnabotis recibieron una pensión para mantener la dignidad de su apellido. Además, si lograban vender sus votos al Consejo de los Diez conseguían algunos ducados más. Maldecía la época que le había tocado vivir. Sus antepasados habían morado en esa misma ciudad de forma opulenta, como correspondía a su linaje. Habían construido el palacete, comprado obras de arte, ricas telas, habían visitado las principales ciudades de Europa. Él llevaba una vida gris. Sentía un profundo odio contra las familias que formaban la oligarquía. Les responsabilizaba de su horrible situación personal y también del desastre en que habían convertido Venecia. Odiaba al pueblo por las burlas que le hacían por la pérdida en su economía pero, sobre todo, odiaba a los burgueses ya que empezaban a despuntar como nuevo poder social. Eso no lo podía consentir. No podía dejar que le arrebatase su status, sus privilegios y su posición social un grupo de advenedizos con suerte en los negocios.

En el gran salón de la alfombra persa se organizaban reuniones con otros miembros de la nobleza para combatir el continuo ascenso de la burguesía. Algunos de los hombres, antes de sentarse sobre el arcón donde ésta reposaba, la observaban con admiración. A veces incluso llegaron a rodearla para ver todo su dibujo. A ella le llenaba de orgullo el poder desviar la atención. Se sentía bella.

Como resultado de éstas reuniones, confeccionaron una lista con una serie de premisas que reconocieron entre ellos como muy abusivas, para que las profesiones liberales y comerciantes varios se desarrollaran. Formaron un pequeño comité que se encargó de trasladarlo a la oligarquía. Los barnaboti eran muy numerosos. El Consejo de los Diez tuvo que acceder a las presiones del noble y sus amigos. Pero no supo calcular las consecuencias de esa cesión. Ese bloqueo a las pretensiones liberalizadoras dio lugar a la ruina de muchos de los burgueses. Los talleres de artesanía de lujo, los abogados, los médicos y el pequeño comercio, fueron cerrando. Algunos tuvieron la oportunidad de salir de la ciudad y buscar negocio en otros lugares, pero muchos fueron a engrosar la cada vez mayor masa de indigentes. Con la nueva medida, la fuerte crisis aumentó.

Para obtener ingresos varias de las amistades empezaron a utilizar su casino, es decir, las dependencias particulares que tenían en las procuradurías, para el juego clandestino. Como con esas rondas conseguían ducados suficientes para la supervivencia se convirtió en la forma de ganarse la vida de mucho de ellos. La oligarquía vio en esto la válvula de escape que necesitaba. Se encontraba en una grave encrucijada. Necesitaba ingresos. La nobleza suponía una fuerte carga para el erario público. Al pueblo, con la mayoría dentro de una gran pobreza, no se le podía imponer más impuestos. Era inútil. No los podían pagar. La ruina de la burguesía tampoco aportaba nada.

El Consejo de los Diez decidió instaurar como actividades económicas principales el juego y la prostitución. Además, los gobernantes pensaron que debían mantener a la plebe, desesperada y hambrienta, entretenida de alguna manera. Se les ocurrió potenciar el carnaval alargando su celebración a seis meses de duración. La sucesión de fiestas era continua: las setenta y dos fiestas siestieri, quince días de sposalazio del mare, muchas fiestas patronales, religiosas y populares. Todas las festividades extendieron su celebración. A Stefano dei Conti, en verdad, no le gustaba que la República Serenísima de Venecia se financiara de la forma que ellos proponían. Le parecía que era acabar con la poca dignidad que le quedaba a su patria. Pero tampoco veía otra forma de sobrevivir. Era una opción mejor a que la nobleza se pusiera a trabajar la tierra o vender fruta en un mercado. Valoraba más su propio orgullo que el de la República. Sin embargo, aplaudió la ocurrencia de entretener al pueblo con eternos festejos. Mientras que el populacho estuviera bailando y bebiendo, no pensaría en su miseria y se evitaría un grave conflicto político.

En realidad, la prostitución no era ninguna novedad. Las prostitutas siempre habían pertenecido a la nobleza. Eran ellos quiénes las explotaban. Simplemente se cerraba más ese círculo. Sacaron incluso un catálogo, donde aparecía descripción, especialidad y precio de los servicios. La abundancia de ellas dejaba perplejos a propios y visitantes. Algunas eran tan elegantes y de porte tan señorial y recatado que era muy difícil distinguirlas de una dama. Eso era algo que confundía a Stefano dei Conti.

En las escasas fiestas que daban en el palacete, no podía evitar tener dudas sobre las mujeres desconocidas que acudían. Desde luego, siempre venían en compañía de algún varón, por lo que supuestamente, y así se las presentaban a él y a su esposa, eran familia, bien sobrinas, primas o hermanas.

Claro que no le importaba nada que no lo fueran. No así a su mujer, que vería un insulto que alguien se atreviera a llevar a su casa a una furcia. Pero a él, en ocasiones, le hubiera gustado conocer la verdad de esas mujeres que se sentaban en el arcón sobre la bella alfombra persa, acariciando sus hilos de seda distraídamente mientras hablaban con él. No se atrevía a dar un paso más en la charla por temor a equivocarse y dar lugar a una situación violenta. Sin embargo, a veces, el roce de los dedos de la chica con la escusa de hacer notar la suavidad de los hilos de lana, le daba a entender que podía haber posibilidades de un encuentro amoroso.

La alfombra se dejaba acariciar por las manos femeninas mientras buscaban la coincidencia con las masculinas. Le gustaba el juego del cortejo. Le gustaba ser parte de él. Eran movimientos muy sutiles y comedidos. Dedos que se tocaban como midiéndose, conociéndose, diciendo lo que las palabras no podían. Las cortesanas eran delicadas en las formas. Nada que ver con la mezcla de cuerpos desnudos en las lejanas cenas de negocios de Kashan.

Stefano dei Conti en su casa, con su mujer en el mismo salón, era incapaz de aprovechar las ocasiones que, según creía, se le presentaban. Notaba sus ojos inquisidores en cualquier momento. Era una perfecta anfitriona. Atendía a sus invitados con gran delicadeza y esmero. Procuraba que se sintieran cómodos durante toda la velada. Hacía servir el vino y los licores, de forma tal que ningún invitado se apercibía de su escasez. Sin embargo, en cuanto a él, le vigilaba como si fuera un malhechor. De hecho, le decía, no consentiría dentro del palacete las actuaciones indecorosas que sabía que tenía por la calle. También con esto tuvo mala suerte. Comentaba que su esposa debía ser la única en Venecia que no aprovechaba los carnavales para esquivar las rígidas formas sociales y morales que estrangulaban el libre movimiento de las personas. A él no le importaba que se disfrazara y se colocara la enigmática máscara *moreta*, de mujer muda, y saliera a la calle al encuentro de la diversión carnal. Pero ella se negaba a participar en la degeneración. La señora decía que la continua fiesta, la falta de moral, la promiscuidad, el juego y la corrupción a la que se había vencido Venecia les llevaría a un fuerte castigo de Dios. Acababa comparándolo con el ejemplo bíblico de Sodoma y Gomorra.

A Stefano dei Conti no le quedaba más remedio que reconocer que su mujer tenía razón. Pero al mismo tiempo se preguntaba qué ganaba él con quedarse en casa, leyendo todo el día en el butacón o asomándose al balcón para oler el apestoso canal. Desde que se prohibió el juego en las casas particulares, y se abrió el Ridotto, casa de juego oficial, al menos una vez a la semana cogía su máscara blanca de larva, su capa negra y salía de casa en busca de fortuna. Antes de llegar, recogía a la prostituta que le solía acompañar en estas salidas. Era elegante, esbelta, educada, sabía leer y escribir. Todo lo opuesto a su mujer. Con la cortesana recorría, ambos enmascarados, las calles adoquinadas, llenas de gente saltando y bailando, hasta llegar al casino. Éste y los casinos legales autorizados eran regentados por los patricios, sólo ellos podían tener la banca. Ya había unos ciento setenta y seis de éstos últimos, de donde la República percibía la mayor parte de sus ingresos.

Pero él solía ir siempre al mismo. Decía que el gran Ridotto era el que tenía las mesas grandes de juego, el mayor y más espectacular. Ofrecía además varias salas. Los barnabotti, que se alquilaban como banca, eran los únicos que no llevaban máscaras y se vestían con túnicas negras en un intento de dotar de seriedad el trabajo. Aunque él sabía que el dinero que había sobre la mesa no era del barnabotti. Normalmente no tenían cantidad suficiente para eso. Se preguntaba a quién querían engañar. Todo el mundo conocía a los especuladores profesionales que se dedicaban a ganar dinero a costa de ellos. Pero bueno, era una forma más de rascar algún ducado que les ayudara a vivir. Con cierta envidia reconocía que ojalá lo tuviera él.

Como si la Sereníssima fuera el gran casino de Europa, acudían numerosas personas extranjeras atraídas por la abundancia y facilidad para el juego. La abierta y legal prostitución hacía de ella un especial paraíso. El continuo ambiente festivo era el colofón de una estancia de derroche y placer. El recuerdo de ello invitaba a repetir.

A él le gustaban los dados. La escena era siempre la misma. La gran mesa de tapete verde, con bordes altos, totalmente rodeada de gente gritando de emoción ante la inminente tirada. Un hombre, en un extremo, sacudía en alto su puño suavemente cerrado. Todas las miradas puestas en él. Dejaba caer su brazo con energía al mismo tiempo que abría la mano. De ella salían dos dados blancos de marfil que giraban hasta dar con el tope de la mesa. Cuando dejaban de dar vueltas, todos los cuellos estaban estirados para poder ver los números. Un murmullo de desolación sacudía el grupo. Esa secuencia ocurría una y otra vez. Cansado de mirar, o de perder, se dirigía a la ruleta, su otra gran pasión o a la mesa de cartas, para jugar al veintiuno. Pocas veces se sentaba al dominó. Nunca lo había visto como un juego excitante. Sólo lo hacía cuando iba sólo. Era un juego tranquilo, sin prisas ni emociones, para pensar los movimientos mientras hablaba con otro enmascarado.

Era entonces, sentado en la mesa de juego, cuando miraba desde el amparo de su máscara a la gente que se encontraba en la sala. Iban disfrazados y también con caretas pero, aún así, no era difícil deducir de qué capa social provenían. Reconocía perfectamente a casi todas las personas de su entorno social. Los mismos trajes, gestos peculiares o tipos de barba hacían que los viera como si no utilizaran máscaras. Las furcias, salvo excepciones, se reconocían también por el tipo de vestimenta, más descarada y provocativa que las señoras honradas y decentes. No podía evitar entristecerse al ver a algún obrero o quizá campesino. Los atuendos raídos les delataban aunque no se les viera la cara. En un intento desesperado por salir de la pobreza, se jugaban el mísero salario que les había dado su señor unas horas antes. En apenas unos segundos, ni eso tenían. Stefano dei Conti entonces solía tener una ráfaga de pensamiento que no podía evitar. Se decía que en verdad no había diferencia entre ese obrero que acababa de perder su sueldo y él mismo. Él tampoco tenía nada aunque aparentase mucho. Muchas noches las tripas le dolían de hambre. Las comidas se habían vuelto tan sencillas como escasas. Los pocos criados que le quedaban, se conformaban con tener un plato al día como pago por su trabajo. Debían dinero en toda clase comercios, telas, verduras, harina, vino, pelucas. Él también, como el trabajador, se encontraba en el casino buscando fortuna. La única diferencia con ese desgraciado era que él disfrutaba con ello, no se trataba de un único acto desesperado. Se enfurecía consigo mismo al sorprenderse con esas ideas. Se negaba, aunque tan sólo fuera en sueños, a admitir una igualdad tan horrible. No era cierta. Él era noble. Había una gran diferencia. Por la peculiar situación de la República, estaba pasando una época de estrechez económica. Pero esto era transitorio. Pronto alguien pondría la solución. El otro, sin embargo, estaba destinado a ser siempre así. Mísero. Volvía a su partida de dominó. Borraba de su mente esos pensamientos con la charla de los enmascarados.

Era inevitable que se hablara de la situación política. Daba igual qué compañeros de juego tuviera. Siempre se acababa por hablar de ello. Se ponían en común los últimos comentarios oídos. Francia estaba ocupando media Europa. El imperio austríaco era un constante muro a su expansión. Hacía muchos años que habían firmado la paz. La Serenissima, con su posición estratégica en el Adriático, se encontraba en medio de las necesidades de ambos. Uno quería llegar desde Turín al Adriático, y el otro, poder llegar al mar para acceder a sus tierras napolitanas. La solución pasó por entregar tierras venecianas a los turcos.

Los jugadores decían que un tal Bonaparte había tomado Milán y fundado una república, la de Lombardía. Con su ejército, había tomado La Terra Ferma, el Véneto. Su objetivo eran los austríacos. Quitarles su poder en esas tierras. Stefano les miraba desconfiado. No se acaba de creer esos cuentos de los militares franceses. Uno de los participantes en el juego comentó indignado que el populacho les echaba la culpa a ellos, a la nobleza. Estaban convencidos de que si la oligarquía hubiera permitido la entrada a la burguesía, la catastrófica situación no habría ocurrido. Lo cierto es que por donde iba oía comentarios similares. Se palpaba un ambiente de animadversión hacia ellos. Ellos, que siempre habían dado de comer y proporcionado abrigo a estos miserables. Otro dijo que le habían dado una paliza en medio de la calle, simplemente por ser noble.

Stefano dei Conti acababa todas las noches tremendamente borracho, como el resto de sus acompañantes. Alguna mañana amanecía en el suelo, agarrado al baúl donde estaba puesta la alfombra. Su cara descansaba plácida sobre ella. Los brazos inertes colgaban a ambos lados del baúl. Cuando la luz del sol entraba en el salón y le dañaba los ojos, despertaba lentamente de su sopor. Pasaba la mano sobre ella, acariciándola. Le daba palmaditas cariñosas, como agradeciendo que siempre estuviera ahí para recogerle. Se levantaba con movimientos torpes y vacilantes. Intentaba encarar el nuevo día sin más pretensiones que esquivar el sufrimiento. Su esposa ya había ido a misa y desayunado. El se había quedado sin las dos cosas. A menudo se preguntaba si Dios le castigaría por tantas ausencias.

A la alfombra le atormentaba ver a su dueño en ese estado.

Muchas madrugadas se refugiaba en su calidez. La abrazaba y acariciaba. Percibía su soledad, su desesperación, incluso su miedo. El calor del cuerpo dormido la traspasaba hasta llegar a su urdimbre. Intentaba darle la fuerza que necesitaba pero se sentía pequeña ante la gran desidia del noble. Los hilos de lana y seda acariciaban suavemente la cara del hombre. No sabía cómo ayudarle, cómo insuflarle el aliento que tanto necesitaba. Creía que le defraudaba. Pero quizá estaba equivocada. Después de todo, era rara la noche que no se tumbaba sobre ella.

Sin ocupación seria a la que dedicar el tiempo, salía pronto de casa. No tenía destino fijo. Sólo salía y se dejaba llevar por el bullicio de la gente. Una vez en la calle, lo mismo de todos los días. Los disfraces aburridos del pueblo. No tenían ni imaginación para el disfraz. Se encontraba con muchísimos falsos soldados, un disfraz obvio, decía él, por el ambiente revolucionario o bélico que se respiraba; los hombres vestidos de mujeres, de una simplicidad abrumadora y, para él, inexplicablemente deseado; mujeres vestidas de furcias, o al menos con una ligereza extrema; disfraces de tontos y de deformes. Raramente veía algo distinto.

Caminaba sin rumbo. Se unía a grupos de conocidos, que en su misma situación, preferían disfrutar de los espectáculos que se daban en la calle antes que quedarse en casa, rodeados de lujo, pero sin nada que hacer. Muchas horas de tedio y de hambre.

Los teatros, en todas sus variedades, les gustaban. Había pequeños teatrillos repartidos por toda la ciudad. En ellos se representaban, con marionetas ricamente vestidas y peinadas, historias de caballeros, romances e, incluso, ironizaban con la situación política actual.

También estaban los teatros al aire libre, donde representaban una pequeña obra, habitualmente comedia, unos actores de baja categoría. Cuando veían un grupo de gente se acercaban a ellos. Normalmente era señal de que había un espectáculo.

En general, él disfrutaba con todo. Le asombraba la habilidad de las personas para conseguir determinadas cosas. Admiraba, por el valor que les suponía, a los domadores de grandes animales exóticos. Éstos los exhibían encerrados en una especie de jaula redonda, con una barrera a media altura de madera. El domador solía estar dentro y ordenaba al gran animal que se acostara, se levantara o anduviera. Al noble, que una bestia de esa envergadura obedeciera al hombre, le resultaba asombroso.

En una ocasión, al salir de uno de esos espectáculos, se separó del grupo. Había oído que se iba a celebrar una pelea de puños. Siguió a la multitud que hablaba de los contrincantes. Ellos los conocían, parecía que algunos incluso eran vecinos de los luchadores. Esa vez eran de los barrios de Dorsoduro y Santa Croce. El puente donde se celebraba la pelea estaba cerca. Pudo coger un sitio desde donde se veía muy bien la misma. Los dos hombres, en medio del puente sin barandas, como la mayoría de ellos, sobre las señales colocadas en el suelo, de las que no podían salirse durante la contienda. Uno vestido de negro y el otro con bufanda roja para que los espectadores los distinguieran. Al primer movimiento de los contrincantes, la multitud vociferaba animando a su preferido. Perdía el que cayera al agua. Stefano dei Conti gritaba en favor del de rojo. Le parecía que tenía un cierto aire de caballero. Al menos, no tenía la apariencia tan brutal del otro. Los dos eran buenos. Mantenían el equilibrio sobre las marcas de forma asombrosa. Después de varios minutos de golpes, el de rojo cayó al agua. El noble se alegraba de no haber apostado por él. Al menos no perdería más dinero. Al ver al luchador en el agua, sucia y maloliente, pensó que éste se llevaba una doble pena. Una, el hecho de perder. Otra, la duda de si se salvaría de las muchas enfermedades que podía coger en esas aguas. Después de todo, los canales eran, aunque a él le molestase decirlo, cloacas abiertas.

Una vez en casa, comía con su esposa algo de pasta con verduras. Las conversaciones con ella eran muy reducidas. No tenían temas en común. No tenían, desde hacía mucho tiempo, los mismos intereses e inquietudes. A ella le disgustaba que su marido tuviera esa actitud que entendía pueril frente a la grave situación que estaban pasando ellos y la república. Ya no era un chico joven a quién podían engañar con historias más o menos creíbles. Pasaba de los diez lustros. Tenía incluso un nieto. Su mujer no conseguía entender que atractivo encontraba en las calles día tras día. Si acaso, ver una obra de teatro o cualquier otro espectáculo de vez en cuando.

Ella pensaba que la nobleza debía hacer algo. No era suficiente con el Mandato de los Diez. Le habían dicho que el Véneto había caído en manos de los franceses. Temía que corrieran la misma suerte. Ya no sería sólo la desdicha de la miseria, sería sufrir las consecuencias de una invasión. Algo que desconocía hasta donde podía llegar. Pero las gentes hablaban de cosas horribles, como asesinatos, violaciones, expolio y, sobre todo, servidumbre a un extranjero. Se enfadaba con él porque los hombres de su país no hacían nada para evitar eso. No hacían nada para salir de la indigencia personal y común. Todos los días eran igual. La misma retahíla. El mismo enfado. Stefano dei Conti no sabía cómo salir de eso airoso. Sobre todo le daba miedo, mucho miedo, que los servicios secretos de los Diez, se llegaran a enterar de los comentarios de su mujer y los interpretaran como traición. Él no sabía quiénes eran ni dónde se encontraban. Era posible que hubiera compartido juerga con alguno de ellos. Podrían ser familiares. Lo que no había ninguna duda era de su eficacia. Llegaban a la perfección. Podían descubrir conversaciones de los nobles o del pueblo en menos de veinticuatro horas. Su entramado de espías cubría todos los ámbitos. Por eso, le aterraba que su esposa hiciera esas observaciones. No sabía a quién más se lo había dicho. Y de todas formas, aunque las afirmaciones las hubiera hecho en casa, los criados podían ser delatores. Después no tenían más que meter en el buzón especial con forma de león la denuncia anónima. Caerían sobre ellos sin misericordia. Si decidían que había conspiración, era pena de muerte. Ante ello no cabía recurrir ni apelar. Tampoco nadie les ayudaría. Los ahorcarían y harían desaparecer sus cuerpos. A eso sí le tenía mucho miedo. Y no veía de igual manera la situación política. Que el Véneto hubiera sido ocupado no quería decir que ellos también lo fueran a ser. Era remota la posibilidad. No había motivos para que Francia le declarase la guerra. Era verdad que ya tenía unos años. Que su cuerpo había cogido peso con el transcurso de los mismos y que la humedad perpetua de los canales se le había calado en los huesos, que le dolían y empezaban a deformarse. Pero se sentía joven. No había nada que regentar ni mandar. Había fiesta todos los días en todos los rincones de la ciudad. Con estas premisas, era muy difícil retraerse a la diversión. Tampoco tenía por qué hacerlo. Simplemente se adaptaba a la situación que le había tocado vivir. Algo que su mujer no conseguía hacer, por eso tanta amargura y rencor.

Esa noche tenía ganas de compañía femenina. La buscó en el mejor burdel de la ciudad. No era la chica elegante y culta que a él le gustaba, pero la que encontró no estaba mal. Una vez en el bullicio de las calles, a ella le llamó la atención un charlatán que, subido en una especie de altillo de madera, gritaba alabanzas sobre un elixir. El producto aseguraba él, curaba la tos, la caída del cabello, el mal de amores y un sinfín de males que el noble no consiguió memorizar.

La prostituta estaba deseosa de tenerlo, pero a él no le apetecía gastar más en ella. No obstante, después de varias caricias y promesas de placer, la chica consiguió el frasquito de cristal. Contenía un líquido de un color ambiguo, entre verdoso y marrón. Él no tendría jamás valor para tomar un brebaje semejante, pero ella estaba entusiasmada con la idea de probarlo esa misma noche, antes de acostarse.

La muchedumbre les llevó hasta una plaza, donde un grupo de músicos tocaban una alegre y saltarina melodía. Pronto se unieron al coro de gente que bailaba al son de la música. Saltaban y hacían reverencias exageradas, como parodiando los bailes de salón de la nobleza. Le daba igual. También lo hacía, como si fuera uno de ellos. Se lo pasaba bien. Eso era lo que importaba en ese momento. Siguieron bailando durante mucho tiempo, cambiaron de pareja en varias ocasiones. En una de ellas, se dio cuenta de que el hombre que le había tocado a ella la besaba y acariciaba sus senos con lujuria. Ella se dejaba. No le importó. No era más que una prostituta por la que había pagado para que estuviera con él. En todo caso, le molestaba que por lo que él había sufragado se estuviera aprovechando otro. Sudando y agotado cogió a la mujer del brazo y la sacó del grupo. Siguiendo por las calles, dieron con otro teatrillo de marionetas. Esta vez, los muñecos iban vestidos de soldados franceses que peleaban con campesinos. No se quedó hasta el final de la obra. Ya podía imaginar cual sería. Entre unos y otros le habían fastidiado la noche. Dejó a la furcia mirando la función. El se dio la vuelta y emprendió el camino a casa. Llegó pronto y sin dificultad. Era de las escasas veladas que se encontraba sobrio. Cuando entró en el salón se sirvió una copa de licor y se sentó en el baúl de la alfombra. Mientras bebía la acariciaba absorto en sus pensamientos. Ella lo miraba silenciosa. Al alba se cambió de ropa. Por la tarde venía la hermana de su mujer con su esposo. Eran más cercanos a las ideas de ella que a las suya. Inevitablemente hablarían sobre política. Y en efecto así fue.

Ese día tocaba el campesinado del Véneto. Los campesinos, comentaba su cuñado, decían que se habían dejado invadir como venganza a ellos, a la nobleza. Los nobles no habían mejorado ni cambiado los utillajes de labranza, ni habían permitido mejora alguna en las formas de cultivo y los tenían ahogados con los impuestos.

Stefano dei Conti les respondió que no se debía hacer caso a esos malnacidos y apostilló que hacía tiempo ya se quejaban de todo eso, de su pobreza. Lo hicieron de tal modo y virulencia que se tuvo que legislar al respecto para poner un poco de orden. Les recordó a sus parientes la ley de los malviventi y cómo muchos de esos desagradecidos, por sus rebeliones y quejas, tuvieron que ser callados por medio de juicios sumarísimos y, la mayoría, enviados a remar en las galeras. De tal manera, que todo aquello que les estuviera pasando ahora, continuaba diciendo, se lo merecían por ingratos y traidores. Comenzó a rellenar de tabaco su pipa para centrar sus pensamientos en ello y evitar enfadarse más. Se quedó muy sorprendido cuando su cuñado le dijo que los franceses no habían disparado ni un sólo tiro, que las ciudades del Véneto fueron entregándose pacíficamente sin poner resistencia alguna. Pero eran los suyos, la nobleza, quiénes entregaban el pueblo.

Consideró entonces que quizá era más inteligente unirse a un enemigo pacífico que enfrentarse a él. Les preguntó si habían pensado qué habría sido de los nobles si hubieran puesto resistencia. Al ver sus caras inexpresivas dijo tajante que se hubieran encontrado con una muerte segura. Terminó la frase expulsando una bocanada de humo de su aromática pipa. Su mujer se avergonzaba de esos comentarios. No sabía cuál hubiera sido la solución, pero le parecía una actitud deshonrosa el entregarse, sin más justificación, que salvar su propia vida. La conversación se dilató más de lo que deseaba. Odiaba hablar de estos temas. Por muchos motivos. El primero por el miedo a ser descubiertos por el servicio de inteligencia del Gran Consejo, como en más de una ocasión le había dicho a su mujer. Pero a esto le seguía el malestar que le producía que se cuestionara a la nobleza. No sólo a la oligarquía, también al hacer de sus congéneres. Todos eran nobles. El rebelarse contra el grupo al que pertenecían no podía traer nada bueno. El secreto del porqué había durado la oligarquía cerca de mil años era precisamente ese, la no rebelión interior de los clanes familiares, ni en la gran familia de la nobleza. Siempre habían estado seguros y protegidos por ella. Les había proporcionado formas de negocios muy enriquecedoras, como la regencia de las colonias, la venta de esclavos, la plata, la intermediación en infinidad de transacciones, los seguros navales y un largo etcétera. No podían ahora, en un momento de crisis, darles la espalda. Entre otras cosas, decía, porque seguro que encontrarían la solución a ella.

Pero además, como motivo a valorar en mucho, le aburría sobremanera estas discusiones. Siempre era lo mismo. Las mismas palabras dichas por un lado y por el otro. El mismo pellizco en el estómago por la rabia contenida. El mismo mal humor que se le quedaba pegado en el cuerpo durante horas. Todo, para no solucionar nada. Entendía que no merecía la pena ese mal rato, pues no se sacaba nada positivo de ello. El pensaba que Dios le había puesto en el mundo para disfrutar de la vida que El había creado. Si no, lo habría colocado en otro sitio. Quizá con los campesinos. Por lo tanto, cualquier manera de sufrimiento, y esas conversaciones eran una de ellas, le parecía casi una herejía. Sintió un gran alivio cuando por fin pudo salir a la calle.

Ya era de noche. Se unió al primer grupo cortejo que se cruzó en su camino. Era bastante numeroso. Muchos de ellos disfrazados de marineros. Debía ser un grupo de vecinos y amigos que se ponían de acuerdo para salir. No le importaba. Le ofrecieron una botella de vino. Le dio un buen trago. Tuvo que respirar hondo y fuerte al hacerlo. Aquello era más parecido al vinagre que al vino. Expulsó aíre varias veces, de forma exagerada, en un intento de eliminar rápidamente los agrios vapores de su boca. Pero antes de conseguirlo, estaba de nuevo dándole un trago a la maldita botella. Era un grupo divertido. Populacho vulgar, pero divertido.

Llegaron a una placeta dónde se arremolinaban gentes alrededor de una caseta de tela. Se acercaron a ella pero desde fuera no se veía nada. El dueño gritaba los portentos del espectáculo del interior. Era único, mágico, una maravilla de la ciencia. Veían salir a la gente de ella con caras de asombro, incluso una mujer lloraba porque había sentido mucho miedo. El grupo, intrigado como él, se quedó para verlo. Mientras esperaban el momento de entrar bailaban y saltaban al son de unas flautas que tocaban dos de ellos. Cuando por fin le llegó el turno, junto con varios más, entraron en ella. Se quedó fascinado por lo que veía. Era un pasillo estrecho. En la pared más larga, la que estaba frente a la puerta, había unos pequeños agujeros en la tela cubiertos con unas cortinillas. Cada uno eligió el suyo. Se asomaron curiosos por esos huecos. En efecto era como magia. ¿O era el alcohol? Veía imágenes sobre una tela, pero en realidad no estaban allí. Eran, no quería pensarlo, pero eran como fantasmas. Ciudadelas extranjeras, según decía el charlatán, animales extraordinarios, paisajes de otras tierras...todas las escenas tenían una extraña y atrevida iluminación de colores, lo que aportaba si cabía, más sensación de estar viendo algo mágico. Stefano quería saber qué era eso. Él siempre había creído que todo debía tener una explicación. Metió la cara todo lo que la apertura le permitió. Miró a ambos lados de la estancia en oscuridad. No tardó en ver a un hombre sentado en un taburete, junto a un aparato extraño. Se parecía a un catalejo, al que habían añadido en un lateral una especie de cuadrito de cristal. Distinguió unas transparencias pintadas sobre placas de vidrio. Estas imágenes se iluminaban con lámparas de aceite. Al estar en una cámara oscura, y pintadas en el cristal se proyectaban en la lona. Salió entusiasmado de la caseta. Pensó que era un invento muy ingenioso. Una vez más, rió de la ignorancia del populacho. Nada tenía que ver con la magia. Entabló conversación con el feriante. Quería conocer algo más sobre el ingenio. Pero el otro no le supo decir mucho. Simplemente que le llamaban la linterna mágica.

Seguía con el grupo recorriendo las calles, saltando y brincando todo lo que podía. De nuevo le pasaron la horrible botella. Bebió dos grandes tragos e inmediatamente se inclinó con grandes aspavientos intentando eliminar el mal sabor del brebaje. No se acostumbraba a él. Al incorporarse se dio cuenta de que estaba muy cerca de su casa. Abandonó el cortejo y se dirigió a ella con pasos inseguros y vacilantes. Después de varios intentos consiguió abrir el portalón.

Una mañana más, el noble amaneció sobre la alfombra babeando, con un fuerte olor a vino. Se levantó como pudo. La huella de la bebida todavía estaba en su cuerpo. Quería llegar a tiempo a misa y después desayunar con su esposa. Hoy era el día grande de carnaval, el Giovedi Grasso. Quería llegar pronto a la Plaza de San Marcos para poder coger sitio en uno de los palcos que montaban para ver el espectáculo principal. Le dio las palmaditas de agradecimiento. Como de buenos amigos que se comprenden.

Alcanzó a su esposa cuando salía en dirección a la iglesia. Los dos asistieron a misa y regresaron a casa, donde la criada les tenía preparado el desayuno. Mientras daban cuenta del café y los bollos, su esposa le ponía al día, muy a su pesar, de las últimas noticias. Le contaba con cierto aire de indignación, que el tal Bonaparte había pactado con los austriacos, que les cedía el Véneto a cambio de Bélgica y los Países Bajos, algo que el francés necesitaba para poder invadir Gran Bretaña. Stefano dei Conti no se lo creía. Eso no era más que una estrategia para poner nerviosa a la población. Su mujer le seguía contando que al parecer las ciudades de Padua, Verona y Vicenza habían sido asediadas por los franceses. La población se había resistido, no como las anteriores. Pero finalmente pudieron con ellos sin grandes dificultades.

Venecia, seguía parloteando ella, había estado mirando siempre al mar. Habían sido poderosos con y a través del mar, pero nunca la Serenissima puso interés en formar una infantería y caballería para posibles ataques por tierra. Más aún cuando en los últimos años, según se conocía ahora, el resto de Europa se había ido formando en estados nacionales, con unos ejércitos de tierra poderosos y bien adiestrados. Decía con tono nervioso y de desesperación que no les quedaba nada. Los siguientes serían ellos, los venecianos.

Su marido la cogió por los brazos y la sentó sobre la alfombra. Estaba muy nerviosa. Acariciaba sus hilos y los removía con los dedos. Separaba los de lana de los de seda, quizá para quitar de su mente los malos pensamientos. Stefano intentaba tranquilizarla. Le propuso ir con él a San Marcos. Ella accedió.

Le asombró ver a tantas personas por las calles a tan temprana hora. Cogida del brazo de su marido, observaba que muchas de ellas era seguro no se habían acostado todavía. Aunque habían llegado pronto, ya había bastante gente en la plaza. Consiguieron un buen sitio en unos de los palcos, colocados en frente del Palacio. Poco a poco la plaza se fue llenando y las secciones ocupándose por toda clase de personajes. Había una gran algarabía, risas, bailes espontáneos de la gente que esperaba, niños corriendo. Por fin el sonido de unas trompetas anunciaba la salida del Doge al balcón del palacio. Era emocionante ver como iba apareciendo la máxima autoridad. El Doge se sentaba en un trono, en el centro. A su alrededor, el Gran Consejo de los Diez y distribuidos en otros aposentos superiores, las señorías. El público ovacionó al gobernante cuando salió, y lo hizo con más entusiasmo cuando saludó al pueblo con la mano.

A una señal suya empezaron los últimos espectáculos del carnaval. El primero fue la Danza Moresca. Stefano dei Conti estaba maravillado. Su esposa también. En ella participaban muchos hombres. No consiguió contarlos. Pero era impresionante como formaban figuras al ritmo de los tambores y choque de sus espadas. Una especie de desfile marcial con una cierta coreografía. Se retiraron entre grandes aplausos y vítores del público. La pareja se sumó a ellos emocionados. A continuación entró al centro de la plaza lo que llamaban Fuerza de Hércules. Ésta consistía en pirámides humanas. Se colocaban de base seis hombres. Sobre sus hombros subieron cinco hombres más. Lentamente formaron varios pisos cada vez con un número menor de participantes, hasta llegar a una sola persona. Un niño, el Cimiero, que culminaba la torre.

Por último, el Svolo del Turco. Esta atracción gustaba mucho a la esposa. Un equilibrista subía por una cuerda tensada hasta la cima de El Campanile. Al regresar dejaba un ramito de flores a los pies del Doge. Ella aplaudía con efusión. Algunos bailes y danzas cerraron el espectáculo. Lentamente, la gente fue desapareciendo de la plaza hasta quedar completamente vacía. El prefirió esperar a que la gente se alejara un poco. Sabía que a su mujer no le agradaba el encuentro y roces con el populacho. Parecía que ya se le había pasado el miedo a la invasión francesa y aparentaba tranquilidad. No deseaba romper esa paz.

Pretendía llevarla por calles tranquilas, vacías de gente. Pero era imposible. Era el día grande del carnaval. La multitud había llenado las calles y callejones. Entre empujones y saludos a personas conocidas, llegaron a casa. Por fin. Pero su sorpresa fue mayúscula cuando la criada le anuncio la presencia de sus cuñados. Entraron en el salón. La esposa, después de besar a su hermana, se sentó sobre la alfombra persa. Tocaba los hilos de seda suavemente, muy despacio, como esperando algo que debía venir.

El cuñado, de pie, con las manos cogidas atrás, iba y venía siguiendo un surco imaginario. Stefano dei Conti, con una mano puesta en la gran chimenea de mármol y la otra agarrada a la solapa de la chaqueta esperaba que alguien hablara. No estaba muy seguro si debía ser él el que lo hiciera. Finalmente fue su esposa, la que dirigiéndose a su hermana le preguntó por la inesperada, pero agradable visita. Ésta sacó un pañuelo de encaje del pequeño bolso de terciopelo marrón que tenía sobre su regazo y se enjugó una lágrima. Su marido, sin parar en su paseo, comenzó a contarles lo que se acaban de enterar hacía apenas unas horas.

Parecía que Napoleón Bonaparte, el general francés, había declarado la guerra a la Serenissima oficialmente. Todo había sucedido bastantes días atrás. Los campesinos de las últimas ciudades invadidas por su gran ejército se habían revelado ante la invasión francesa. La chusma decía que no estaban dispuestos a ser súbditos franceses. Según le habían contado, la rebelión la empezaron los campesinos y después se les sumaron los burgueses. Se enfrentaban a ellos de la única manera que podían, a base de guerrillas. Stefano dei Conti no daba crédito a lo que oía. Estaban en guerra con los franceses. Nervioso, comenzó también a pasear de un lado a otro del hogar encendido. Lo que pudo balbucear fue como iban a escapar. Estaban literalmente en una isla. La única salida era el mar. Pero pronto se serenó. La declaración de guerra podía implicar solamente ceder ante las pretensiones que tuviera. Seguro que éstas serían referentes al puerto u otra concesión estratégica, económica o geográfica. No debía implicar nada más. La oligarquía sabría negociar con él, igual que lo hicieron los nobles de Terra Ferma. Dijo en un esfuerzo por convencerse a sí mismo que no tenía la importancia que en principio podía aparentar. A medida que hablaba sobre su hipótesis y buscaba qué era aquello que le podría interesar al general, le fue quitando importancia al asunto dejándolo en un simple juego diplomático y descartó definitivamente un posible conflicto bélico. Sus cuñados salieron de casa algo más animados, pero muy lejos de compartir esa teoría.

Dos días después, las campanadas del El Campanile de San Marcos daban las doce de media noche. Final del Carnaval. Se cerraron los teatrillos. La música cesó. La gente regresó pronto a sus casas. El silencio se impuso en las calles.

A la mañana siguiente, se fue a jugar al fútbol con varios nobles más. El partido se interrumpió por que vino otro de ellos haciendo grandes movimientos con los brazos desde lejos, avisando de que pararan. El hombre llegó exhausto. Les comunicó jadeando que el Consejo de los Diez había claudicado, se había disuelto. El grupo estaba aterrado. No tenían gobierno. No sabían que podía pasar a partir de ese momento. Quizá las tropas francesas aprovecharan ese vacío. Todos, sin salir de su estupor, corrieron a sus casas.

Cuando Stefano dei Conti entró en el palacete, ni siquiera se percató de que el gran portón estaba abierto. Oyó ruido en el salón y dirigió sus pasos en esa dirección. Al entrar, vio a su mujer tirada en el suelo, tapándose la cabeza y llorando temerosa. Se dirigía raudo a su encuentro cuando percibió un chasquido en el otro extremo de la estancia. Al girar la cabeza se sorprendió al descubrir varios soldados franceses que estaban robando objetos del salón. No le dio tiempo a nada. Un sable le atravesó el pecho. Cayó muy cerca del arcón. La sangre, espesa y oscura, empezó a avanzar lentamente sobre el suelo. La gran mancha roja, redonda, se acercaba lenta pero imparable a los flecos que descansaban sobre el suelo de mármol. La alfombra temía enjugar el viscoso líquido del que hasta ese momento había sido su dueño. Sabía que no podía hacer nada por él. Ni siquiera el recoger su esencia convertida en un pesado flujo con sus hilos de lana y seda podría ayudarle. Le invadió una gran desazón y un fuerte sentimiento de culpabilidad afloró desde su urdimbre. Con cierto remordimiento repasó la convivencia con Stefano. Se dio cuenta de que ella simplemente fue cómplice de sus desmanes y excesos. Reconoció que no supo ayudarle. Si lo hubiera hecho no le hubiera salvado la vida. Lo ocurrido fue inevitable. Pero la existencia de ese hombre podría haber sido distinta. Debía haberle aportado serenidad, dignidad. Mirando el cuerpo inerte y ensangrentado sintió un fuerte deseo de notar de nuevo sus manos, sus caricias, sus palmadas de amigo confidente. De repente, notó un fuerte tirón y se elevó por los aires. Arrugada, como un trapo viejo, abandonó el palacete sobre los hombros de un soldado francés.

LA HABANA 1845

La velada transcurría serenamente en el saloncito del primer piso del hotel. Estaba destinado a los momentos de descanso y ocio de los clientes, pero a Alejandro y su mujer les gustaba pasar todas las noches un rato con ellos. Cuando su madre Hortense envejeció, dejaba consumir los días sentada en la mecedora, junto a la ventana. Las fuerzas la habían abandonado y ya no trabajaba pero medía el pulso del negocio a través del contacto directo con los pasajeros. Siempre había personas dispuestas a hablar. La mayoría eran hombres de negocios europeos que iban a La Habana en busca de buenos productos. Cargaban barcos enteros con tabaco, azúcar, algodón o café que luego vendían en sus países. En ocasiones les acompañaban sus esposas. Éstas solían esperar allí mismo a que sus maridos regresaran. Hortense entonces pasaba el rato con ellas hablando de Europa, de Cuba, de lo que costaba la vida, de los hijos. Les contaba sus orígenes africanos, sus costumbres, y ella se embebía de las suyas. Pero el día tenía demasiadas horas. Instantes que dedicaba al recuerdo de un tiempo lejano. Aún así el reloj no corría. Le sobraba mucho tedio y le faltaba el calor de un abrazo. Una mañana ordenó a los criados que trajeran la vieja alfombra persa de su habitación al salón. La colocaron en un lugar destacado, donde se sentaban las señoras habitualmente. A su espalda, un impresionante mueble escritorio; aplastando sus hilos, las patas delanteras de tres sillones con estampaciones florales y la mecedora de la anciana. Cuando se quedaba sola se dedicaba a mirarla. Su vieja alfombra. A la anciana le gustaba verla. Decía que todavía seguía descubriendo nuevos rincones del paraíso. Detalles en los dibujos que, quizá por pequeños, les habían pasado desapercibidos.

Sabía que continuaba dándole felicidad y suerte. Los días ya no eran tan pesados, el tiempo se acortó. Por las grandes ventanas abiertas salía el humo del tabaco de los hombres y entraba el fresco de las noches de invierno y el aroma del mar. De los hilos de lana y seda emanaba la tranquilidad que su dueña necesitaba. La alfombra la veía muy envejecida, nada que ver con aquella joven esclava que se prendó de sus colores tanto tiempo atrás. La conocía muy bien y sabía que se encontraba muy sola. No tenía familia con quien cobijarse, sólo un hijo y éste se debía al trabajo y a su esposa. Ella representaba el único asidero para soportar los largos días, por eso intentaba transmitirle toda la fortaleza que su entramado le permitía.

El hotel lo construyó el padre de Alejandro, Gérard. Era entonces un joven soldado francés. Cansado de guerras que no llegaba a entender, de recorrer toda Europa arrasando ciudades y pueblos, matando sin tener en cuenta si eran militares o civiles, hastiado de sangre y violencia, decidió embarcarse en el primer navío que le llevara a una de las colonias allende los mares. Necesitaba una nueva vida para olvidar el horror de la guerra.

Con todo lo que había conseguido a través de los años como botín de guerra, entre lo que se encontraba la alfombra, llegó a Haití en 1800. Pensó que, administrándolo bien, podría vivir en lo que él se imaginaba que sería una especie de paraíso. Vendió algunos objetos y estableció un comercio de herrero. Amontonó el resto de su tesoro en un rincón de la única habitación de la casa olvidándose de ellos. Pasaban los días de forma tediosa, soportando un bochorno húmedo y pegajoso que sólo daba respiro al caer la noche. La paciencia y serenidad que en un principio tenía la alfombra se fundió en el calor tropical hasta desaparecer, dejando paso a la desesperación y al pánico que crecían en su interior rápidamente. No veía intención alguna en su dueño de sacarla de aquella montaña de trastos viejos y tratarla como compañera de viaje. Era evidente que no buscaba calor, caricias ni consuelo, pero todo su ser sí necesitaba del roce de las manos del hombre y echaba de menos confidencias y susurros.

El francés se dio cuenta de lo equivocado que estaba en cuanto a las expectativas que se había creado para su nueva vida. Observó que era una sociedad muy cerrada. Estaba claramente dividida en clases sociales muy separadas entre sí. La clase alta, formada por los terratenientes, dueños de las grandes plantaciones y funcionarios; la media o pequeños blancos, donde estaba situado él; los mulatos y negros libres, que eran considerados por los blancos inferiores, aunque fueran mucho más ricos que ellos; y por último los esclavos, muy superiores en número al resto. La economía de la isla se basaba en ellos, los esclavos, no en los negocios y trabajos de profesiones liberales, como él mismo. Esto le defraudó mucho. Intuía que difícilmente saldría adelante.

Llegaron en plena revolución de esclavos. De nuevo sangre y horror. Los negros querían ser libres. Querían dejar de ser maltratados, golpeados, humillados. Necesitaban recuperar la dignidad de ser persona, dejar de creer que eran menos que los animales que cuidaban. Comenzaron a rebelarse de forma individual, muchas veces con actos simbólicos, pero poco después lo hicieron en pequeños grupos. Sabían que no tenían nada que perder, por eso los más osados mataban a sus amos blancos. Creció en ellos una rabia que estaba contenida durante generaciones y se contagiaron unos a otros del ansia de libertad y de justicia. En todas las grandes haciendas, los blancos dormían junto a un machete. Los asesinatos de amos o esclavos eran diarios, y los castigos a negros, culpables o no, también. Sin embargo, la muerte de los negros en raras ocasiones era castigada. El miedo se instaló en la isla. El miedo de los negros. El miedo de los blancos.

Gérard veía pasar con cierta frecuencia a una mujer mulata que a él le parecía preciosa. Desde que la distinguía a lo lejos recorrer la calle de tierra pasando frente a él hasta llegar al puesto de las frutas, no podía mirar a otro sitio. Su cuerpo moreno asomaba por unas vestiduras más humildes que las de las blancas. La falda, rizada a la cintura, dejaba ver parte de sus pantorrillas desnudas. Una blusa holgada descubría los hombros. El pelo largo y negro, muchas veces recogido con un trozo de tela caía, sobre uno de ellos. El movimiento grácil de sus andares lo hipnotizaba.

Ella jamás dio señal alguna de que notara ese interés. Nunca miró hacia él ni hizo gesto alguno. Simplemente pasaba por su puerta, como por tantas otras. Gérard no sabía cómo proceder. No era blanca. A él no le importaba, pero desconocía como podría acceder a ella. Un vecino le dijo que era la esclava doméstica de una anciana blanca. Vivía en una de las mansiones de las grandes plantaciones. Tardó muchos días en recopilar el valor suficiente para acercarse a la mansión. Tampoco tenía claro que estrategia seguir. Pensó en entrar en la zona de servicio de la casa y acercarse a ella. Pero los otros esclavos se lo impedirían, seguro que habría un hombre negro que vigilara esas cosas. Podía presentar sus respetos a la señora, le diría que había llegado de Francia hacía sólo unos meses. La cortesía ante sus vecinos le había llevado a su casa. Podría ofrecer sus servicios de herrero y cerrajería.

En realidad, ninguna de las opciones le parecía adecuada. No podía entrar por la puerta de atrás de nadie para hablar con una esclava. No podía entrar por la puerta principal de un blanco grande porque él era un blanco pequeño. No podía ofrecer sus servicios a la señora. Para eso ya tendría un capataz. No podía cortejar a una mulata esclava sin ser el hazmerreir de toda la isla, porque los blancos sólo cortejaban a las mujeres blancas.

Armándose de valor, un día se decidió. Se puso la chaqueta, se calzó las botas, y metió bien la camisa blanca con la gran lazada entre los pantalones, por último se colocó el sombrero y subió al caballo. Dejó la ciudad atrás, y siguiendo las indicaciones del vecino buscó una gran puerta de forja, que daba paso a un camino algo más ancho, flanqueado a ambos lados por altas palmeras. No tardó mucho en divisarlas. Cruzó el gran portalón de hierro y se adentró en el camino de la plantación.

Llevaba varios minutos por el camino. Todavía no divisaba la casa. No tenía prisa en llegar, y seguía sin saber qué debía hacer. Pero en ese momento era algo que no le preocupaba. Estaba disfrutando de la vista del cafetal. Grandes extensiones de terreno a ambos lados del camino con hileras de arbustos de un metro de altura, con unas hojas verdes oscuras y brillantes, que servían de fondo a una flor blanca que resaltaba aun más su blancura sobre esa oscuridad. Desconocía la planta de la que se sacaba el café. Viéndola, le era imposible imaginar de donde salían esos granos negros y aromáticos. Aunque iba a caballo, empezaba a sobrarle la chaqueta. No se había acostumbrado al calor tropical. No le gustaría llegar a la casa empapado de sudor. Era algo que odiaban las damas.

Bajó del caballo y se quitó la chaqueta. Cuando intentaba colgarla de alguna manera sobre la silla de montar, vio que se acercaba alguien por el camino. Al descubrir que era la joven mulata le dio un vuelco el corazón. Se secó el sudor de la cara y rápidamente se volvió a poner la chaqueta. El tiempo justo para poder hacer un saludo con el sombrero a la chica que en ese momento pasaba junto a él. Ella sonrió y le respondió al saludo Eso le animó a hablarle. Siguieron charlando alegremente mientras continuaban el camino. Se llamaba Hortense. Sin darse cuenta, llegaron a la puerta de la mansión. Se quedó perpleja cuando él se dio la vuelta y volvió a coger el camino de regreso, no sin antes pedirle si podía verla otro día.

Los encuentros que parecían casuales se multiplicaron. Gérard fue ganándose lentamente la confianza de la mulata. Poco tiempo después le llevaba la compra hasta el portón de hierro. Hortense estaba halagada y sorprendida. Ese blanco la trataba igual que a una blanca. Con cortesía, como a una dama. En ningún momento intentó utilizarla sexualmente, siguiendo la costumbre de todos los varones blancos. Despacio, muy despacio, fue confiando en él. Ella había nacido allí. A su madre, como a casi todas las mujeres negras, la había violado un blanco. Nunca supo si su padre era alguien de la familia de sus amos u otro. Desde niña estaba sirviendo a la anciana. La señora se portaba bien con ella. Y ella le había tomado cariño. La vestía, la peinaba, compraba la verdura que le gustaba, le acompañaba en sus paseos por la finca, le lavaba la ropa y zurcía aquella que lo necesitaba. Oía historias de occidente que ya nadie quería oír. Pero a la mulata le gustaba mucho. Su curiosidad encantaba a la vieja dama. Le ayudaba a recordar el mundo en que pasó su juventud, tan distinto al que estaba viviendo.

En unos de los paseos, por el camino de la mansión, ya caída la noche, a Gérard le pareció oír una especie de música. Ella rió. Claro que era música. Era su música. La música de sus ancestros. Dejaron el camino y atravesando parte del cafetal, llegaron a otro, estrecho y sinuoso. Al final de él, en un llano, varias cabañas confeccionadas con hojas de palmeras estaban dispuestas casi en círculo. Frente a ellas hogueras en las que algunos negros bailaban unas danzas extrañas mientras que toda la comunidad cantaba al ritmo de los tambores. Gérard estaba asombrado. Nunca había visto nada parecido. Los oía hablar pero no les entendía. Sólo alguna palabra suelta. La chica le contó que era el creole. Le explicó que era una lengua única, inventada por ellos. Le comentó que los negros eran traídos de África, pero de distintas regiones, con distintos idiomas.

En una misma plantación podía haber seis o siete dialectos africanos diferentes. Muy al principio, cuando esas gentes traídas a la fuerza a América para ser esclavos, se encontraron no sólo con el suplicio que suponía eso, sino que además no podían hablar con sus compañeros porque no se entendían. Al cabo de los años, lo consiguieron con la unión de varias lenguas africanas y vocablos franceses. Las nuevas generaciones que nacían sólo hablaban creole. Los nuevos esclavos que traían lo aprendían rápidamente. Los tambores que tocaban, les recordaban a los de su tierra natal, explicaba Hortense, aunque no podían ser iguales, pues no existían los mismos árboles de donde sacaban la madera para hacerlos, ni los mismos animales, para la piel. Sonaban distintos, pero muy rítmicos. Un ritmo que animaba a mover el cuerpo. Los negros danzaban prácticamente desnudos alrededor de las hogueras. La luz del fuego hacía brillar su piel sudorosa. Con el baile y la música estaban invitando a los loas, los espíritus de sus familias, a que bajaran y se comunicaran con ellos. Así lo hacían en África, y no lo podían olvidar. Intentaban a toda costa no perder sus raíces. Sabían que jamás volverían a su tierra. Los habían arrancado de ella y navegado durante muchas semanas. Estaban demasiado lejos para volver por sus medios. Por eso, luchaban para no olvidar sus costumbres, sus dioses, sus rezos. Lo iban pasando oralmente generación tras generación. La chica le hablaba de su gente, de su pueblo, como contando un cuento a un niño. Ponía un tono de misterio al hablar de los espíritus, cantarín durante la explicación de la música y cierto dramatismo al decir que jamás volverían a sus amadas tierras. Años después, Gérard le confesaría a su mujer que había pasado verdadero miedo la primera vez que vio estas danzas rituales. A los blancos no les gustaba que los esclavos las realizaran, porque les daba terror pero lo permitían como prevención a algo peor. Sólo por la noche, en su momento de descanso.

Hortense no dormía en el pequeño poblado. Vivía en la casa grande, junto a la cocina. Era muy afortunada. Al ser esclava doméstica, debía estar pendiente todo el día de su señora. No sufría maltrato, ni el trabajo era tan duro. Le decía a Gérard de forma orgullosa que tenía sangre blanca. Eso le hacía ser mejor que cualquier negro. Un razonamiento que él no llegó a entender nunca. No era sólo ella, cualquier mulato se consideraba mejor que un negro. Sólo por llevar sangre blanca. Los mulatos libres sobre todo, llevaban el tanto por cien de sangre blanca que corría por sus venas. Llegó a ser tan absurdo, que había hasta treinta y dos clases de grados de mulatos.

El caso, es que con esos grados de limpieza de sangre podían llegar a tener ciertos beneficios. Y para ellos era más fácil obtener la libertad. Pero, y es lo que no entendía Gérard, los negros no los admitían como uno de ellos, los blancos menos aún. Le preguntaba a la chica qué era entonces lo bueno de llevar sangre blanca. Ella reía inocente. Le respondía que el blanco era superior. Era un orgullo interior. Era como ser feliz, aseguraba, no se ve, pero está ahí. Pensaba que el equivocado debía ser él, porque era un sentimiento que compartían todos, blancos y negros. En ese momento, por ser blanco, no se sentía seguro. Los negros cada vez estaban más inquietos. El odio que empezaba a extenderse entre ellos hacia su raza, le podía acarrear serias consecuencias. Le podía incluso costar la vida. Ya hacía algún tiempo que había decidido irse. Haití entraría en ebullición de un momento a otro. Se oía que Napoleón iba a mandar sus tropas a restablecer el orden en su colonia. Temía que llegara ese momento. Si ahora había guerrillas, sublevaciones y asesinatos sin estar en guerra, cuando llegara el general iba a quedar todo aniquilado. Estaba seguro de que la sangre correría en abundancia.

No quería participar en ello. No quería verlo. Y no quería dejar a la mulata. Por eso, en aquél anochecer paseando descalzos por la playa, con los zapatos en una mano, la cogió por la cintura y la acercó a él. La besó tiernamente mientras apretaba su cuerpo junto al suyo. Ella se dejó besar. Se dejó llevar por un sentimiento que le recorría todo el cuerpo. Se estremeció. Deseó que ese beso no acabara nunca. Pero terminaba, lentamente, como no parando del todo, los labios deseaban mas labios, dulces, jugosos, tiernos. Gérard tiró los zapatos. Aún besándola, le cogió la cara con suavidad y separándola ligeramente, le preguntó si se casaría con él.

La joven mulata no cabía en sí de alegría. Se volvieron a besar como una blanca seguro que no lo hacía ni siquiera estando casada. Pero no tenía sentimiento de culpa. No creía que estuviera haciendo nada malo. Quería a ese hombre blanco de ojos verdes. Se había enamorado de él. Y él de ella. La prueba era la petición de matrimonio. Cuando su pretendiente le comentó los planes de marcha, no sabía que pensar. Estaba dispuesta a dejarlo todo, a ir a otro país. Pero era esclava. No lo podían olvidar. Huir podría ser muy peligroso, pues si la capturaban, le aplicarían duros castigos, latigazos o incluso la muerte. Le daba miedo, no sabía qué hacer. Decidió que le contaría a su ama la situación.

De hecho, recordaba todavía abrazada a Gérard, la señora ya sabía de la existencia de ese hombre blanco. Lo sabía, no sólo porque estaba informada de lo que hacía su joven criada cuando salía un rato en las últimas horas de la tarde, sino también, porque durante el mucho tiempo que estaban juntas, le gustaba sonsacarle cosas sobre ella, a quién había visto o de qué hablaba con la verdulera. Se divertía haciéndolo. No le pasaron desapercibidos los encuentros con el blanco. Y le preguntaba abiertamente por él. Curioseaba con naturalidad y cierto tono de confidencia. Entonces la joven se sonrojaba y no sabía dónde mirar. Poco a poco, le fue relatando como lo había conocido, en qué trabajaba, por donde paseaban. La mañana que le preguntó si se había enamorado del blanco, hubiera querido desaparecer de repente. Era una pregunta que ni ella misma se había atrevido a hacer. Las mejillas se tornaron rojas, pero mirando a los ojos de la anciana ama lo admitió. Ésta sonriendo con ternura, le acarició el pelo, le deseó suerte y le aconsejó que tuviera cuidado. Hortense no le contó a su prometido esas conversaciones. Olvidando esos pensamientos comentó que sabía que había esclavos que habían podido comprar su libertad. Desesperada añadió que ella no podría hacerlo nunca. No tenía nada. Recogiéndose el pelo con la cinta, pensó en voz alta que quizá hubiera alguna manera de conseguir el dinero suficiente para hacerlo. Se lo preguntaría a su ama. Estaba segura que le aconsejaría bien pues se tenían aprecio. Y esto era muy importante para ella. Pero Gérard al oír estas palabras, sintió que la solución estaba ahí. Era fácil. Vendería algo de su botín y el sería quien comprara la libertad.

Cuando la esclava entró en la sala, dejó la bandeja con la taza de café y un platito de fruta variada cortada en pequeños trozos en la mesita alta, junto al ventanal. Su ama estaba sentada en su sillón esperándola, como todos los días. Disponía los cubiertos nerviosa. La señora comía la fruta de media mañana mientras ella de pie, alejada, contestaba a las preguntas. Faltando apenas un par de sorbos para terminar la taza de café, se atrevió a hablar. Empezó a contarle los sucesos de la noche anterior. Los nervios que sentía hacían que hablara sin parar. Sólo se interrumpía cuando le preguntaba algún detalle de la historia. No sabía la reacción que iba a tener su ama. Tenía miedo, era muy atrevido preguntarle por su liberación. Mientras hablaba, se arrepentía de estar haciéndolo. Terminó de hablar. La vieja dama le pidió que se sentara en el silloncito frente a ella. Se quedó extrañada por esta petición pero, sin decir nada, hizo lo que le mandaba. La anciana habló muy poco. Le dijo que hacía ya tiempo que había pensado en darle la libertad.

Nunca desde que llegó a esas tierras, nadie le había transmitido respeto sincero y deseo de estar con ella. Era muy mayor y pronto la vida le abandonaría. Por eso había pensado en otorgarle la libertad, como gratitud, antes de su muerte. Quería asegurarse de que se cumpliera. Ahora ya no tenía sentido retrasarlo más. Hablaba con una suave sonrisa en su rostro pero al mismo tiempo con gran firmeza y seriedad.

La mulata estaba paralizada. Con los ojos muy abiertos, no creía lo que oía. Las lágrimas empezaron a correr por su cara imparables. De un salto se arrodilló a los pies de su ama agarrándose a los tobillos de ella. La anciana sacó del puño de su blusa un pañuelo y se lo dio sonriendo abiertamente. La obligó a levantarse y le ordenó que se fuera. Los documentos de liberación tardaron unos días. Se los dio cuando le trajo el desayuno a su dormitorio, al amanecer. Hortense no sabía qué hacer. Apretaba los papeles contra su pecho, sonreía. Sentía una felicidad que no había sentido nunca. Pero desconcertada se dio cuenta de que también tenía miedo. Siempre había dependido de la señora. En su casa había estado protegida y alimentada. Nunca había salido del pueblo. No sabía que iba a pasar, ni a donde iba. Sus sentimientos eran contradictorios. Notaba como su pecho se expandía por saberse libre, pero, al mismo tiempo un pinchazo le alertaba del peligro que podría correr a partir de ahora.

El ama parecía que entendía lo que pasaba por la mente de la mulata. La tranquilizó. Todavía acostada en la gran cama con dosel, le aseguró que sabría desenvolverse, y que la vida no es tan complicada como parecía. Estaba segura que su hombre blanco le daría mucho más de lo que ella le podría dar jamás.

La boda, a instancias de la señora, se realizó en la capilla que la familia tenía junto a la casa. Hortense vestía su único vestido. Se cubría la cabeza con un pañuelo, en señal de respeto al lugar sagrado. Él, con una vestimenta acorde a lo que la anciana acostumbraba a ver en un blanco que fuera a negociar el precio del café. En la ermita no había nadie más que ellos tres y el cura que los casaba. Al terminar la ceremonia, Gérard le agradeció todo lo que había hecho por su ya esposa. La dama permitió que el hombre le besara la mano y les deseó una vida feliz y larga.

Al llegar a casa, desenrolló la alfombra y la extendió en el centro de la habitación. Ocupaba prácticamente todo el suelo. Hasta ese momento había estado en un rincón, junto con el resto del botín. En el tiempo que vivía allí, había dormido en el catre pegado a la pared. Pero dos personas era imposible que cupieran en él. Por eso había pensado utilizarla como cama los escasos tres días que faltaban para la marcha.

Hortense, aunque sólo la veía con la luz de una vela, se sorprendió. Pero dejó de mirarla. Su marido le rodeaba la cintura por detrás y había comenzado a besarle el cuello. Lentamente la hizo girar, sin parar de besarla, hasta que encontró su boca. Empezó a desabrochar los botones del vestido. Ella se estremecía. Nunca había experimentado las sensaciones que ahora sentía. Tenía algo de miedo. Le habían dicho que en la primera relación con un hombre tendría dolor.

La alfombra sintió de nuevo el calor de los cuerpos desnudos. Pero ahora, desprendían ternura. Se acariciaban lentamente todo el cuerpo, explorándolo, conociéndolo. Saboreaban cada centímetro de su piel suavemente como si la noche fuera a ser eterna. Con el íntimo deseo de que así fuera. Se fundieron en uno solo. Los primeros rayos de sol alumbraron los cuerpos que yacían abrazados sobre los hilos de lana y seda.

A falta de muebles en la habitación, Hortense se sentaba sobre ella para coser algún remiendo de la ropa de su marido o para comer fruta mientras esperaba su regreso. En esa espera, miraba absorta sus dibujos. Seguía su línea con un dedo lentamente, como memorizando la silueta de los mismos. Como soñando, tal vez, que se paseaba entre los bellos jardines o se refrescaba en sus aguas.

Los hilos de seda parecían que brillaban de nuevo ante la emoción única de dar la propia esencia, de transmitir sosiego, admiración. De ser capaz de conseguir ensoñaciones. Desde que Gérard la extendió cubriendo la práctica totalidad del suelo de la única habitación, la alfombra tenía la sensación de haber cobrado vida. La luz del sol la iluminaba de tal forma que sus colores resplandecían como nunca. La piel morena de Hortense destacaba entre ellos. Notó que sus manos la acariciaban con suavidad y dulzura. La chica se aferró a ella como a un talismán. Sobre ella había descubierto el amor, con ella se tapaba cuando tenía frío, con sus dibujos soñaba con un porvenir bonito. Se había convertido en el reino de la mulata y le gustaba esa nueva situación. Volvía a sentirse querida. Pero esa alegría duró poco. Antes del amanecer, la enrollaron de nuevo, la ataron por ambos lados y la cargaron junto con lo que quedaba del botín de guerra en una carreta. Con la venta de la pequeña casa la pareja pudo embarcar rumbo a Cuba. Temía que el tiempo pasara y se olvidaran de ella. Odiaba estar arrumbada en un rincón oscuro, lejos del calor de sus dueños.

Una vez en el puerto de La Habana, Gérard no sabía muy bien qué hacer. Alguien le dijo que había una posada en las cercanías. Alquiló una habitación en ella. Tuvo que pagar por adelantado al posadero, pues no se fiaba de ellos. Una vez instalados, salieron a recorrer la ciudad. Todo era nuevo, muy distinto a Haití. El idioma era el español. No entendían nada. Era una ciudad grande y bulliciosa.

Con los días, se dio cuenta que la llegada de personas a la ciudad era imparable. Blancos y negros. Existía una gran demanda de esclavos, y los negocios de compra venta de los mismos eran muy lucrativos. Las plantaciones azucareras, según pudo averiguar, se habían duplicado en los últimos diez años, lo mismo que sus producciones y beneficios.

Se ilusionó con la posibilidad de tener su propia plantación. Estudió que terrenos eran los más apropiados, cuál era el proceso de siembra y corte de la caña y como se producía el azúcar. Calculó que al menos debía comprar treinta acres y hacer un pequeño trapiche que moliera la caña. Para sacar el trabajo adelante, necesitaría diez esclavos. Desde luego no se podría permitir un maestro de azúcar. Éstos técnicos que cuidaban la calidad del producto tenían unos altos honorarios. Si renunciaba a ellos su producción sería con seguridad de baja calidad, con lo que la exportación estaría descartada. Sólo la podría vender a nivel local, y así los beneficios serían muy bajos. Finalmente dejó apartado ese sueño. Pero el tiempo corría y no veía con que ganarse la vida. El botín no iba a durar siempre. Fue su mujer quién le dio la idea. Comprar la vieja posada. Se dedicarían a dar hospedaje a toda aquella gente que llegara a La Habana.

A Gérard no le pareció mala idea. Llegó a un acuerdo con el dueño. Vendió prácticamente todo el botín y compró la posada y un esclavo que le ayudara en las obras que iban a acometer. Encalaron la fachada y el interior. Mandaron a unas lavanderas el lavado y planchado de todas las sábanas del hotel. Rellenaron los casi vacíos colchones con algodón en rama y tensaron las cuerdas donde se apoyaban. Las barandillas del patio interior fueron sujetadas y se colocaron los palos que les faltaban. Las contraventanas que necesitaban se repusieron. Limpiaron el pozo y las caballerizas. La falta de la loza para las comidas se completó. Compraron jarras de vino, vasos y platos.

Cuatro semanas después abrían el negocio. Hortense limpiaba y cocinaba. Gérard servía la comida, aseaba la zona de taberna y atendía a los carruajes. Iba al puerto a buscar recién llegados y los recogía con su propia carreta. La posada pronto tuvo fama de limpia, confortable y servicial. Había otras, pero no se podían comparar con ella.

Su habitación estaba junto a las escaleras. Era amplia pero muy austera. Colocaron el jardín del Sah en el centro, a los pies de la cama y en ambos lados distribuyeron dos mecedoras y una jofaina con espejo. Hortense la acariciaba con un pie todas las noches, justo antes de acostarse. Se había convertido en un rito. Era su particular superstición. No se podía dormir sin acariciarla, sin recibir su dosis de buena suerte y felicidad. La alfombra se divertía con estos pensamientos, esas creencias en poderes fetiches. Le gustaba que así fuera. Eso le garantizaba atención constante. Pero era tan grande la admiración que la mulata sentía por ella que hacía un gran esfuerzo por transmitirle aquello que la joven necesitaba. Creía que no la defraudaba.

Alejandro nació dos años después de abrir la posada. Era mulato, como su madre, aunque su piel era algo más blanca. Tenía los ojos verdes como su padre. Cuando empezó a gatear su madre lo colocaba sobre la alfombra y los viejos hilos se dejaban aplastar por el cuerpecillo moreno del bebé. A medida que crecía, se convirtió en un gran parque donde el niño vivía grandes aventuras entre panteras, ríos y extrañas plantas. Ella recordó con ternura a una niña pelirroja que hacía muchos años también corrió un sinfín de aventuras en el jardín de Sah.

Desde muy pequeño Alejandro supo lo que era el esfuerzo. Aunque su madre se empeñó en que debía estudiar como los grandes blancos, no se restó por ello trabajo en la posada. Ayudaba en la cocina, en el mercado, a su padre en la taberna, conducía la carreta con nuevos clientes o ahuecaba colchones. Así transcurrió su infancia. Entre el estudio en la escuela y las tareas de la pequeña hostería. Se matriculó en la Universidad y se licenció en leyes. Hortense estaba muy orgullosa de su hijo.

Se alojaba en una habitación más sencilla que la de sus padres. Aunque su madre quería que ejerciera de abogado, algo que le daría mucha categoría social, él prefería la posada. Con el paso de los años, a medida que sus padres envejecían, fue cogiendo las riendas del negocio hasta llevarlo él sólo. Cuando Gérard falleció, mantuvo la costumbre de su progenitor de pasear con su madre en la volanta, el coche de caballos con enormes ruedas. Su madre era ya mayor, pero se mantenía erguida en la banqueta del coche con la espalda muy recta, estirada, como si llevara corsé. Su cara morena rodeada del velo que sujetaba la amplia pamela no había perdido la belleza de juventud. Le decía a su hijo que las blancas, por su educación, no pisaban la calle, y que los comerciantes le acercaban el género al carruaje. Solamente las negras, con sus eternos cigarros, andaban por las calles casi desnudas. Alejandro nunca llegó a ver algo así. Pensaba que podía ser un bulo inventado por los españoles para evidenciar más aún la diferencia de clases. En verdad le daba igual la rigidez del protocolo español. Unas conductas sociales estrictas y rígidas hasta rozar lo ridículo. El conocía esas normas y comportamientos gracias a sus relaciones en la Universidad y, posteriormente, por su contacto con los clientes del hotel. El se sabía un caballero. No necesitaba que Madrid le dijera cómo comportarse.

Le gustaba acompañar a su madre a comprarle cosas de lo más variado, desde cualquier complemento para su vestimenta a telas para renovar manteles y cortinas o para vestidos. Sabía que había sido esclava. De alguna manera la quería compensar. Ella había hecho lo imposible para que el no sufriera las diferencias raciales. Tanto, que obligó a su padre a inscribirlo en el libro de registro de bautismo de los blancos. De esta manera adelantaba su origen racial. Lo cierto, es que él podía pasar por español.

Quizá por ello, se pudo casar con Silvana, una blanca criolla, como él, algo que por su condición de mulato, legalmente no podría haber hecho. Alejandro encontraba la sociedad muy compleja. Una minoría de blancos eran considerados superiores. Muchos lo eran económicamente, pero otros muchos no. Los negros eran esclavos, aunque los había libres pero que no vivían como tales. Los mulatos como él eran la gran mayoría. Un porcentaje alto de ellos, entre los que se encontraba, tenían mayores fortunas que los blancos, mejores casas, mayor cantidad de esclavos. Pero no eran admitidos en su círculo exclusivo. Pero tampoco los negros los querían. Por eso, había una burguesía de mulatos que imitaba las formas sociales de los blancos. Se había creado un mundo paralelo.

No estaba muy convencido de que su madre hubiera hecho bien en hacerlo pasar como blanco. Aunque desde luego era más respetado sólo por eso. Pero él se sentía incómodo. Su apariencia podía ser de persona blanca, pero la mitad de su familia era negra. No quería renunciar a ella por una posición. Era duro ser rechazado por unos y por los otros. Cuando Hortense oía las tribulaciones de su hijo siempre le acababa diciendo que pensaba demasiado en esas cosas, al igual que su padre. Le argumentaba que aceptar la vida tal como llegaba la hacía mucho más fácil. Pero la realidad era que la gran masa negra que formaba Cuba se estaba convulsionando. Cada vez eran más frecuentes las rebeliones de los negros, hartos de malos tratos y abusos por parte de los blancos. Si la furia negra la tomaba también con él y su familia blanca, podían despedirse de la vida.

Él seguía trabajando duro. Cada año invertía en su posada. Le gustaba estar al tanto de las novedades que aparecían en el mercado. La primera de ellas fue el escusado. Una habitación exclusiva para el total aseo personal. Dotada de inodoro, jofaina y bañera. Situada en la misma planta que las habitaciones. Era algo muy valorado por sus huéspedes. Muy pocos conocían esa nueva dependencia antes de verla allí. La mayoría quedaban encantados con semejante innovación.

Cuando apareció el colchón de muelles, primero compró uno para probarlo él. Lo encontró increíblemente cómodo, tanto a la hora de estar echado como a la de hacer la cama. Ya no había que ahuecarlos. Si bien era cierto que el de lana acogía a la persona y la envolvía en el, dejando la forma del cuerpo, también lo era que finalmente se acababa durmiendo sobre vacío, encima de las cuerdas. Y eso, definitivamente, era incómodo. Por lo que ante el éxito de su propia experiencia tomó la decisión de adquirir colchones de muelle para todas las habitaciones.

Esta medida acarreó gran revuelo entre los clientes. Cuando los esclavos, hacía ya muchos años que tenían dos, retiraban el de algodón y ponían el de muelles, las personas que se encontraban en ese momento en su habitación, los miraban con recelo. No estaban muy seguros de que fuera una buena idea. Desconfiaban del artilugio. Lo encontraban muy duro y rígido. Además, llegaron a decirle que corrían el riesgo de que se les clavara alguna espiral. Pero a la mañana siguiente, las exclamaciones de grata sorpresa fueron unánimes.

La posada había cambiado mucho desde que comenzara con su padre. Ahora era un hotel, pequeño, pero que podía acoger a los más ilustres viajeros. La cal había sido sustituida por pintura. En la fachada había colocado una balconada corrida en madera de cedro.

La entrada principal la enmarcó con la misma madera y una pequeña marquesina.

En las habitaciones, a las camas de matrimonio se les había colocado un dosel de madera tallada, con cortinillas que se corrían por la noche para evitar las picaduras de mosquito. A las individuales, un mosquitera colgada del techo, rizada arriba pero que, al abrirla, cubría toda la cama. Las mejores habitaciones tenían una cómoda, armario y un tocador para las señoras. En las más sencillas este último no estaba. En todas había siempre un ramo de flores. Decoró las estancias con pinturas y esculturas de jóvenes artistas habaneros. Además, ofrecían servicios adicionales que contentaban a los huéspedes. Éstos dejaban los zapatos en el pasillo junto a su puerta cuando se iban a dormir. A la mañana siguiente los encontraban limpios y lustrados. Los esclavos habían hecho el trabajo de madrugada.

La taberna ya no era tal. Se había convertido en el comedor del hotel. Las mesas vestían con mantel de hilo y servilletas a juego. Un pequeño centro de flor natural y un candelabro los acompañaban. La cubertería de plata y fina cristalería cerraban el montaje de la mesa. Los clientes, a veces, podían elegir entre dos platos. Siguiendo las modas europeas, el mayordomo servía personalmente a cada comensal, presentando la comida en bandeja de porcelana. No faltaba el vino y los licores, escanciados en jarras de plata. El mayordomo, siempre pendiente, no permitía que faltara bebida a nadie. Se había convertido en el hotel más caro de la ciudad. Pero las diferencias eran muy importantes. Los viajeros que cruzaban el océano para hacer negocios en la ciudad, lo apreciaban y pagaban gustosamente. Sobre todo, cuando iban acompañados por sus mujeres. Estaban en la obligación de alejarlas de ambientes taberneros, de borrachos y gentes de condición baja. En las posadas corrientes se podía encontrar todo eso, amén de suciedad y chinches.

La habitación podía costar tres onzas, el salario mensual de un administrativo aproximadamente. Pero Alejandro decía que no era ésa la comparación. El consideraba que lo que había que medir era lo que el cliente estaba dispuesto a pagar por unos servicios que no encontraba en el resto de la ciudad.

Al contrario que su esposo, Silvana no trabajaba. Tampoco hacía las labores propias de un ama de casa, pues el servicio se encargaba de sus dependencias. Las comidas eran siempre en el comedor del hotel. Además gustaba de compartir mesa con los clientes más distinguidos.

Era una mujer de carácter simpático y muy sociable. Educada como una señorita de alta cuna, sólo debía encargarse de que la casa estuviera perfecta en todo. Pero al casarse con un hotelero, ni siquiera eso tenía que hacer. Ya lo hacían otros por ella. En realidad, creía que ese trabajo no era digno de una dama. No era como la vieja Hortense, que trabajó en todos los quehaceres de la posada, junto a su marido, para sacarla adelante. Ella no podía hacer eso. Este tipo de trabajo, además de los hombres, lo hacían mujeres de condición social muy baja. Principalmente las negras. Y sentía tener que admitir que su suegra era de ese grupo.

Eso era algo que no acababa de entender ni compartir con su marido. El decía que la esclavitud debería desaparecer. Los negros en las plantaciones sufrían tremendos castigos y trabajaban en condiciones penosas. Ella intentaba convencerlo de que en realidad los negros no eran como los blancos. Ellos no sufrían de igual manera. Los ojos verdes de Alejandro se llenaban de irritación. Por respeto a ella, solía salir de la habitación dejando la conversación siempre en punto muerto. Los días se le pasaban en una rutina de bordados, comida con clientes, y cuando bajaba el calor, un paseo en la volanta junto con varias amigas blancas. Ésta la conducía uno de los esclavos, perfectamente vestido de lacayo. Las chicas competían en vestidos, pamelas y sombrillas. Les gustaba ir de compras por la zona de la ciudad que estaba dentro de las murallas, donde habían nacido y crecido. Siempre paseaban en el carruaje, jamás a pie. Eso sólo lo hacían las extranjeras o las blancas pobres y desde luego las negras y mulatas. Estas no tenían ningún pudor en hacerlo, incluso entablar conversación con hombres. Como la ciudad se había desarrollado tanto, las nuevas construcciones, tanto de barrios humildes como de opulentas urbanizaciones, se habían creado fuera de los muros amurallados. A Silvana le encantaba ver estas últimas. Las grandes mansiones, algunas incluso con escudos heráldicos en su fachada, le fascinaban. Su deseo más íntimo era poder vivir en algunas de esas casas espectaculares. Sentía cierta humillación al tener que hacerlo en el hotel. Además, este se encontraba fuera de la fortaleza y cercano al puerto. No era un barrio conflictivo, pero ellos podían aspirar a más. No entendía a Alejandro cuando le negaba una y otra vez ese capricho. Realmente, era vivir según su condición social. Le dolía que sus amigas se rieran a hurtadillas de ello.

Las jóvenes en la volanta formaban un bonito cuadro. Paseaban por las nuevas calles. Se les llenaba el alma con lo que veían. No había comercios. Sólo grandes casonas habitadas por lo más selecto de la ciudad. Se había puesto de moda trasladarse allí. Las exclamaciones y susurros no cesaban en todo el recorrido. Los nuevos terratenientes que llegaban a La Habana construían su casa en esos nuevos barrios, huyendo de la vida solitaria en las plantaciones. Cuando regresaba después de estos paseos solía estar de muy mal humor. Para ella era como volver a la vida gris, a la desdicha. En la charla posterior a la cena, en el salón de la alfombra, se desahogaba hablando con los clientes. Les decía que ella estaba presa en esas paredes, lejos del entorno social adecuado. Si había mujeres, siempre la comprendían y apoyaban. El puesto de una dama debía ser su hogar. Un hotel jamás podría serlo. Entonces se sentía orgullosa y le lanzaba una mirada vencedora a su marido. Los hombres, sin embargo, decían que era mejor estar ahí. Tal como se encontraba la situación política y las rebeliones de esclavos era más seguro que la propia hacienda, estando rodeado en ésta por ellos. Las revueltas eran cada vez más numerosas, explicaban llevando la conversación por otros derroteros. Además, continuaban comentando, había un claro movimiento abolicionista por parte de la sociedad negra y mulata libre. Decían que eran continuamente vejados, pues los colocaban siempre como seres inferiores. Había decenas de ellos detenidos por conspirar contra los blancos, por expresar ideas al respecto muy alarmantes y subversivas, o por hacer reuniones en secreto sin permiso del gobierno. Incluso, dijo riéndose uno de ellos, habían detenido a unos por haber vendido efectos con el nombre de brujerías para la conspiración de los negros.

Las señoras se estremecieron de miedo. Algunos estaban de acuerdo en que se le estaba yendo de las manos al gobierno español. No tenían mano dura para frenar estas ideas y menos las rebeliones. Se dejaban atosigar por Inglaterra, con sus miles de tratados para el control de la trata. Si ellos habían cedido al movimiento abolicionista, los españoles no tenían porqué. Si el estar a bien con ese país significaba perder el poder económico que le brindaba el sistema esclavista, casi era mejor cortar relaciones con Inglaterra.

Lo peor de todo, aclaraba un hombre grueso mientras daba una bocanada a su cigarro puro, era que se estaba contagiando parte de la sociedad blanca. Claro, decía con desdén, son blancos pobres. Los ojos verdes de Alejandro no sabían dónde mirar para que no se le notase su indignación. No quería enfrentarse a sus clientes. Pero él era mulato, como su madre, y su abuela fue negra. Él, aunque sólo fuera por ese motivo, tenía que ser abolicionista. No podía ser otra cosa. Centró la mirada en uno de los animales del jardín del Sah. Lo miró fijamente, aunque era posible que no lo viera. Era cierto lo que contaban los clientes. Era cierto que había un movimiento abolicionista. El pertenecía a este grupo. En realidad, llevaban años intentando movilizar y concienciar a la población negra y blanca sobre el tema. Como en tantas ocasiones, abandonó la estancia inmerso en pensamientos políticos sobre la esclavitud.

Desde abajo la alfombra notaba como la mirada fija de su dueño penetraba hasta la urdimbre. Se dio cuenta de que se encontraba muy lejos de allí, agobiado e inquieto. Aunque el eje de su vida era Hortense, le gustaría ayudarle a él también. Era muy considerado y cuidadoso con ella porque sabía que era muy especial para su madre. Pero en realidad nunca la tomó como un refugio, como el lugar donde dejar los pesados macutos de la conciencia. La cuidaba porque era el talismán de la persona que más quería. Con la distancia que ponía era imposible hacer nada por él. No podía darle la fortaleza y el aliento que necesitaba como tampoco veía la manera de ayudarle en su lucha clandestina contra el racismo.

A Alejandro le desconcertaba que los blancos, los grandes blancos apenas apoyaran. Para ese grupo no había más ideal que el dinero. Sin embargo, eran secundados por la clase media y baja. Pensaba que, a medida que bajaba el poder económico de la persona, subía el interés hacía los demás, la justicia o el equilibrio social.

El gran grupo de negros y mulatos era el que en verdad podía hacer algo. Pero no se ponían de acuerdo. El primero, era beligerante y muy radical. De hecho había convertido el movimiento en el odio al blanco. El blanco dominador debía morir. El segundo, no obstante, era más moderado. Pero no fueron los libres de cualquier color quiénes se hicieron eco de ese movimiento libertador, fueron los esclavos. Ellos protagonizaban rebeliones continuas y masivas. Algunas con consecuencias tremendas. Eran perseguidos por la milicia y ajusticiados.

A Alejandro le habían dicho que, cerca de Santa Ana, el ejército español había derrotado a un numeroso grupo de esclavos rebelados, ahorcando a muchos de ellos en el momento. Se sentía impotente. El ejército español acababa con las sublevaciones de forma sistemática. Los esclavos no estaban organizados, no sabían de tácticas militares ni estaban armados. Los esclavos sólo querían la libertad.

Los españoles entonces, cambiaron de estrategia. Decidieron aplicar mano dura. El gobierno español estaba convencido de que iba a estallar una gran revolución. A esto se le sumó el descubrimiento de una gran maquinación contra el hombre blanco. La confesión de una esclava, que según su propietario, dijo que el día de Navidad iba a estallar la conspiración que se estaba tramando hacía tiempo para asesinar a todos los amos. Esa declaración dio lugar a cientos de ajusticiamientos. La llamaron La Conspiración de la Escalera. Quizá porque era ahí donde ataban a los esclavos para golpearlos duramente como castigo.

Alejandro vio espantado como corría toda clase de invenciones contra los mulatos y negros libres. Mentiras para que el blanco tuviera miedo de ellos. Para que los esclavos les temieran. Para que no confiaran. El motivo de esas infamias, pensaba, era que los españoles estaban convencidos de que habían sido los mulatos y negros libres los promotores de las revueltas. Ahora estaba muy preocupado. No sabía hasta donde podía llegar tanto horror. Los colonos cogían a los esclavos y, mediante tortura, esas pobres almas confesaban las más absurdas de las ideas. Decían nombres, direcciones o inventaban tramas con tal de que dejaran de torturarles. Creía que podía ser víctima fácil de un falso testimonio.

No podía reprochar eso. Posiblemente él actuaría igual bajo tortura. Pero sí debía decidir qué camino tomar. Estudiar las alternativas que tenía. Ya había miles de personas encarceladas. No sólo negros esclavos. Cualquier clase social y color estaba representado en las cárceles. Sentía que los españoles estaban consiguiendo su propósito: parar las sublevaciones negras; eliminar la burguesía mulata y gente libre negra, abolicionistas con cultura, fortuna, influencias; y a los blancos que pedían igualdad y reformas en el sistema colonial .Todo lo estaban logrando.

Pero en contra de la opinión de su mujer, él pensaba que debían quedarse. No podían huir de Cuba a América del Norte, como era la idea de Silvana. No podía dejar a su pueblo cuando más le necesitaba. No podía defraudar a su madre abandonando la lucha por la libertad. Pero su mujer deseaba ir lejos de allí. De todo lo que oliera a negro. Era algo que sólo le había traído problemas. En su matrimonio. En su vida social. En su dignidad. La joven blanca lloraba y suplicaba. Pero el no cedía.

Después de una cena, de nuevo en el salón, para fumar y hablar distendidamente con ciertos clientes, Alejandro notó algo extraño. Al principio no sabía que era. Las damas hablaban con una copita de anís en las manos. Algunos hombres fumaban; otros, acompañaban a las mujeres solícitos.

Silvana estaba especialmente bella. El vestido de encaje estilizaba su elegante figura. Su pelo recogido en un sofisticado moño le aportaba un toque señorial, de gran dama. Estaba en el centro del salón, hablando con un caballero y una señorita.

Entonces Alejandro se dio cuenta. Faltaba ella, su vieja alfombra. La alfombra que tanto quería su madre. Donde descubrió el amor. La que le acogió entre sus hilos de seda cuando no tenía nada. Con la que pasaba las largas horas de la vejez. Su talismán.

Mirando hacia varios sitios de la habitación, buscándola, le preguntó por ella. Silvana le dijo con una sonrisa cínica que la había vendido a uno de los clientes por diez mil pesos. A Alejandro le dio un vuelco el corazón. Inquirió por aquel huésped. La recuperaría. Su blanca esposa seguía sonriendo, mirándole. Saboreando una venganza dulce, deseada. Disfrutaba con el daño que le hacía a su marido, nada comparable con el sufrimiento que durante años ella había padecido. Retándole con la mirada le dijo que no era posible. El señor había embarcado para España esa mañana, espetó orgullosa de su hazaña. Se veía en la mirada que gozaba con el dolor que a todas luces le estaba infligiendo.

Los ojos verdes de Alejandro se clavaron fieramente en los suyos. Le costaba creer lo que oía. Notó que la ira le invadía. Fuera de sí avanzó hacia su esposa y sin que ella tuviera tiempo de reaccionar le dio un fuerte bofetón con el revés de la mano.

Una calurosa madrugada de noviembre de 1845 la alfombra embarcó rumbo a España, enrollada y embalada junto con varios baúles de un comerciante español. En la oscuridad de la bodega del barco mercante pensaba en Hortense. Sabía que era parte de su vida. Sabía que la necesitaba. ¿Qué sería de la anciana sin la seguridad de su amuleto? Dudaba que pudiera llevar una existencia tranquila y feliz sin su presencia. Su fe ciega en ella como talismán hizo que la pareja alcanzara fortuna y felicidad. En realidad lo consiguieron con su duro trabajo, pero la mulata siempre creyó que fue como consecuencia de los rituales que realizaba, por sus caricias, por sus cuidados. Desde su mecedora hablaba con ella. Le gustaba recordar la vida en la plantación. La vieja ama. Se emocionaba todavía cuando recordaba a su gran y único amor. Le echaba de menos. Todos los días, invariablemente, se despedía de ella con la misma caricia que desde que llegaron a La Habana le hacía. Cerrando los ojos, como para intensificar la sensación, pasaba su moreno pie por el jardín del Sah. Era su dosis de buena suerte. Ahora sin ese apoyo temía que la vieja Hortense se derrumbase. El fuerte oleaje hacía que la embarcación se balanceara violentamente. Cajas y bultos que estaban apilados caían rodando de un lado para otro de la bodega golpeándose en sus paredes y después entre sí. La humedad iba calando su cuerpo, sus hilos de lana y seda hasta llegar a su urdimbre. Los días parecía que no pasaban. Inmersa en la oscuridad pensó en las historias que contaba su dueña sobre la llegada de los esclavos. Se dio cuenta que eran reales. Algo parecido debieron vivir al ser capturados y enviados a América. Echaba de menos las caricias de la vieja mulata, su tierna mirada. Necesitaba el contacto de esas manos morenas. Se aferró al recuerdo de los ojos verdes de Alejandro para superar el duro viaje.

CÁDIZ 1885

Don Carlos cerró el portalón. La alfombra se quedó sola, a oscuras en el cuarto interior. Recostada en un sofá de mimbre tendría que esperar su llegada. Los temores que siempre había tenido de ser abandonada y olvidada en un rincón habían sido superados en su nueva residencia. Después de muchos años de convivencia con el nuevo dueño tuvo que asumir que a éste no le interesaba y lo odió intensamente por la vida a la que le había sometido, pero aún así vendería su alma por una caricia suya.

El hombre guardó la llave en el bolsillo de su chaleco y comenzó a andar por la ya poco transitada calle. Era medio día. El calor en esas horas se mezclaba con los aromas de comida que se escapaban por las ventanas abiertas. Se rizó el final del bigote mientras intentaba adivinar los platos con los que se iban a deleitar los vecinos.

Cuando llegó a casa, colgó el sombrero en el mueble perchero de la entrada y colocó el bastón en uno de los aros laterales. Antes de entrar, se miró en el espejo y con aíre descuidado se peinó el bigote, comprobó que el engominado pelo estuviera en su sitio y, estirándose el chaleco hacia abajo, entró en el comedor.

Sobre el aparador, protegido con un pequeño mantel, descansaba la sopera, los cucharones y los cubiertos de servir. Doña Cloti esperaba sentada junto al cabecero de la mesa. Ya no era una mujer joven. Intentaba que la blusa blanca se ajustara a su cuerpo sin desvelar las redondeces propias de su edad. Para ello se ponía un corsé que estilizaba su figura. La blusa acababa en un cuello alto rematado con encaje. Las mangas salían del hombro pomposas, pero se iban cerrando a medida que bajaban por el brazo y, desde el codo a la muñeca, estaban ajustadísimas, cerradas con botones de nácar, terminando con el mismo encaje. La falda, de un color crema, rizada de una cadera a otra por atrás pero lisa por delante, dejaba ver, por estar sentada, unos tobillos vestidos con calcetas de algodón blanco y los calados de las cuatro faldas interiores. Los zapatos de medio tacón torneado estaban forrados de la misma tela. El pelo, ahuecado en todo el contorno de la cabeza y recogido en un moño alto rematado con un broche de filigrana de plata, recordaba a un turbante árabe por su aspecto orondo y abultado.

Don Carlos se sentó en el cabecero de la mesa, a la derecha de su mujer. Mientras se colocaba la servilleta en el cuello de su camisa, almidonado hasta no parecer tela, doña Cloti hizo una señal a la criada. Ésta esperaba de pie junto al aparador. Las manos entrelazadas sobre su delantal blanco, bordeado con sencillas puntillas, lo mismo que la cofia y los manguitos. Salvo un cuello de solapas redondas en blanco, todo el vestido era negro. Ésta, de forma inmediata pero pausadamente, cogió la sopera y sirvió a los señores un aromático potaje de garbanzos. Escanció el vino en la copa correspondiente y agua fresca en la suya. El señor lo saboreaba como si fuera un delicado manjar pero antes de acabar sudaba copiosamente. Un tomate troceado bañado con aceite y sal le refrescaba algo al intercalarlo con el plato principal. El arroz con leche en el postre le ayudó a bajar el calor que sentía.

Pasaron al salón, una estancia amplia pero oscura, como casi toda la casa. Muy cargada con grandes muebles y pesados cortinajes. Una chimenea de mármol negro lo presidía. Junto a ella, los sillones de tela adamascada los acogieron. Tomaron café, con una mistela doña Cloti, con un cognac don Carlos. Después, ambos se fueron a dormir la siesta. Al estar somnoliento, con cierta prisa, pero cuidadosamente, dejó la ropa en el galán bien colocada y estirada para que no tuviera arrugas al cogerla de nuevo. Se pusieron el camisón y cerraron las cortinas. En plena oscuridad se quedaron dormidos enseguida.

Cuando salió de nuevo a la calle, la temperatura era alta todavía. Pausadamente, deshizo los pasos andados horas antes. Al cruzar el portalón agradeció la leve frescura que le ofrecía la penumbra de su estudio. Se preveía una tarde tranquila. Sólo tenía anotadas dos citas. Quizá se presentaran otras dos. Aún así le sobraba tiempo para repasar el calendario de las fiestas de poblaciones cercanas. Desde el comienzo de la primavera hasta terminado el verano se concentraban la mayoría de ellas. Debía calcular por tanto, en los días que iba a estar en los pueblos, qué tiempo le quedaba para su clientela gaditana. No los podía desatender. Cada vez eran más las personas que se animaban a inmortalizar en una fotografía algún evento de su vida. Las bodas, la foto para el noviazgo, la inauguración de un comercio, la compra de un coche, los vestidos a lucir en una fiesta, la familia reunida…

Cuando don Carlos decidió comprar la cámara fotográfica y aprender ese nuevo oficio, hacía ya más de treinta años, le costó captar una clientela suficiente como para ganarse el sustento. El descendía de familia de comerciantes que, en su momento, fueron acaudalados gracias a los intercambios comerciales con las colonias. Pero se arruinaron, como tantos otros, con la gran crisis de finales del siglo anterior. Tuvo como herencia el apellido, lo que le hacía ser considerado en la sociedad gaditana como continuidad de ese status, y unos enseres que vendía para poder aparentar una vida y una economía que en realidad no tenía. Se casó con una joven de muy buena familia, lo que hizo posible, gracias al dinero de su mujer, vivir acomodadamente sin que él consiguiera traer un jornal a casa durante años.

En un viaje a París, en 1845, conoció a un fotógrafo. Él había leído sobre la existencia de la fotografía, pero no había tenido ocasión de ver ninguna y menos aún inspeccionar la máquina que la hacía. El parisino le enseñó no sólo la cámara fotográfica sino el proceso de hacer la instantánea. Al darse cuenta de que el español desconocía, incluso, los principios básicos le invitó a su estudio y aprovechó para explayarse con el tema que más le gustaba. Comenzó explicando que con el daguerrotipo se obtenía una imagen en positivo, a partir de una placa de cobre recubierta de yoduro de plata. Cuando esa placa, le decía enseñándole la misma, se exponía a la luz la imagen se revelaba con vapores de mercurio. Agitado le seguía explicando que dicha imagen aparecía con una nitidez y nivel de detalle extraordinario y, acercándose a una repisa, cogió un cristal del tamaño de una estampa de la Virgen. Pasándole la mano por encima con mucho cuidado se la mostraba añadiendo que había que protegerla con un cristal y sellarla para que cuando entrara en contacto con el aíre no se ennegreciera. Don Carlos estaba fascinado con el invento. Le parecía un milagro que la figura que estaba frente a la cámara apareciera fielmente sobre el cristal que le enseñaba ese hombre.

El otro seguía hablando. Le explicaba alzando las manos que, al principio, las exposiciones eran de hasta treinta minutos. Cuando, en aquél entonces, realizaba retratos era muy difícil que la persona estuviera sin moverse tanto tiempo. Pero desde hacía algunos años la técnica había mejorado y el tiempo se había reducido. Esto, decía mientras devolvía la placa de vidrio a su sitio, había facilitado la proliferación de fotógrafos ambulantes que recorrían pueblos dónde todavía no había llegado el invento, haciendo fotografías a familias y personajes importantes.

Don Carlos vio en esto no sólo un pasatiempo extraordinario con lo que matar las interminables horas del día sino también, posiblemente, una forma de ganar dinero. No sabía calcular que respuesta podía tener un estudio de fotografía como el del francés, en su Cádiz natal. Había que reconocer que Cádiz no era París. Existían grandes diferencias. La población podía ser cinco veces menor en número. Por lo que, dedujo, por cada cinco clientes que tuviera el francés, él tendría uno. Por otro lado, las costumbres eran muy distintas. Observaba, que las mujeres vestían con más color, exagerando mucho su cintura con los corsés y el trasero con lo que llamaban poufs, las sobrefaldas eran más exageradas, así como los adornos de pasamanería que tanto se habían puesto de moda en la vestimenta femenina. Sus sombreros, más atrevidos y ostentosos, dejaban escapar los tirabuzones alrededor de la cara. Entraban a las cafeterías en pequeños grupos pero sin la compañía de un hombre, algo que estaba prohibido en España. En las reuniones sociales hablaban con ellos sin necesidad de tener a un marido vigilante. Las costumbres religiosas eran mucho más ligeras que las españolas. El negro o las cruces sobre el pecho apenas se veían. Le parecía que los franceses estaban más abiertos a cambios y novedades. Pero quizá sólo fuera una apreciación.

Durante un paseo junto al Sena, se decidió a exponer a su mujer los planes que durante esos días había forjado sobre el negocio de la fotografía. Su esposa iba cogida del brazo, luciendo orgullosa un vestido a la última moda francesa. Era tan exagerado con el apretado corsé y el pouf de sus posaderas, que a don Carlos le parecía imposible que pudiera moverse con tantos kilos de ropa concentrada toda en su parte trasera. Desde luego, le sorprendía todavía más como podía respirar o sentarse. Apartó esos pensamientos y, entusiasmado, le habló de lo innovador que era el invento, y que por ello tendría mucho éxito. Hasta ahora los recuerdos de cómo eran o habían sido los familiares eran pinturas al óleo sobre un lienzo, con más o menos parecido a la persona retratada. Con la fotografía el parecido era exacto, pues era como mirarse en un espejo que había paralizado la imagen.

Le contó que podía comprar un ático para tener la luz natural que necesitaba y que allí instalaría el estudio de fotografía. Sería el único en Cádiz. Necesariamente tendría que funcionar. Pero no sólo trabajaría para sus convecinos, iría a ofrecer sus servicios a las poblaciones cercanas. Podría ir en las fiestas patronales, cuando todos tienen un vestido que lucir o un santo que sacar. A doña Cloti no le gustaba nada lo que estaba oyendo. Veía ese invento como un capricho más. Una bufonada que le iba a costar un capital. No sabía a cuánto podría ascender la máquina y todos los enseres necesarios, posiblemente sería muy cara. Algo tan nuevo, tan especial y tan extraño era seguro que valdría mucho. Para gran irritación suya, ya veía mermar su fortuna en la compra de un piso en el centro de la ciudad. Pero con lo que se horrorizó fue con la idea de saber a su marido andando de un pueblo a otro pregonando su mercancía. Como si fuera un buhonero.

Estaba espantada con el proyecto. En ese momento, con la ira que iba creciendo imparable, se preguntaba por qué no podía disponer de su propio dinero como quisiera. Lo sabía desde siempre. Era evidente que la autoridad la tenía el hombre. Así debía ser. Pero no le encontraba sentido que de la herencia de sus padres, de la que vivían, no pudiera disponer ni de un real sin el consentimiento de su marido. Paradójicamente, aunque era suya, no podía tocarla. Era su esposo quién la administraba. En ese momento le gustaría gritar que todo de lo que tenía su familia lo había traído íntegramente ella. Sería de justicia que pudiera decidir algo donde su aportación económica iba a tener un papel principal. Si tuviera poder de decisión, esta locura acabaría rápidamente allí, en ese momento. Temía que la rabia que se le iba acumulando por momentos se reflejara en el rostro. Empezaba a sentir la humillación que le supondría decir a sus amistades y parientes que su marido se había convertido en fotógrafo, algo que no sabía explicar muy bien que era y, además, en un charlatán que recorrería los pueblos suplicando a la chusma que le comprara algo que ellos no podrían entender en qué consistía. Agarró fuertemente la empuñadura de la sombrilla de lino delicadamente bordada que le resguardaba del sol de la tarde. Sintió como la ira se concentraba en ese puño. La mano que tenía sobre el brazo de su marido seguía tranquila. Aparentemente nada pasaba. En su interior maldijo el viaje a París.

Doña Cloti le comentó alguna duda sobre el negocio y el miedo al coste que podría conllevar. Pero nada más. Tampoco hubiera servido de nada. Con su mano enguantada, le dio una palmadita y admitió la nueva situación con una falsa sonrisa. A la mañana siguiente, se levantó algo más temprano y, antes de desayunar, fue a la iglesia más cercana para confesarse. La ira era un pecado capital. No podía llevarlo con ella más tiempo. También pidió perdón por haber sentido desprecio por su marido, aunque hubiera sido sólo unos minutos, y por dudar de él.

Don Carlos llegó a Cádiz con un baúl nuevo. En él iba la cámara de fotos, las placas, los cristales, el caucho del sellado, el mercurio. Todo en cantidad suficiente para empezar el negocio. Encontró un ático a pocas calles cerca de su casa. Era muy pequeño, pero suficiente para su propósito. El salón, con grandes ventanas que daban a una terraza llena de macetas, fue transformado en el estudio donde se realizaban las fotografías. En la misma habitación, junto a la puerta que daba a la terraza, colocó su mesa de trabajo.

Dejó vacía, sin mobiliario, la pared más amplia, opuesta a los ventanales. Dependiendo del tipo de fotografía a realizar, colocaba un sillón, un pequeño sofá o una silla. Hizo pintar unos murales en tela imitando un salón de lujo, unos jarrones e idílicos paisajes.

Copiando las ideas decorativas del fotógrafo francés buscó cortinajes y tapices que le sirviera de fondo. Cuando vio a la alfombra persa en casa de un comerciante arruinado supo que era lo que buscaba y la adquirió a muy bajo precio. Mientras que todos los objetos de decoración no eran utilizados, los guardaba en una pequeña habitación al fondo del pasillo. En otra mucho más pequeña, almacenaba los productos necesarios, así como pequeñas herramientas para ajustar o arreglar la máquina.

Para sorpresa de doña Cloti, las demandas para ser fotografiados crecieron como la espuma. Todo su círculo de amistades quería probar el invento, sobre todo después de haber visto la instantánea que les había hecho el francés y que don Carlos enseñaba ufano en cada acto social al que acudían. Cuando los clientes, amigos o no, llegaban al estudio, según el fin de la fotografía, don Carlos les proponía una decoración u otra. Pronto se dio cuenta, que la más elegida era la alfombra.

A veces la colocaba como suelo. Era cuando menos se lucía. Sobre ella un sillón, donde se sentaba la señora y el marido en pie detrás, con una mano en su hombro. Otras veces la colgaba a modo de tapiz, haciendo de fondo. Solía disponer entonces una media columna, donde la pareja, o el hombre sólo, se apoyaban con aire soñador. A menudo la ponía sobre un banco, donde la señorita posaba recatadamente para su novio. Era en esta situación cuando la alfombra podía tener más contacto con alguien. Una fuerte emoción afloraba entonces desde los nudos y brillaba suplicando una mirada de afecto, una caricia. Pero con gran decepción reconocía que no le transmitían nada. Ni parecía que ella a ellos. Echaba de menos la energía que le daba el cuerpo humano. Echaba de menos los sentimientos que antaño se habían cernido sobre ella, acariciándole el alma. Los individuos estaban pendientes de la nueva máquina. No apreciaban los colores de su pelo, no veían los dibujos de su cuerpo. De alguna manera, sí debían verla, pues la elegían, pero se olvidaban de su presencia al instante. Le parecía que sus hilos de seda languidecían ante la imposibilidad de dar calor. Era la primera vez, en su larga existencia, que era incapaz de atraer a las personas, de cautivarlas con la visión del magnífico jardín del Sah y la suavidad de su tacto. No era dolor por su vanidad denostada, aunque reconocía que le dolía el que no admiraran su belleza. No en vano, las exclamaciones sobre ello habían sido una constante en su vida. No. Lo que le desesperaba era ver cómo, día a día, pasaban sobre ella ojos fríos, distantes. Manos que, con suerte, la acariciaban antes de quedar paralizados durante minutos para la instantánea. Una caricia instintiva, carente de emoción alguna. Podía entender a esos cientos de personas que pasaban sobre ella sin prestarle atención. Después de todo, era un contacto pasajero y breve. Al menos, eso es lo que se decía a sí misma para intentar comprender la situación.

Pero don Carlos no. Don Carlos la compró con el mismo interés que la media columna, que los cortinajes o que el botijo con agua fresca que guardaba en el cuarto pequeño. La plegaba y desplegaba a gusto del cliente. La guardaba durante días en la habitación del fondo, hasta que la mostraba, junto a otros bártulos, a alguien para decidir la decoración del retrato. Le dolía no ser capaz de hacerle notar sus sentimientos. Se había convertido en su nuevo dueño. Deseaba con toda su alma persa hacerle sentir que podía ser su cobijo. Acogerle entre sus hilos de seda y lana. Entre ellos, podía encontrar la serenidad y la fuerza como otros lo habían hecho. No lo conseguía. Invariablemente era considerada y tratada como un objeto más de ornamentación. Sin más implicaciones que la de adornar. No lo podía considerar su amo. Le había comprado. Por ello le pertenecía. Pero debía estar unido a ella mucho más allá de una mera transacción económica. Por eso era don Carlos. Por eso su mujer era doña Cloti. Sólo les unía el dinero.

El estudio de fotografía fue adquiriendo fama no sólo en la ciudad, sino en los pueblos de la provincia. Con el paso de los años se hizo con una clientela fija. Con la llegada del nuevo método de fotografiar, el calotipo, encontró otra nueva fuente de ingresos. El sistema anterior, sólo admitía una fotografía por toma. Eran únicas, exclusivas. Sin embargo, con el nuevo invento, se podían hacer tantas copias como quisiera el cliente o él mismo. Éste sistema partía de un negativo de papel, no de cristal. La exposición en la cámara producía una imagen latente en ese papel, introducido en una transparencia oscura.

Ya había varios fotógrafos, pero él había conseguido entrar en la lista de profesionales del gobierno. Éste mandaba hacer un reportaje fotográfico de toda España, sus monumentos, sus ciudades, pueblos o iglesias. Era una especie de inventario visual. De tal manera, que la comparación de la misma toma en tiempos diferentes, daba una imagen real del desarrollo de la sociedad. Se le ocurrió que si utilizaba esta nueva técnica en el próximo encargo oficial que tuviera, podría sacar copias posteriormente, a modo de recuerdo de la estancia en la ciudad de las personas que venían de otros puntos de España y del extranjero a visitarla. Así lo hizo. Reprodujo instantáneas de la catedral, del puerto, de las murallas, de la plaza de San Juan de Dios, de la plaza Mioia, de pueblos como Vejer de la Frontera, Algeciras, Medina Sidonia, Tarifa, Barbate, Chiclana, Grazalema, Chipiona o San Roque. Mandó hacer una vitrina, con estructura de hierro y paredes de cristal, de apenas cinco centímetros de profundidad y un metro cuadrado. La colgó en la fachada del edificio de su estudio, junto al portalón. Dentro, colocó ordenadamente las fotografías de los pueblos, calles y monumentos de su provincia.

Esta idea tan simple, le proporcionó pingües beneficios. No eran sólo los visitantes de la ciudad quienes las compraban. Los propios vecinos deseaban tener en su salón, en su despacho o colgado en el pasillo, reproducciones de su pueblo. Unos preferían la bahía, otros la belleza de la catedral y, oriundos de poblaciones cercanas alguna que les recordara su pueblo, familia, o infancia

Frente a la pequeña exposición se arremolinaba la gente, sorprendida por ver rincones de su ciudad que nunca antes habían visto de esa manera. Señalaban con el dedo los detalles de las panorámicas, comentaban que en tal calle vivían Mengano y Zutano, recordaban cuando habían salido del pueblo y comentaban lo poco o mucho que había cambiado a juzgar por lo que veían.

No había día que no se formaran esos corrillos, pues se había corrido la voz de esa original idea, y muchos eran los que tenían curiosidad por ver con sus propios ojos la obra gráfica del fotógrafo. Algunos de ellos venían con sus dos perras gordas en el bolsillo dispuestos a adquirir una si en verdad merecía la pena. Y así lo debían considerar, pues fueron pocos los días que no subió nadie al ático a comprar una fotografía.

La idea de la vitrina le valió la reafirmación como mejor profesional en su ciudad y pueblos de la provincia. Sin duda era el más caro de todos. Pero la gente pagaba con gusto la diferencia que era, a simple vista, evidente. Pedía a París las cartulinas donde debía ser pegada la fotografía, pues se revelaba en un papel tan fino que se estropearía enseguida. Dicha cartulina a veces sobresalía, entonces, el marco que formaba venía decorado con filigranas doradas. Por la parte trasera, mandó grabar su nombre, la dirección del estudio e, incluso en algunas, un listado con las personas célebres a quiénes había retratado, como el alcalde don Juan Valverde, el lingüista Eduardo Benot, don Rafael Atienza, Marqués de Salvatierra,

Merimé, Emilio Castelar o la bailaora la Morala. Estos nombres no sólo le daban prestigio, además actuaban como garantía frente a nuevos posibles clientes. La carrera profesional de don Carlos, que empezó por su fascinación ante un avance tecnológico, le había llevado a conseguir casi todo lo que su familia perdió en la gran crisis. Obtenía unos ingresos medios nada despreciables de cincuenta y ocho mil reales anuales.

Esto le enorgullecía ante su mujer, que no daba crédito al éxito de su marido. Por fin podía vivir de sus rentas. No tenía que fingir como antes del matrimonio ni tenía que sufrir los susurros de las damas detrás de él por vivir de la fortuna de su mujer.

Nunca le hizo comentario alguno sobre estos pensamientos a su esposa, pero doña Cloti había llegado a la misma íntima satisfacción, pues también ella escuchaba los susurros. Además, esa importante entrada de dinero, que durante años se había consolidado, garantizaba la herencia de sus hijos. Algo que, en los inicios del matrimonio y principalmente cuando nació el primogénito, le preocupó mucho. Sin embargo, después de tanto tiempo y, admitiendo el beneficio que obtenía, le seguía disgustando que su marido fuera de pueblo en pueblo. A veces, se pasaba semanas fuera de casa. Pero ya no viajaba solo. Le acompañaba un joven aprendiz. Ella los imaginaba en el coche de caballos, por los caminos polvorientos, solos ante cualquier adversidad. Había bandoleros que asaltaban a los viajantes. Con suerte sólo les robaban. En el peor de los casos, les quitaban la vida.

Don Carlos hacía caso omiso a los temores de doña Cloti. Con su joven ayudante, metían en maletas de madera y cuero, especialmente hechas para él, los innumerables frascos con productos químicos en los compartimentos diseñados para ellos, y que necesitarían para hacer las fotos y poder revelarlas. En otra maleta, también compartimentada, las placas, los papeles y las cartulinas. Usaban una tienda de lona negra que hacía de cuarto oscuro para el rápido revelado, y que podía plegarse y ser guardada en una bolsa del mismo tejido cuando se trasladaban. El armazón de hierro se desmontaba en cuatro varas. Éstas se metían en un dobladillo que tenía la tela a lo alto en cada extremo. Cuando las cuatro varas quedaban introducidas se clavaban en la tierra. El resultado era una pequeña habitación de apenas tres metros cuadrados, sin ventanas y con una puerta que no era más que dos cortes paralelos en la tela de una misma pared.

Habían llevado la alfombra en alguna ocasión, cuando había alguna población de cierta importancia en la ruta de trabajo. Pensaba don Carlos que, quizá, algunos clientes desearan un fondo mejor que la propia calle. Eran unas expediciones penosas. No cuidaban de ella, como sus delicados hilos merecían. La subían enrollada de cualquier manera al techo del carruaje, junto con las maletas y la tienda negra. Los ataban con unas cuerdas que cruzaban de un lado a otro del techo, dando varias vueltas a unos ganchos especiales para ello. No la cubrían para protegerla de las inclemencias del tiempo, ni del polvo de los caminos. Pero aunque se embrutecía con el paso de los días, no obstante, el viaje solía ser muy agradable. Los pueblos que visitaban normalmente estaban en fiestas.

A veces se cruzaban con alguna romería. Las mujeres y hombres del campo, vestidos todos con sus mejores galas, (aunque nada que ver con el vestuario de doña Cloti y su núcleo social), peinados y limpios, cantaban detrás de una virgen cualquiera, toda engalanada de flores silvestres que portaban unos hombres sudorosos.

Si don Carlos los veía en la distancia, sacaba el coche de

caballos fuera del camino y preparaba rápidamente la cámara en un sitio estratégico, por dónde en pocos minutos pasaría la comitiva. Ya de lejos, empezaba a disparar. Eran las que mejor salían porque el movimiento para el objetivo era menor. Pero conseguía sacar instantáneas muy buenas que apenas había que retocar. Muchas veces incluso, los anderos paraban el paso para que el artista pudiera hacer una foto buena a la virgen. Sólo que todos los romeros quería salir. Entonces los colocaba con un cierto orden alrededor del trono. Las mujeres con sus faldas de paño bordadas rizadas a la cintura, una blusa blanca muy planchada y un pañuelo doblado en triángulo alrededor del cuello, con uno de los picos en la espalda y los otros dos anudados sobre el pecho. Los hombres, con pantalón ya pardo deformado en la zona de las rodillas y una chaqueta de otro pardo distinto, muchas con coderas y con la falta de la rigidez de una buena entretela. Algunos con sombreros, otros con boinas, todos con esparteñas de tela blanca y cintas negras.

Pero la alegría que irradiaban esas gentes producía un enorme magnetismo. Ese tipo de personas eran las que con mucho hacían grato el viaje. No parecían tener nada, nada material. Sus vestimentas los delataban. No tenían tierras. Trabajaban para terratenientes a cambio de un escaso jornal, muchas veces en especie. En los pueblos más recónditos, sus casas eran sólo cuatro paredes con suerte encaladas una vez al año. Los hombres llevaban camisas remendadas una y otra vez. Cuando no se podían hacer más, las mujeres las deshacían y con la tela que quedaba, hacían ropa interior y sayuelas para los niños.

Las caras curtidas por el sol, con sonrisas melladas y manos grandes y agrietadas por el trabajo agarrando el palo del trono, no deslucían la foto, muy al contrario; la embellecía hasta extremos que la lógica no entendía.

La alfombra podía ver que las gentes no eran lo bellas que quizá doña Cloti podía pensar. Eran caras limpias, sin maquillaje que realzara su belleza, sin peinados llenos de rizos, ni sombreros ostentosos, desde luego nada de polisones ni corsés que hicieran esbelta su figura, ni ellos llevaban bigotes gruesos, ni cuellos almidonados, ni zapatos de piel. Sin embargo, transmitían la alegría de estar vivos, de disfrutar de ese día de sol detrás de su virgen, a la que adoraban y en quién confiaban sus destinos. Quizá sólo fuera ese día, pero en esa única jornada no había miseria. Las penurias se olvidaban. Era el momento de vivir. Y allí estaba don Carlos para inmortalizarlos.

Pero no todos los pueblos eran pequeños. Había otros grandes, bien cuidados. El fotógrafo aprovechaba para dedicar unos días a visitar clientes que había ido haciendo a lo largo de los años. La mayoría de ellos se alegraban de su llegada y, de nuevo, como casi todos los años, se hacían una nueva fotografía. Hijos nacidos en ese tiempo de ausencia eran retratados con la mejor ropa que tenían; o la mujer, recién enviudada, vestida de luto con aíre solemne; la hija que se había casado, venía con su esposo.

La vida cambiaba mucho en un año. Quizá don Carlos fuera más consciente de ello que los propios protagonistas. Ellos habían tenido todo ese periodo para evolucionar con los cambios y asimilarlos. Pero para él, era como si el tiempo fuera una hoja de papel que al doblarla los lados opuestos de repente se unían. Esos lados eran la misma fecha en años consecutivos. El papel del centro había desaparecido.

Con una frecuencia que empezaba a irritarle, se encontraba que al llamar a la puerta de un antiguo cliente, éste le abría encantado, alegre por su visita. Le hacía pasar al salón y, excusándose, desaparecía unos instantes prometiéndole una sorpresa. El señor aparecía minutos después portando en sus manos una cámara fotográfica. Cada vez le costaba más hacerse el sorprendido y demostrar alegría. Para mayor desagrado, aprovechaban al máximo la estancia de un gran profesional en su casa para sonsacarle toda clase de trucos para hacer una buena fotografía, o para el posterior retoque de, por ejemplo, los ojos. Para el revelado, todos tenían especial interés por las cantidades de las sustancias químicas a mezclar. Era inútil que pretendiera no saber del tema. No podía evadir las respuestas. Al principio, contestaba honestamente todo lo que sabía sobre la pregunta en cuestión, dejando asombrado al anfitrión no sólo por su sabiduría sino por su amabilidad.

Según fueron aumentando estos fotógrafos aficionados, y con ellos las clases de fotografías, decidió que no podía evitar contestar, pero sí podía evitar contestar correctamente. Y así lo hizo. Daba proporciones equivocadas de los productos químicos, recomendaba posiciones con el sol detrás del sujeto a retratar, o consejos tales como que con las nuevas máquinas, la captura en movimiento no importaba. Temía que la proliferación de cámaras fotográficas acabara con su modo de ganarse la vida. Esas personas, con cierta juventud todavía, instruidas, con ingresos, altos poseían, prácticamente todas, una de ellas. Tenían buenas profesiones que les proporcionaban un buen nivel adquisitivo. Escogían la fotografía como pasatiempo. Pero era su profesión. No era un pasatiempo para él. Si les enseñaba todo lo que sabía, pronto no tendría a quién hacerle fotos. No al menos para mantener el ritmo de ingresos que había conseguido. Estaba orgulloso de ello. Sabía que su mujer también.

Después de varios días, incluso a veces semanas, fuera de casa, echaba de menos su rutina y sus costumbres. Pertenecía a varias sociedades, tan de moda en esos años. En la Tertulia Gaditana, organizaban bailes los domingos en el patio de su sede. Por las tardes, los socios podían debatir sobre temas de actualidad, económicos o políticos. También le gustaba ir al café con frecuencia. Allí alguien, a veces él, leía el periódico en voz alta. Los demás escuchaban atentos todas las noticias. Al finalizar la lectura, se entablaba discusión sobre ellas entre los clientes. Le gustaba cuando se convertía en protagonista de la misma, cuando el tema de conversación era la fotografía. Acudía al Centro Taurino cada quince días, como gran aficionado que era, o cuando éste organizaba actividades para sus socios. A menudo iba con su esposa al Teatro Principal. Había en la ciudad mucha afición a las representaciones y las variedades. Aunque asistía con mucha frecuencia, prefería pagar los cinco reales de cada entrada cada vez que comprar un abono, con el que se le reducía mucho el precio de la butaca. El estaba atado a su profesión, sólo a eso, decía.

Don Carlos y doña Cloti, consideraban *el paseíto,* como era conocido en todo Cádiz, como un acto social de tanta importancia como una boda o un entierro. Las calles adoquinadas y empedradas desde hacía pocos años, junto al nuevo alumbrado con farolas de gas, y los bancos colocados en muchos paseos y alamedas, hacían que a la gente le gustara salir a la calle por las tardes, poco antes de la cena. Siempre se cruzaban con conocidos, con los que se paraban a charlar un poco. En ocasiones, continuaban el paseíto todos juntos. Alguna vez se les había hecho muy tarde, alejándose poco a poco de las calles principales, para adentrarse en callejuelas más oscuras. A veces descubrían alguna taberna donde cenaban hombres y mujeres juntos, algo prohibido por el ayuntamiento, con el pretexto de la necesidad de mantener el orden moral de la sociedad. Cuando algo así les ocurría, don Carlos sugería siempre entrar en ellas y cenar. Incluso, más tarde, después de la cena, era posible que se montara un tablao. Lo decía con el fin de animar al grupillo a saltarse las normas y tener la oportunidad de pasarlo muy bien uniéndose a una fiesta clandestina. A doña Cloti, como a cualquier gaditano, le gustaba la fiesta, la música y la diversión. Pero en eso no cedió jamás. No pensaba saltarse la ley por unos fandanguillos. Le ponía nerviosa pensar en lo que dirían sus conocidos y familiares en cuanto se supiera. Se avergonzaba tanto que debía sacar su abanico para rebajar el color rojo de su cara. Su marido no esperó nunca que aceptara. No podía imaginarla contraviniendo una de las innumerables órdenes del ayuntamiento de cualquier tipo, pero sobre todo, en lo que refería al decoro y la moral.

A primeros de Julio, como era habitual, se abría la temporada de baños. Por orden municipal, colocaban en la playa unas casetas de madera, con dos ruedas en la base para poderlas transportar. Estaban lo suficientemente separadas para que no hubiera posibilidad alguna de mezcla de sexos. Al matrimonio les gustaba disfrutar de la costa en los silloncitos de mimbre, que les bajaba el criado junto con las toallas blancas y esponjosas con las que secarse. Sentados en ellos comentaban, mirando la concurrencia, que parecía que el veraneo en Cádiz se había puesto de moda entre gentes extranjeras. Acudían a sus playas a tomar baños de mar. Decían que era bueno para muchas dolencias y, en todo caso, más valía curarse en salud.

A doña Cloti le ayudaba una criada a cambiarse, porque aunque iba con vestuario más sencillo y no se quitaba el corsé, las abotonaduras de las camisas, lazadas de camisas interiores y las faldas y sobrefaldas eran excesivas para ella sola. Había copiado de una publicación francesa el traje de baño que se había mandado a hacer. Era sin mangas y con escote redondo, abierto hasta los hombros. La tela a rayas transversales, anchas, de color azul y blanco, se ceñía al cuerpo hasta la cintura, de donde salían unos pololos que llegaban fruncidos con encaje muy cerca de los tobillos. Por encima de éstos, una falda del mismo género cubriendo las rodillas y atada al talle con una gran lazada blanca. El conjunto se completaba con un gorrito con las mismas rayas y las puntillas cayendo sobre la cara. A don Carlos no le hacía falta ayuda para ponerse su traje de baño. Simplemente se quitaba toda la ropa y se ponía el pantalón corto en color negro unido a una camiseta, sin mangas, en blanco, con una bonita estrella de los vientos bordada en el pecho.

Si eran los primeros en llegar, al poco tiempo se les unían los conocidos, que como ellos, gustaban pasar la tarde en la playa. Doña Cloti solía pasear por la orilla con alguna conocida, mojándose los pies. Al regreso, un poco acaloradas por el esfuerzo, las dos se metían en el mar, hasta que éste les pasara de las rodillas. Cuando alcanzaban esa altura, se sentaban. El agua les llegaba justo a los hombros. De ésta manera hablaban de la cantidad de veraneantes de ese año, o comentaban los trajes de baño que veían en las extranjeras o de las conocidas. No les daba reparo alguno, pues las dos sabían que alguna de las señoras que se encontraban en la playa las estarían criticando. Salían frescas y contentas. Dispuestas a enfrentarse a una sesión de paseíto.

Doña Cloti obligaba a veces a la sirvienta a llevar un cubo de agua dulce a la caseta. Decía que si se quedaba con la sal del mar después le picaba la piel. Con un cacito la chica la sacaba del cubo y se la echaba poco a poco a su señora por todo el cuerpo. Esto hacía que la pequeña habitación se encharcara. Por lo que, antes de ayudar a vestirla, debía recogerla del suelo con una bayeta. Una vez seco le colocaba y ajustaba las distintas faldas y blusas. Sus amigas se reían y le decían que era muy delicada. Ella se lo tomaba como un cumplido.

A don Carlos el mar le abría el apetito. En muchas ocasiones, después de la playa, acompañaba a su mujer hasta la casa y él se iba a la taberna a tomar una tapa o una ración de *pescaíto frito*. No se conformaba con una merienda de bizcochos y café. Necesitaba comida de verdad, como decía él. Alguna tarde, se había dado la casualidad de al llegar a casa, encontrarse en la mesa *pescaíto frito* para cenar.

Durante la época estival el trabajo disminuía mucho. Un bochorno plomizo y pegajoso invitaba a posponer las sesiones fotográficas para el otoño. Los escasos clientes elegían menos a la alfombra. Quizá fuera porque la asociaran con el calor. Y hacía mucho calor. La alfombra empezó a odiar el verano por el tedio que se le sumaba a su insípida existencia. Su dueño la sacaba en raras ocasiones, por lo que ni siquiera daba la opción para ser elegida. Se pasaba los días encerrada en el cuarto oscuro rodeada de cachivaches. Era la única habitación fresca que tenía la casa pero tan umbría y sola que preferiría que lo rayos de sol quemaran sus hilos de seda para saber que estaba viva. Se dio cuenta de que odiaba con la misma intensidad al hombre que la encerraba como a la estación del año que lo ayudaba.

Don Carlos creyó que no podía dejar pasar dos meses sin apenas ingresos. Estuvo estudiando de que manera sacar algún dinero extra que compensara la situación. Casualmente cayó en sus manos una publicación de contenido erótico. Al ojearla se le iba formando la nueva idea de negocio. El ya había visto postales libertinas en algún viaje a la capital. No era nada nuevo. Pensó que a los hombres siempre les había gustado el desnudo femenino, los cuadros donde aparecían éstos siempre eran comentados entre ellos. Decidió hacer alguna prueba y enseñarla a sus conocidos de la tertulia. Les pediría opinión. Una sofocante tarde de agosto colocó a la alfombra colgando sobre el sillón de mimbre, como tantas veces. Detrás de ella puso la columna coronada por un jarrón con un gran ramo de flores.

Cuando llegó la prostituta tenía todo preparado. Pero estaba nervioso. No había hecho eso nunca y no sabía cómo debía actuar ni qué hacer. La chica también se veía inquieta. No tenía nada claro para qué se le había contratado. Al darle el aviso simplemente le dijeron que era un trabajo especial. Pero don Carlos pronto se sobrepuso y tomó la situación de forma fría y profesional. Se olvidó que iba a trabajar con una mujer desnuda. Le pidió que se quitara toda la ropa excepto el sombrero y los pendientes. Cuando lo hizo, la sentó sobre los hilos de lana y seda con posición de recato y rectitud. Mirando a la cámara, las piernas juntas, la espalda recta, el pecho erguido, y las manos una sobre otra en las rodillas. Disparó la cámara.

Después le indicó que se quitara el tocado y se soltara el pelo. Le trajo un cepillo para que deshiciera un poco los bucles. Mientras la chica se peinaba colocó en el suelo la alfombra completamente extendida. De pie, sobre ella, las piernas juntas, con el pelo cayendo sobre su cuerpo hasta más abajo de las caderas, le ordenó que cogiera parte de él con ambas manos, subiéndolas un poco, como si elevara una capa.

Cuando realizó la segunda fotografía, le dijo que se echara en la alfombra. Se arrodilló junto a ella. Con un gesto suyo, ella supo que no debía hacer nada. Delicadamente, le apartaba lentamente el pelo que le cubría parte del cuerpo echándoselo hacia atrás. Sus senos grandes y turgentes quedaron al descubierto. El la miraba como memorizando cada milímetro de su cuerpo. Empezó a acariciarle los pechos con una mano. Lentamente, la deslizó hasta llegar a su pubis, frondoso, amplio, acogedor. La alfombra sintió como se estremecía el cuerpo de la chica. Los dedos se agarraban a sus hilos de seda, tiraban de ellos suavemente. Fugazmente, sentía de nuevo la vida.

Ajeno a esos sentimientos, don Carlos metió las fotografías en su maletín y se dirigió al café. Una vez allí, las mostró a sus conocidos y les pidió su opinión. No sólo del aspecto artístico, sino del interés que podría suscitar entre los caballeros. Los amigos quedaron fascinados. Algunos, según confesaron, ya habían visto alguna en el último viaje a Madrid, pero en Cádiz todavía no. Le animaron a que hiciera más, con otras chicas y otras poses. Sabía que los elogios eran sinceros porque todos los presentes le encargaron una copia de cada una de ellas.

Al día siguiente contrató a otra prostituta. Esta vez, puso de fondo los cortinajes. Colocó la columna en el centro. La furcia, de perfil, a cierta distancia apoyaba los codos sobre el capitel, con la cabeza girada hacia la cámara. Su cuerpo formaba un ángulo de noventa grados. La espalda recta, en paralelo al suelo, dejaba libres los pechos, que aparecían como bellas estalactitas. El trasero respingón daba comienzo a unas piernas alargadas por unos zapatos de tacón.

Poco a poco fue haciendo una colección de postales de desnudos amplia y ambiciosa. Ya no eran señoritas solas. También hacia composiciones algo más atrevidas. Empezó con dos muchachas desnudas, una cogiendo por la cintura a la otra. Siguió con otras dos desnudas, arrodilladas, desvistiendo a una tercera de pie ya con los pololos en el suelo. Una serie de cinco fotografías distintas. Una mujer desnuda con tres, cuatro y cinco hombres vestidos. Bien sentada sobre ellos en el sillón de mimbre, bien de pie, rodeada por ellos en charla normal, bien siendo acariciada por cada uno de ellos.

Al ser verano, cuando viajaba a algún pueblo por las fiestas, se llevaba varias copias de cada una. En todas las ocasiones le faltaron. La voz de que el fotógrafo vendía fotos con mujeres desnudas se corría como la pólvora. A media jornada ya no le quedaban. Las primeras veces que ocurrió eso pensó que había sido casualidad. Pero el cuarto viaje llevó el doble. Cincuenta fotografías vendidas en un día. Los encargos eran muy numerosos. Le sorprendió el éxito de la idea. Jamás habría pensado que los hombres estarían dispuestos a comprarlas. Varias imágenes por hombre. Le gustaría decírselo a su mujer. El éxito le granjeaba respeto y admiración, algo de lo que siempre se sentía escaso, pero sabía que no era posible. Si doña Cloti se enterara de ese negocio se escandalizaría mucho y no pararía hasta conseguir que lo retirara. Además, toda admiración que sintiera por él pasaría a desprecio por ser una inmoralidad.

Después de él, muchos fotógrafos se dedicaron también a hacer este tipo de trabajo. Continuó haciéndolo aunque el rendimiento no era como al principio. Las mejores fotografías eran las suyas, por calidad artística, por su originalidad, creatividad y composición. Pero la oferta era muy amplia y sus precios más elevados. Por eso los beneficios ya no eran como las primeras pero seguían siendo un pilar importante en sus ingresos.

Una tarde, se le presentó una pareja de novios. Querían una fotografía romántica. Don Carlos les mostró las alternativas de decoración. Eligieron la alfombra entusiasmados. Mientras la colocaba sobre el sillón, arreglaba las flores y preparaba la cámara, la pareja no paraba de hacer comentarios. Su colorido tan extraordinario, la precisión de los dibujos, el jardín, los animales. Se acercaron y la acariciaron con dulzura. Tocaban sus hilos de seda como queriendo medir la suavidad que daba. Ella se sentía halagada como hacía mucho tiempo que no lo hacía. No recordaba cuando fue la última vez que le dijeron tantas palabras bonitas. Que le demostraran algún tipo de afecto. Las recibía como una cascada de agua fresca. Intuía un despertar.

Don Carlos de vez en cuando los miraba extrañado. Incrédulo. Les comentó, más por la obligación de contestar que por ganas, que la había comprado muy barata a un comerciante arruinado. Él no pensaba que valiera demasiado. Pero les reconocía que había tenido clientes que, como ellos, se habían maravillado al verla. Estaba convencido de que debía ser muy vieja. Les señalaba con el mentón sus dibujos y les decía que probablemente habría perdido mucho color, aunque él creía que ya la había obtenido así. La alfombra se entristecía al oírlo. Les hablaba sobre ella con total desapego. Nadie hasta ahora le había hecho sentir tan miserable. Nunca había sido nada para él. Jamás había sentido nada por ella. En ningún momento en los muchos años que era suya se había detenido a mirarla, a tocar sus suaves hilos de seda. La ignoró desde que la compró. No vio en ella más que un trozo de tela que servía de fondo a un retrato. Se concentró en las caricias que le hacía la pareja. En su leve despertar. En la sensualidad de sus dedos. Se concentró para retener en su ser esos sentimientos. Los necesitaba para vivir. En ese instante le sorprendieron sus propios pensamientos: se había convertido en un objeto inanimado, muerto. No daba ni recibía calor. Veía pasar la vida de lejos, como si fuera una de las fotografías que vendía don Carlos. Pero ella quería volver a sentir, a gozar, a sufrir y sobre todo a dar. Un intenso odio comenzó a emerger desde el fondo de su urdimbre. Un rencor imparable hacia ese hombre que durante años la había despreciado e ignorado. Los jóvenes la seguían acariciando suavemente, mirando todo su ser. Se recreaban en el jardín del Sah, descubrían animales extraños y plantas desconocidas. Ella notaba que renacía con el contacto de su piel y sus miradas. Deseaba volver a vivir, salir de de ese estudio, de esa triste existencia. Le desesperaba la idea de que la pareja se fuera. Volvería de nuevo a ser ignorada, volvería a la oscuridad, a la nada. No sabía qué hacer, cómo decirles a los novios que anhelaba irse con ellos. Sus hilos parecían languidecer algo más. Rendida, sucumbió a la evidencia.

Don Carlos dijo a la señorita que se sentara y el novio se pusiera de pie junto a ella. La joven le preguntó si tenía un cepillo del pelo y un espejo. Quería retocarse un poco. Pintarse los labios y empolvarse la nariz. Solícito, le hizo un gesto de cortesía y se dirigió a la habitación del fondo del pasillo. Encontró el espejo enseguida pero no el cepillo del pelo. Se estaba poniendo de mal humor porque sabía que tenía uno; porque la habitación no era tan grande; aunque sí era cierto que había muchos trastos acumulados a través de los años. Encontró una caja donde guardaba maquillaje de mujer, barras de labios, cremas. Se la llevaría a la señorita por si le venía bien. Al coger la caja, detrás de ella apareció el cepillo.

Cuando llegó al salón, la pareja no estaba. Salió a la terraza por si estuvieran allí, pero no. Al entrar de nuevo notó algo. No sabía definir qué. De pie en la puerta de la terraza paseó la vista por toda la habitación, sin saber exactamente que buscaba. Entonces se dio cuenta: la alfombra persa había desaparecido.

NOVONIKOLÁYEVSK 1904

La vida en Novonikoláyevsk todavía era tranquila. No hacía un año que había pasado de ser un pueblo a ser considerada una ciudad. El actual dueño de la alfombra, Stanislav Ivanov, era ingeniero por la Universidad de Moscú. Sus padres, humildes comerciantes, consiguieron que accediera a la Universidad. Sabían que era algo difícil de lograr pero estaban convencidos de que en el escalafón social y económico su hijo podía subir un poco más con una buena preparación universitaria. En un país donde la inmensa mayoría de la población era campesina, bajo las órdenes de los grandes terratenientes y la nobleza, alcanzar el escalón de la escasa burguesía era una especie de garantía para abandonar definitivamente la miseria.

Stanislav lo había conseguido. Aunque desde que se licenció no le faltó trabajo, continuó viviendo con sus padres durante años. Aportaba parte de su salario para cubrir las necesidades de la familia pero el resto lo gastaba en viajar por Europa. Había visitado Alemania, Francia, España e Italia. No sólo iba al extranjero para conocer nuevos países, también por su afán en ampliar los conocimientos sobre ingeniería. Por eso no consiguió ahorrar mucho pero, al casarse, se pudo mudar a un pequeño piso en propiedad cerca de la casa familiar. La alfombra era el centro del salón. La compraron en un anticuario de Madrid durante el viaje de novios. Ella se encontraba a gusto en ese pequeño piso de Moscú. Era una pareja joven y encantadora que la hacía partícipe de sus vidas. A los dos les gustaba, mientras dejaban pasar el tiempo antes de ir a dormir, inventar una historia inspirándose en los motivos de su campo. Se acurrucaban en el sofá, abrazándose, semitapados con una pequeña manta. Mientras sorbían un té humeante, enlazaban frases de un relato fantástico de viajes y aventuras. Mares y tierras lejanas, villanos y princesas, estudiantes y amas de casa, marineros y corsarios. A veces, sus jardines y bellos animales eran el escenario por donde hacían moverse a los héroes; otras, el protagonista era todo su entramado de seda y lana. Ella disfrutaba con esos momentos dedicados en exclusiva a su contemplación. La vanidad crecía tan espesa y aparatosa como la espuma. Le gustaba como escudriñaban en su campo buscando el protagonista de la historia. Se deleitaba sintiendo las miradas por todo su espacio. Sabía que era parte de la unión de la pareja. Al anochecer siempre eran tres. Al nacer las gemelas, los ya escasos viajes que hacían tuvieron que ser suprimidos. Pero las niñas lo compensaron con creces. Cuando Stanislav llegaba a casa, las colocaba sobre el bello jardín y jugaba con ellas y con sus muñecas. Al crecer un poco, se tumbaban boca abajo, con las barbillas apoyadas en sus manos mirando hacia su padre que, sentado en el sofá, les leía un cuento. Pocos años después se sumaron al juego de sus padres. Desde muy pequeñas formaron parte de la alfombra. Y la alfombra de ellas. Se sentía feliz. De nuevo era capaz de dar calor. Estaba unida a la familia por un hilo invisible y entrañable.

Los cuatro solían pasear en las tardes de verano por las bonitas calles de Moscú. Svetlana, su dueña, disfrutaba mucho viendo los escaparates de las tiendas. Ir al sastre a encargar un traje para su marido, elegir las telas y ver las primeras pruebas era para ella una diversión. A los dos les gustaba el teatro. Siempre que podían asistían a una función. Y si tenían suerte, conseguían hablar con los artistas. Ese mundo les atraía. Las obras, el calor de la gente, el posterior debate. En más de una ocasión acabaron cenando con ellos en alguna taberna. Todas las semanas visitaban a los abuelos y a los tíos y, a menudo, los domingos comían todos juntos.

En esa época gobernaba el Zar Nicolás II. Tenía todo el poder, como sus antepasados lo habían tenido. En Rusia no había cambiado nada desde siglos. Decretaba leyes, ponía y quitaba ministros, era el cabeza de la iglesia. Es más, el pueblo le otorgaba poderes divinos. Pero esto no era suficiente para él. No quería que se le escapase nada de lo que aconteciera en el pueblo. Necesitaba saber lo que hacían y pensaban, si obedecían sus mandatos o intentaban esquivarlos. Para conseguirlo se apoyó en la policía política. Era implacable y le ayudaba a tener bajo control al vulgo. Pero el territorio era inmenso y temía perderlo al no poder acceder fácilmente a los parajes más alejados, precisamente por la enorme distancia. Convencido de que el verdadero problema era ese decidió que era imprescindible acortarla. Por otro lado, pensaba el dirigente, la economía se vería reforzada si conseguía unir el Este con el Oeste. Las transacciones económicas con China y con todo el Este asiático serían más ágiles. Después de largas deliberaciones con sus asesores, concluyó que era necesario crear una línea de ferrocarril que uniera Moscú con Vladivostok, ciudad situada en la costa rusa del océano Pacífico, más conocido por el mar del Japón y cuyo nombre, curiosamente, significaba *poder sobre oriente*.

Se presumía una tarea de dimensiones épicas, larga en el tiempo y con un coste muy elevado, pero logró convencer a todo su equipo de asesores que en principio se oponían a la idea. Organizó un cuerpo de ingenieros que se pusieron a trabajar inmediatamente. En pocas semanas presentaron las directrices del proyecto. A grandes rasgos, le explicaron que empezarían en ambos extremos de la línea al mismo tiempo y avanzarían hasta encontrarse. Además, una vez trazado el recorrido, subgrupos de técnicos con sus plantillas actuarían en distintos tramos, construyendo puentes o haciendo túneles. Nicolás II se encontraba pletórico ante las ideas que le exponían. Hacía preguntas sobre tiempos de duración, hombres necesarios o maquinaria. Los especialistas habían hecho una estimación pero advirtieron a su gobernante que sería una tarea muy complicada, costosa y larga. No querían que con el tiempo les recriminara la duración o el elevado coste del proyecto. Las cifras eran tan altas que dudaban que se pudiera hacer frente. Él los mandaba callar enérgicamente asumiendo al mismo tiempo el compromiso de encontrar financiación.

Pocas semanas después de la reunión, el Zar con todo su séquito, ministros y una cohorte de ingenieros partieron hacia Vladivostok. Pasaron varios meses hasta llegar a destino. En mayo de 1891 Nicolás II puso la primera piedra del Transiberiano. La gran hazaña rusa acababa de empezar. A Stanislav Ivanov lo contrataron dos años después.

Las obras, en principio, avanzaban deprisa. Pero no fue más que un espejismo. Pronto hicieron falta más hombres, víveres y maquinaria. De nuevo la distancia ponía frenos. Ésta era tan grande que los voluntarios que se apuntaban desde todos los puntos de Rusia debían rodear Asia para llegar a los distintos enclaves de Siberia donde se trabajaba el Transiberiano. El recorrido que debían hacer duraba meses. Pasaba lo mismo con maquinarias y alimentos. El tiempo se convirtió en un gran valor. En el otro extremo del trayecto, durante el verano no tenían ese problema, pues se aprovechaban de la red de ríos que cruzaban el territorio para el transporte, pero al llegar el invierno, éstos se helaban y los trabajadores quedaban incomunicados. Pero la línea avanzaba. Poco después se adentraron en Siberia.

A Stanislav lo enviaron, en 1893 a la meseta de Ob. Su esposa y las niñas se quedaron en Moscú. No era un lugar para que la familia le acompañara. A él le atraía trabajar en un proyecto tan importante.

Sabía que profesionalmente le proporcionaría la consideración y el respaldo gubernamental que por su juventud todavía no tenía. Pero creía que no podría separase de su mujer y de sus hijas. Desde que supo que debía viajar muy lejos tomó conciencia de cuánto las amaba. Al pensar en los largos días que estaría sin ellas se le desgarraba el alma. Se despidieron con mucho dolor. Los dos sabían que tardarían mucho tiempo en volver a verse.

Junto a varios constructores, debía levantar un puente sobre el río Ob. Se trasladarían con todo su equipo y montarían un asentamiento como base de operaciones. Prepararon todo lo necesario y emprendieron el viaje. La distancia que tenían que salvar era grande y la comitiva muy pesada, tanto por el número de personas como por el gran cargamento que llevaban. En el mapa tenían señalado el punto de destino. Sabían que habría un momento en que la carretera se acabaría y deberían abrir una nueva para llegar a la meta. Tardaron meses en alcanzarla. Cuando por fin lo hicieron no les sorprendió lo que veían. No había nada. Como en todo el recorrido que habían hecho. Era un territorio que no estaba habitado. Les rodeaban llanuras interminables. A varios kilómetros hacia el Norte, se podía distinguir la taiga, el inmenso bosque siberiano. Al Oeste, la llanura se tropezaba con una cadena montañosa no demasiado elevada. No había rastro alguno de civilización.

Construyeron barracones donde los jornaleros podían refugiarse del frío y pequeñas casas para los mandos. Hacían falta muchos hombres para construir el puente. Al principio era fácil encontrar mano de obra. Los campesinos corrían a trabajar en el transiberiano. Aunque el salario era muy bajo, era más de lo que les daban sus tierras. Estaban acostumbrados al trabajo duro, a jornadas interminables de sol a sol. A humillaciones por parte de los nobles o los terratenientes. Pensaban que no podía ser peor.

El equipo de ingenieros y capataces no conocía Siberia. Eran gentes de ciudad. Estudiosos y teóricos. Creían dominarlo todo, pero Siberia les sorprendió. En el primer invierno, pudieron saber de esta tierra cruel e inhóspita. La cuadrilla de campesinos se dirigía al punto donde se estaba alzando el puente sobre el río Ob, penosamente, dando grandes zancadas para avanzar sobre la nieve recién caída esa noche. Todavía el sol no había salido, pero parecía que la inmensa blancura que les rodeaba iluminaba el camino. Stanislav Ivanov iba al final de la fila de los doscientos hombres de su plantilla. Hacía mucho frío, como todos los días, pero tenía la suerte de poder protegerse con un grueso abrigo de lana, largo hasta los tobillos. Un gorro con orejeras, bufanda, guantes de piel, camiseta y calzoncillos de felpa le ayudaban a esquivar el gélido aíre. Iba en una de las carretas con los planos, la mesa de campaña y la tienda de lona. Sentado y tapado con una manta de piel era consciente de su gran privilegio. Cuando llegaron, estaba clareando. Distribuyó a su gente en las distintas secciones. Fue recorriéndolas tranquilamente, observando su desarrollo.

El cocinero montó su cocina. La pila de leña estuvo encendida rápidamente. Con cierto aire de hastío, comenzó a pelar y cortar verduras. Serían el almuerzo. El mismo todos los días. El presupuesto que les daban no alcanzaba para nada más. El agua para el té siempre estaba dispuesta. A menudo los ingenieros se servían una taza. La aprovechaban para calentar las manos unos minutos. Stanislav se deleitaba al sentir el líquido caliente entrar por su garganta. Cerraba los ojos y notaba como el calor iba bajando hasta llegar al estómago. Era reconfortante.

Casi al final del día ocurrió lo que iba a ser una constante pesadilla en el invierno. De repente, la temperatura se desplomó. Habían pasado de veinte a treinta y cinco bajo cero. El frío era intenso. No sabía que estaba ocurriendo pero creyó que caía en una especie de precipicio glacial. Jamás había sentido algo así. Le dolía respirar. Se acercó rápidamente a la fogata, donde ya estaban los otros ingenieros, sorprendidos como él. La voz a lo lejos de uno de los capataces que venía corriendo les hizo callar. Le esperaron con las manos cerca del fuego. Le asombró que cuando llegó a la fogata no pusiese las suyas a calentar. Traía la cara desencajada. Soltó la noticia a bocajarro. Veinticinco hombres habían muerto fulminados por el frío. No daba crédito a lo que oía. Corrieron a la obra. A lo largo de toda la franja, cuerpos caídos en la nieve, muertos, en distintos sitios, con distintas posturas. Los demás los miraban con una mezcla de terror y descanso. Les daba pánico morir, más aún de esta extraña manera; pero la muerte, pensaban, podía ser la liberación a una vida de penurias.

Colocaron los cadáveres distribuidos en dos de las carretas. Tuvieron que ponerlos unos encima de otros. Era la única manera de que cupieran. La visión era escalofriante. Poco antes de llegar al asentamiento los enterraron. No tenía sentido velarlos toda la noche. No había ni familiares para estar con ellos ni sitio para hacerlo. Debían trabajar. Esa tarde, al cansancio se le unió el miedo. El regreso fue extrañamente silencioso. Sólo se oía el traqueteo de las carretas y los bufidos de los caballos.

A la madrugada siguiente, la temperatura había vuelto a la helada normalidad. Las jornadas fueron pasando sin más contratiempos. Pero llegó el quinto día. A media mañana de nuevo el frío se desplomó y doce obreros no pudieron superarlo.

El ingeniero se desesperaba. Veía como les reventaba la vida sin poder remediarlo. Ocurría una y otra vez. Stanislav Ivanov lloraba en la soledad de su habitación. Lloraba de rabia y de impotencia. Eran hombres buenos, honrados, que habían dejado a su familia lejos esperando el mísero salario que debían de ganar en la construcción. Trajeron a estas tierras su ilusión y su esperanza. Y en estas tierras, él tuvo que enterrar sus cuerpos y sus almas. Centenares de familias no sólo perdieron a un ser querido, perdieron también dos brazos muy valiosos para la ayuda a la supervivencia.

Con el transcurso del invierno, los ingenieros se encontraron con un grave problema. La cuadrilla se estaba reduciendo a pasos agigantados. Muchos de los campesinos se fueron ante el miedo de morir congelados y, otros muchos, ya lo habían hecho. No encontraban voluntarios para trabajar en el ferrocarril. Siberia era inmensa, pero la voz de los siniestros había llegado a todos los rincones. No era sólo en su área. Era en todo el recorrido de la línea. En otras zonas, además, se agravaban, por ejemplo, con el asalto de tigres, como pasaba en Manchuria. Los trabajadores eran presa fácil de ellos. Empezaron a escasear hasta llegar a desaparecer.

El transiberiano no podía dejar de construirse. Nicolás II estaba empeñado en ese proyecto. Quizá fuera una idea descabellada. Pero era una orden del Zar. Éste debía estar informado de lo que pasaba. Debía ser él quién, si quería seguir adelante, pusiera solución al problema. Ellos no podían hacer nada. Sólo tenían potestad para contratar mano de obra, pero era de eso de lo que carecían. Pronto les llegó la solución. Miles de soldados y presos invadieron el trazado en construcción.

A Stanislav se le hundió el mundo cuando supo que debía trabajar con maleantes. Pensaba que en ese grupo debía haber toda clase de malhechores, desde simples rateros a asesinos. Aunque no tenía experiencia, creía que el trato con ese tipo de gente no sería el mismo que con el campesinado, trabajador y sumiso. No podía ser igual. Tenía razón. Pronto surgieron los disturbios. Peleas por un cuenco de sopa y cuchilladas por un catre o una manta se convirtieron en situaciones cotidianas. Los soldados eran diferentes. Disciplinados y obedientes por temor a sus superiores. Éstos se unieron a los ingenieros como cuerpo de mando. Les resultaron de mucha ayuda. Sin ellos, posiblemente, las rencillas se habrían duplicado.

El transiberiano seguía avanzando. Cuatro años después, el puente sobre el río Ob estuvo acabado. Poco antes ya habían terminado la magnífica estación, los talleres y los depósitos. Por fin el puente se abrió al tráfico. El trabajo de Stanislav Ivanov había concluido. Para su propia sorpresa, vio planteándose la posibilidad de quedarse a vivir allí. Le parecía una locura, pero lo que hacía cuatro años era un pobre asentamiento de trabajadores, se estaba convirtiendo en un animado pueblo, de hecho fue nombrado como tal oficialmente dos años antes, llamándole Novonikoláyevsk, en honor al Zar. Se estaban creando nuevos negocios. Las gentes de las aldeas más cercanas, venían al pueblo por que el tren traía cereales. Una economía nueva parecía surgir. Pero era el de orgullo de haber sido fundador del mismo lo que le hacía pensar en afincarse definitivamente.

Muchos hombres se fueron nada más acabar la obra. No tenían nada que hacer allí y querían olvidar Siberia. Stanislav meditaba sobre qué decisión tomar cuando le llegó un telegrama. El gobierno le volvía a contratar para salvar un gran obstáculo, el lago Baikal. Esta vez la remuneración era un poco mayor, llegando a los quinientos noventa rublos. El sueldo no fue decisorio, el tener trabajo allí sí. Escribió a su esposa contándole la nueva situación. En una carta larga y emotiva le explicó sus sentimientos hacia aquel lugar, sus deseos de quedarse y formar parte de ese nuevo mundo en ciernes. Le proponía un gran cambio en su proyecto de vida en común. Podía entender que no quisiera desplazarse hasta allí, lejos de su familia, a un lugar desconocido y en dónde la vida no era demasiado fácil. Le aseguraba que si ella decidía no venir, él lo entendería y no insistiría. Alargaría su permanencia hasta acabar la obra del Baikal y luego regresaría a casa, a Moscú, con ellas.

Mientras esperaba la respuesta, pasó mucho tiempo buscando una casa adecuada para su mujer y sus hijas, por si decidían aceptar. La que construyeron para los ingenieros era de muy baja calidad y con muy pocas comodidades. Encontró una a la salida del pueblo. No era demasiado grande, pero sí robusta y elegante. Era de dos plantas y con la tendencia modernista que empezaba a imperar en todas las artes. De color ocre, las ventanas y puertas enmarcadas con una gran franja blanca. Cada habitación disponía de una chimenea de porcelana. Un cuarto de baño completo en la segunda planta, junto a las dos habitaciones. La fachada estaba flanqueada por un pequeño jardín que se convertía en campiña en la parte trasera. En esos días se dio cuenta que no era la única de ese estilo. No se había fijado. Pero resultó ser un pueblo bonito.

Por fin llegó la carta. Expectante la abrió con cuidado. Dio un salto de alegría al mismo que tiempo que besaba el papel. Contestó a su esposa dándole instrucciones para que vendiera el piso de Moscú. Que contratara a un hombre que le transportara lo que ella quisiera del mobiliario que tenían. Y a otro que las trajera en coche. Si no quería hacer el viaje en compañía desconocida, él iría a por ellas. Seguro que podría posponer la incorporación al trabajo unas semanas. Pero no hizo falta. En ese tiempo de espera de la llegada de su familia, se dedicó a comprar o mandar hacer los muebles necesarios. Encargó a un carpintero unas preciosas camas de dosel para las niñas. Compró unos confortables sillones, una mesa de comedor y sillería. Trasladó su mesa de trabajo a la habitación de la planta baja, junto a la cocina. Una modista realizó el baldaquín y la colcha. Bonitos estampados de flores en color pastel alegraron el dormitorio de paredes de un suave verde. Encima de los cabeceros colgó un carboncillo con el retrato de cada una de las niñas. Los había dibujado de memoria. Colocó dos tocadores al otro lado de la habitación. Sus espejos ovalados y coquetos reflejaban el colorido de las camas. Decoraba la casa con gran ilusión. En cada paso que daba, en cada objeto que ponía, pensaba en ellas, en sus gustos, en las costumbres de cada una. La estaba haciendo por y para ellas. Cuando llegaron las abrazó largamente. Hacía dos años que no las veía. Le sorprendió mucho como habían crecido sus pequeñas. Las tres estaban encantadas. Al entrar, reían de gusto. Las gemelas subieron rápidamente a ver su cuarto. Dando palmas y saltitos de alegría llamaron a su madre asomándose a la barandilla del primer piso, para que lo viera. Stanislav disfrutaba con la felicidad de ellas. No se esperaban una casa tan bonita, ni con muebles. Pero se encontraron que apenas faltaba nada. Todas las estancias tenían el suelo cubierto con tapices trenzados al modo siberiano. Les explicó que no había querido poner cortinas ni cuadros, porque seguro que a Svetlana le apetecería hacerlo. Su esposa lo abrazó y besó, provocando gran regocijo en sus hijas.

La alfombra, de nuevo, fue colocada en el salón, junto a los sillones, frente a la chimenea. Después de cenar, las niñas alborotadas pidieron a sus padres volver a jugar a inventar historias mirando sus dibujos. Las pequeñas corrieron a coger sitio. Stanislav de pie en medio del jardín del Sah se quedó mirándola pensativo, absorto. A ella le llenaba de dicha esa mirada. Significaba que la había echado de menos. Lo percibía. Quizá le hacía recordar otros momentos. Sus viajes por Europa, su vida de recién casado, su vida en una gran ciudad. El giro que había dado su existencia en poco tiempo. Sentía que todas esas imágenes estaban concentradas en su ser. Le resultó muy grato el reencuentro. También lo miraba con alegría. En Moscú vivió junto a las gemelas y su madre unos años tranquilos y rutinarios pero añorando a Stanislav. Todos los días hablaban de él. Sentadas sobre su campo hacían planes para cuando estuvieran juntos mientras acariciaban sus hilos de seda. Por fin lo estaban y la familia entera, en la que se incluía, saboreaba el momento. Svetlana se acurrucó junto a él en el sofá, como antaño y, abrazándole, le susurró que era su vida y que la estaban viviendo. Una de las hijas posó la mirada sobre una de las gacelas y sonriendo empezó un relato.

Los días siguientes transcurrieron muy rápidamente. Stanislav enseñó el pueblo a su familia. Les presentó a los comerciantes en cuyos locales adquiría habitualmente lo que necesitaba. Estos le dieron la bienvenida y expresaron su entusiasmo por conocer a la esposa del ingeniero. Fueron a la iglesia para que conocieran al pope. Un día se acercaron al puente del río Ob. Las niñas admiraban a su padre por saber hacer esas cosas. En varias ocasiones las gentes del pueblo les invitaron a cenar. Fueron a ver la escuela, donde las gemelas seguirían sus estudios.

En pocos meses, Stanislav hizo lo que no había hecho en cuatro años. Tuvo una vida social activa. Se aficionó a la caza, junto al médico, al maestro, al carpintero y un comerciante de telas. Los cinco llegaban hasta la taiga con varias escopetas cada uno y bastante munición. Intentaban cazar osos con los que hacer una buena manta o un abrigo. A veces lo conseguían pero, generalmente, cargaban de conejos su cinto.

Mientras tanto, Svetlana decidió hacer un pequeño huerto. Al fondo del jardín, bastante lejos de la casa para no molestar. Ella no estaba acostumbrada a un trabajo duro. Por eso se lo tomó con calma y planificó cavar un surco cada día. Cuando tuvo el terreno preparado, sembró toda clase de verduras, frutas y legumbres que pudo encontrar. Sus pepinillos escabechados pronto tuvieron fama en el pueblo, como su licor de cereza. Era una gran cocinera.

Correspondieron a todas las invitaciones, por lo que con frecuencia, el comedor de la casa estaba completo. Servía comida tradicional rusa. Aunque conocía la cocina de otros países por sus viajes, ella utilizaba los ingredientes y la forma de cocinar que le enseñó su madre. El ingeniero había echado de menos esas comidas durante años. Especialmente le gustaba la pirogí, empanada de carne, y la sopa de remolacha que hacía su esposa. En realidad había echado de menos todo. Ahora estaba saboreando el reencuentro con la vida familiar, con su mujer, con los amigos. La vida más allá del trabajo.

Sentado en el sillón, con el periódico en las manos, miraba como su esposa ponía la mesa para la cena. La encontraba joven y bella. Su pelo rubio recogido en un discreto moño, dejaba al descubierto un cuello largo y fino. Era una mujer delgada y esbelta. El vestido, no muy ceñido, con poco vuelo, de mangas ajustadas y el escote cuadrado que desembocaba en una cara donde sobresalían los pómulos y unos ojos verdes muy claros, en consonancia con su blanca tez. Elegante y moderna. Estaba orgulloso de ella. Se movía alrededor de la mesa ágilmente. Colocaba la vajilla y cristalería con cuidado, ordenadamente.

Esa noche, como tantas otras, tenían invitados. Cuando acabaron de cenar, pasaron todos al salón. Permitieron a las niñas estar un tiempo con ellos. Se estaban haciendo unas mujercitas. Con un té y diferentes tartas consumían las horas hablando de todo un poco.

La alfombra se sentía a gusto en esas reuniones. El ambiente familiar y distendido que habían conseguido crear la embriagaba. Las mujeres acaparaban gran parte de ella. En círculo casi perfecto se sentaban con sus tazas de té en la mano. Pocas veces se entrometían en las conversaciones de los hombres. Sabían que algunas jóvenes comenzaban a mezclarse con ellos en los actos sociales, como uno más. Quizá fueran nuevos tiempos. Ellas no criticaban esa postura. Pero no les parecía correcto. Hablaban de temas que ellas dominaban, como cocina, remedios para enfermedades, plantas medicinales. Pero los hombres siempre quedaban fuera.

Ellos se distribuían alrededor de la mesa de juego. Dejaban sus copas o tés, en los muebles auxiliares cercanos. A veces, durante la conversación jugaban al ajedrez. Era rara la noche que no se acababa tocando el tema político. Era inevitable. El rumor en el pueblo era constante. En la prensa aparecían noticias de revueltas en las ciudades más importantes. Stanislav Ivanov no quería ser político ni revolucionario. Sin embargo, estaba de acuerdo con las reivindicaciones que hacían. Un estado autocrático no era la mejor manera de gobernar. Las libertades políticas eran necesarias para crecer como nación. También entendía al proletariado aunque fuera mucho más beligerante. Pedían mejoras salariales y condiciones laborales más suaves. El trabajaba con ellos. Sabía en qué contexto lo hacían. De diez a doce horas diarias; mal alimentados; sin ninguna seguridad para sus vidas; con un salario con el que apenas una persona podía vivir, menos aún una familia. Junto con los campesinos, eran lo más bajo de la sociedad. Y era lo que más abundaba. Se contaban por millones.

El grupo de amigos comentaba que si hubiera una revolución social, como decían algunos, podía ser de dimensiones enormes. A todos los que estaban allí les habían ofrecido pertenecer a los partidos políticos que se estaban formando clandestinamente. A él todavía le seguían insistiendo en la necesidad de pertenecer al Kadet, partido constitucional demócrata. Había en su seno muchos miembros de profesiones liberales como él. Sus objetivos eran conseguir un régimen parlamentario y ser guiados por una Constitución. Sabía que eso era lo más adecuado para ellos. Pero era conocedor de su status. La burguesía, la clase media, es decir, ellos, era numéricamente muy escasa. No cabía pensar que podían hacer cambiar nada. El Zar ni siquiera permitía que la palabra Constitución fuera dicha en su presencia. No tenían ni fuerzas suficientes para enfrentarse a nada ni recursos necesarios para llevarlo a cabo.

Le aterraba la policía del Zar. Era un riesgo muy grande. Podrían enterarse con facilidad de la pertenencia al partido y de los ideales que defendía. Si eso pasara, sería deportado a los pueblos más inhóspitos de Siberia, muy en el interior. Lo separarían de su mujer y de sus hijas. Sus padres habían sacrificado su bienestar para darle la oportunidad de salir adelante con una formación académica alta. Si lo deportaran, su sacrificio no habría servido para nada. Sí deseaba las libertades políticas. Pero le pesaba mucho más el bienestar que con los años había conseguido. Reconocía ante sus amigos que era una manera muy egoísta de enfocar el tema. Pero él no se consideraba un héroe ni pensaba que sobre él tuviera que recaer la obligación de cambiar la sociedad. Si hubiera una revolución, se sumaría a ella sin dudarlo. Pero no sería él quien la promoviera. Desde luego, no quería sentirse culpable por ello. Algunos de sus amigos se habían afiliado al partido socialista. Era muy mayoritario y, quizá por ello, había distintas corrientes ideológicas dentro de él. Una rama pensaba que la revolución se debía hacer con un movimiento de la burguesía previo, que arrastrara posteriormente al resto de la población; la otra, liderada por un tal Lenin, creía lo contrario. Sólo un levantamiento del proletariado, conseguiría el cambio. Los hombres hablaron largo rato sobre esos temas, pero también sobre la caza o el desarrollo del transiberiano. El tiempo pasaba rápido cuando estaban con sus amistades y a menudo se les hacía a todos un poco tarde para retirarse. Cuando lo hacían, prometían invariablemente no volver a caer en lo mismo.

Stanislav observaba que esos debates eran frecuentes en cualquier reunión que hubiera. Incluso en la taberna se hablaba de ello. Cada vez había menos cuidado en esconder el malestar social. Empezaba a preocuparle esa situación. Nunca el pueblo había manifestado abiertamente su disgusto. El miedo al Zar y a su policía los paralizaba. Pero en los últimos meses no sólo había sido partícipe de conversaciones que podrían denominarse subversivas, sino también había sido testigo de una manifestación por las calles de Novonikoláyevsk, algo nuevo para él.

La primavera se acercaba. La nieve se derretía con el calor del sol. Los colores asomaban vigorosos en la frondosidad del campo. Siempre el sur era más suave y benévolo. Incluso en Siberia. Llegó el día que tenía que empezar el trabajo en el lago Baikal. Se trasladaba en el nuevo coche de motor que había adquirido. Había carretera hasta el asentamiento. Podía ir y venir todos los días. Algo realmente placentero. Allí le esperaba el resto de técnicos. Por lo visto, se habían reunido durante meses para estudiar la forma de cómo afrontarlo. Se trataba de una inmensa masa de agua rodeada por una cadena montañosa que estaba situada justo en el centro del trayecto proyectado. Era tan enorme que hacer un puente resultaba imposible por lo que optaron por bordearlo. No quedaba más opción que atravesar las montañas. El equipo de ingenieros trabajaba contra reloj para calcular los túneles necesarios para salvar ese gran escollo. Varios meses después, llegaron a la conclusión que necesitaban treinta y tres. Era una obra gigantesca. El mayor hito con el que se encontró el transiberiano.

De nuevo se montaron los barracones. Cientos de presos fueron enviados a trabajar en el ferrocarril. Como hacía cuatro años, también llegaron soldados. Éstos, como antaño, recibían otro trato y no se mezclaban con los reos. Tenían sus propias estancias.

Se trajo de Alemania una maquinaria especial que ayudaba a taladrar la piedra. Supuso un coste muy importante que tuvo que asumir el gobierno, pero en realidad, fue la mano humana la que vació las montañas lentamente. La primavera hacía que el trabajo fuera un poco menos duro. Llegaron las lluvias y descargaron agua durante días. Una mañana, un fuerte aguacero hacía parecer que la tierra se deshacía. Los andamios se escurrían en el barrizal. Un pequeño puente que construían entre dos túneles se resbalaba lentamente como en una pista de hielo. Los pilares se fueron desplazando, inclinándose, hasta que acabó cayendo. No hubo víctimas. El campamento se convirtió en un lodazal. Era muy difícil obrar en esas condiciones.

Stanislav Ivanov se dio cuenta que seguía sin conocer Siberia. La primavera dio paso a un verano donde los hombres trabajaron en mejores condiciones pero temía la llegada del invierno. No quería pensar encontrarse otra vez con la muerte repentina de su cuadrilla a manos del frío. No imaginaba en ese momento que la baja temperatura se vería atenuada por el trabajo en el interior de la montaña. Como a los pastores, como a los osos y lobos, las entrañas de la tierra les dieron cobijo mientras la desmenuzaban. Aunque el invierno era tan crudo como cualquier otro, era la primera vez que no lo sentía como un enemigo, si bien hubo varias ocasiones que él no pudo regresar a casa porque las fuertes nevadas se lo impidieron.

Año a año, los túneles formaron una nueva perspectiva del lago. Las treinta y tres bocas negras parecían un collar de cuentas de azabache. Llevó a su mujer y a las gemelas a ver varios de ellos en el último verano. Se quedaron impresionadas por el trabajo tan colosal que se había hecho. Vieron también lo que quedaba del campamento. Sus hijas no podían imaginar que los trabajadores vivieran en esas condiciones tan penosas. Las casas que conocían eran similares a la suya. Observaron los barracones desprovistos de cualquier tipo de comodidad. No había nada que les recordara el ámbito del hogar. Y muy poco a algo humano. Quizá los catres herrumbrosos. El resto se parecía mucho a la caseta de su perro. A Stanislav le avergonzaba tener parte de responsabilidad de eso ante ellas.

Hacía unos días, había recibido una carta dónde le decían que la línea del transiberiano sería oficialmente inaugurada el veintiuno de Julio de ese año, 1904. A él, como a otros ingenieros seleccionados, le invitaban a tomar parte del viaje inaugural en el tren de lujo. Podía salir desde de Vladivostok o desde su ciudad, Novonikoláyevsk, hasta llegar a Moscú. Aunque Stanislav Ivanov se sorprendió con esta invitación, la aceptó de inmediato.

Por fin la colosal obra había llegado a su conclusión. No se lo acaba de creer. Habían tardado trece años en conseguirlo. Nueve mil doscientos ochenta y ocho kilómetros de vía. El transiberiano cruzaría cuatrocientos puentes y dieciséis ríos. Cien mil hombres fueron contratados para llevar a cabo el proyecto. A cientos de ellos, les costó la vida.

El viaje duraba dieciocho días. Cuando estuviera terminada la circunvalación del Baikal, la que su grupo estaba haciendo, este tiempo se reduciría al menos en cuatro, calculó. La invitación no sólo le sorprendió porque al cuerpo de ingenieros les tomaran en cuenta para ello, sino porque para la terminación de los túneles quedaba sólo la mitad del trabajo. Esperar dos o tres años más para la inauguración oficial, hubiera supuesto un viaje más cómodo y rápido. Y sobre todo, sería en efecto, la vía completa, el final real de la obra.

Sin embargo, el Zar y la comitiva, deberían cruzar el lago como se estaba haciendo hasta ahora. Parar en la primera orilla. Sacar de la vía los vagones y la locomotora, embarcarlos en el ferry comprado a Inglaterra años antes expresamente para eso, cruzar al otro extremo y colocarlos de nuevo en los raíles que comenzaban allí. Mientras, los pasajeros junto con sus equipajes, eran trasladados en trineos bordeando el Baikal hasta encontrar las vías en el lado opuesto. No entendía las prisas que le había entrado al gobierno por inaugurar.

Hablaba sobre eso con su esposa en el salón de casa. Ella estaba encantada con la idea de viajar en el tren de lujo. Creía que sería una experiencia única e irrepetible. Le preguntaba curiosa detalles de los vagones. Él contestaba lo que le habían comentado algunos colegas por carta. En realidad no había tenido ocasión de ver ninguno. Según aquellos, sólo salía una vez a la semana. Los martes. Había dos categorías. Creía que a ellos les pondrían en segunda clase. La diferencia se encontraba en que en primera, había una litera con dos camas y cuarto de baño en cada departamento, en los de segunda; dos literas, con cuatro camas, dos cuarto de baño por vagón. Si los viajeros de segunda querían bañarse, podían hacerlo en el de equipajes. Existía otro destinado a restaurante en horas de comida y a salón fuera de ellas. Las ventanas tenían unas cortinas de terciopelo rojo que cubrían parcialmente los visillos blancos, rematados con hilos dorados. Las paredes de madera estaban adornadas por delicadas molduras entre ventanas de pan de oro, las mesitas cubiertas por ricas telas, enriquecidas cada una por una lamparita de gas, con la tulipa de cristal finamente tallada, sillones mullidos, lámparas de techo doradas y lágrimas de cristal

Svetlana estaba entusiasmada con esas descripciones. Le pedía que le contara más detalles del viaje. Stanislav no sabía mucho más. Un amigo le comentó que había que tener mucho cuidado con las paradas. Se reía cuando le decía a su mujer que le habían aconsejado abrigarse mucho si decidían bajar un rato. El frío, le decía su amigo, era infernal. Pero además de eso, la duración de la parada era imprevisible. En teoría era de media hora, pero por causas que todavía no había descubierto, ésta podía durar sólo diez minutos. Por lo tanto, debían estar muy pendientes del silbato, y no alejarse demasiado por si no daba tiempo a regresar al tren.

La alfombra los veía felices hablando del futuro viaje. Le encantaba la capacidad de ilusión que tenían ambos. La pareja valoraba el resultado de tantos años de dedicación exclusiva al proyecto. Habían amoldado su vida a él.

La esposa reía. Le pedía que le siguiera contando cosas. Él comentaba entonces que ese magnífico tren no era el único. Existían otros. Unos eran propiedad del estado pero también circulaban otros de una compañía extranjera, la Wagon Lits.

Los rusos salían dos veces por semana. Martes y jueves a las dos de la tarde. Esos trenes no tenían nada que ver con el del Zar. Carecían de toda comodidad. En cada departamento había más literas, y estaban separados por cortinillas. En realidad, los usuarios los utilizaban para viajes relativamente cortos, de sólo unos pocos días. Sin embargo, era la manera de trasladar a los miles de soldados que hacían falta en la guerra que se mantenía con Japón. El miraba absorto uno de los dibujos de la alfombra mientras hablaba. En realidad no lo veía. Pensaba también en el viaje. Se había hecho un gran trabajo. Sólo había que observar el ahorro en tiempo. Hasta ahora, el correo postal tardaba tres meses en ir de Este a Oeste. Con esa línea se reducía a medio mes. Con la mirada fija en el jardín del Sah, entrecruzó sus dedos y su semblante se tornó serio. Quizá fuera el momento de contarle a su mujer algo que llevaba tiempo meditando.

Comenzó a hablar sobre su preocupación por lo que podía

pasar. Con la terminación del transiberiano, miles de hombres se habían quedado en paro. El hambre se estaba apoderando de los hogares rusos. Había muchas revueltas. Las huelgas y manifestaciones eran muy numerosas. El pueblo no podía más. El Zar estaba mandando a millones de soldados a la guerra. La mayoría campesinos, como siempre. Morían a miles en las batallas. La desigualdad en las armas era enorme. Rusia no se había molestado en modernizar el ejército. Pronto los soldados se cansarían de defenderse con armas blancas de las modernas armas de fuego. Se agotarían de la inoperancia y desidia de los mandos. De la corrupción abierta. Los campesinos se hartarían de ser el parapeto de todo, la solución a todo. Querrían ser libres. Vivir con la dignidad que se merecían. Ver a sus hijos alcanzar la edad adulta. Saber que la tierra que trabajaban tan duramente les compensaría con sus frutos.

Su mujer le escuchaba atentamente. A ella también le preocupaba la situación social. También veía esas revueltas y manifestaciones. Le daban miedo. Había pensado en la incertidumbre del futuro, en la posibilidad de una guerra civil. Sus consecuencias. El hambre, la miseria, la desolación, llegarían tarde o temprano a ellos y a sus amigos. Las masas incontroladas. Tenía pánico a un descontrol en esas manifestaciones. Los grandes grupos de gente exaltada se daban valor unos a otros. Los hombres honrados se volvían bestias de destrucción.

Stanislav se sorprendió. No había imaginado que su esposa hubiera pensado con ese detalle en la situación. Se alegraba de eso. Si era tan consciente de ella, puede que no le pusiera demasiadas pegas a la proposición que le pensaba hacer. Le costaba decírselo. Sabía que le iba a doler. A él también. Mucho. Pero creía que era la mejor opción. Le preguntó a su esposa si había pensado en sus hijas. En su futuro inmediato. En su futuro.

Ella estaba perpleja ante las preguntas. Quería lo mejor para sus hijas. Buscarían unos maridos que la protegieran. Ya se encontraban en edad de tener pretendientes.

El cogió la taza de té entre sus manos. Antes de dar un sorbo, negó con la cabeza. Creía que ésa no era la mejor opción para ellas.

Svetlana se quedó helada. Inmóvil, esperando la idea de su marido. Él era quien mandaba. Se haría lo que él dijera. Pero jamás le había impuesto nada. No tenía por qué tener miedo.

El ingeniero comenzó a hablar pausadamente. Transmitía serenidad. Era obvio que había madurado con detalle el tema. Las palabras salían seguras y firmes. No tenía duda alguna sobre lo que decía. Creía que las niñas debían ir a estudiar al extranjero. Había pensado en Francia. No eran tiempos para depender de un hombre. Debían formarse para poder ganarse la vida ellas solas. Quería evitarles lo que él presagiaba que llegaría. Una guerra o una revolución. En cualquiera de las dos situaciones, lo pasarían mal. No podía medir las consecuencias. Cómo se iba a desarrollar la revolución, a quién le iba a afectar directamente, si ganarían o perderían. Qué pasaría si morían ellos, o si les deportaban, o si lo hacían los maridos que les buscaran. ¿Cómo vivirían entonces? Tendrían que ir a las fábricas. Los dos sabían las condiciones laborales con las que se encontrarían. Doce horas de duro trabajo a cambio de un jornal con el que no podrían siquiera hacer frente al alquiler de una habitación.

Conocía bastante bien Francia por los viajes que había hecho durante su juventud. Podían ir a París. Estudiarían una carrera en La Sorbona. Aprenderían el idioma. Cuatro o cinco años. Después regresarían. Hablaba serenamente mirando los ojos de su esposa. Era un tiempo prudencial para que todo volviera a su cauce. Incluso si hubiera guerra, ésta ya habría terminado con bastante seguridad.

Si era una revolución, mucho antes. Vendrían a una Rusia nueva. A una Rusia con libertades, con trabajo, con igualdad.

Svetlana no salía de su asombro. Jamás se le había pasado por la mente el separarse de sus hijas. Menos aún que su marido se lo pidiese. Pero tampoco se las había imaginado en la Universidad y, más tarde, trabajando en algo, fuera del hogar.

Estaba aturdida. Mil pensamientos atravesaban su mente. Porqué debía pasar por esto. Era muy cruel. Sus hijas tan lejos, rodeadas de hombres. Sin maridos. Solas. Ninguna mujer joven se iba a la aventura a un país extraño y lejano. Totalmente desconcertada pensaba en cómo se le ocurría a su marido que sus niñas lo hicieran. Le preocupaba mucho el no poder cuidarlas, no poder estar con ellas cuando estuvieran tristes ni compartir sus alegrías. Se inquietaba también por la reputación que algo así les podía acarrear. Sin dejar de llorar pensaba enfurecida que también eran suyas. Rechazó bruscamente la caricia que su marido iba a hacerle. Entendía lo que decía su esposo sobre la inseguridad. Eran muy malos tiempos. Ella también quería evitarles cualquier dolor. Pero estaba segura que había otra alternativa.

Él le decía que la distancia no era tanta. Tres días de París a Moscú. Una vez en Rusia, los seis que le separaban de casa ya no parecían tantos. Su esposa tardó varios en contestar. Tenía un pensamiento único. Meditaba sobre ello a todas horas. No podía dejar de llorar. Pero acabó cediendo a la idea cuando no encontró ninguna otra opción que garantizara la seguridad de sus hijas.

Cuando estuvo preparada para ello reunieron a las gemelas en el salón. Entre los dos les contaron la situación que había en toda Rusia, las altas probabilidades de una guerra o una revolución, lo que podía pasar durante y después de ello. La madre tragaba saliva continuamente y a menudo desviaba la mirada porque no podía evitar que se les saltaran las lágrimas al ver sus caritas de sorpresa.

Les comentaron la idea de estudiar en París, de ser universitarias para tener la posibilidad de ganarse la vida como ellas desearan. Las hermanas estaban atónitas. Habían sido educadas para gestionar una casa. Si bien ellas habían estudiado, jamás pensaron que sus padres quisieran que fueran a la Universidad. La reacción de las chicas fue distinta. Una se entusiasmó con la idea. Lo veía como una gran aventura. Un largo viaje en tren. Vivir en la más bella ciudad europea. La Universidad, repetía ilusionada. Siempre quiso hacer las cosas que hacía su padre. Estudiaría ingeniería. A la otra, sin embargo, le asustaba estar tan lejos de su entorno. Sin saber el idioma. Sin conocer a nadie. No le apetecía estudiar más. Allí sólo iban chicos. No quería ser la única mujer. No quería que la criticaran. Soñaba con formar un hogar, como lo hicieron ellos. Como lo hizo su madre. Se agarró a la mano de su hermana buscando la fortaleza que a ella le faltaba dejando caer las lágrimas que brotaban incesantes de sus ojos. Ésta, cariñosa, la envolvió con sus brazos, calmó su llanto y le dio consuelo.

Su madre, en ese momento se levantó rápidamente y se encerró en su habitación. Tenía que salir de allí. No podía ver a una de sus hijas sufrir tanto. No se sentía fuerte como para abrazarla y protegerla sin ponerse a llorar como ella. Tumbada en la cama se dejó llevar por su tristeza y lloró muy amargamente. Estuvo así toda la tarde, hasta que el sol empezó a ponerse. Sólo entonces bajó a hacer la cena.

Como le pasó su progenitora, a la adolescente le costó días aceptar la imposición. Influyó mucho el ánimo que le daba su hermana. Con mucha paciencia y comprensión logró convencerla de que sería algo muy positivo para ambas. No le cabía ninguna duda que les iba a gustar. En lugar de vivir una guerra estarían paseando por la calles de París. Tenía que ver la gran diferencia. El enorme privilegio que eso suponía. El tener que estudiar y trabajar como un hombre no tenía importancia frente al horror que iban a dejar atrás. Acabó aceptando la situación como lo menos malo que les podía pasar.

Svetlana y Stanislav empezaron a preparar el viaje. Irían los cuatro. Acompañarían a sus hijas durante los primeros días. Les ayudarían a buscar un piso o una residencia dónde quedarse. Elegirían el barrio más adecuado para ellas y para su economía. Irían a la Universidad para matricularlas. Abrirían una cuenta bancaria a su nombre dónde poder ingresarles dinero.

Su madre pensó que la vestimenta europea y la suya podrían diferir bastante. En lugar de hacerles vestidos nuevos con los que afrontar los aires parisinos, prefirió esperar y ver cómo iban las chicas allí. En consecuencia, encargarían en París los nuevos vestidos. Esto encantó a las gemelas.

Tuvieron que comprar baúles. No eran suficientes los dos que tenían. Las niñas, ella seguía llamándolas así, necesitaban llevarse todo. Ropa de invierno y de verano, sombreros, abrigos, ropa interior, enaguas, sábanas, mantas. Stanislav, además, quería que se llevaran una serie de objetos que en un momento determinado, con su venta, les sacara de una situación económica complicada. Dos huevos de pascua de la casa Fabergé que les regaló hacía un par de años, un bello contenedor de porcelana china, del Imperio Guangxu, con delicados dibujos de aves y plantas, algunas de las joyas de su mujer y la antigua alfombra persa.

Ésta se sentía orgullosa de que la hubiera elegido. Significaba que confiaba en ella para proteger a sus hijas. Conocía el verdadero motivo de su incorporación, se lo había oído decir a su dueño, pero no creía que corriera el peligro de ser vendida. Era de la familia.

Siempre lo sería. Su nuevo compromiso era acogerlas día a día. Sería el vinculo que les recordara a sus padres, a su hogar. Continuaba siendo, una vez más, el soporte emocional de sus dueños. Le seducía la idea de la nueva vida. Se dio cuenta que le apetecía cambiar de aires. Los amaba profundamente, a los cuatro, pero creía que era un bonito reto el cuidar a las niñas tan lejos de sus padres.

Stanislav Ivanov pensó partir después del viaje inaugural del transiberiano. El hubiera preferido estar antes en París, pero entendía que era un momento histórico y una ocasión única para viajar en el tren de lujo.

A mediados de Agosto de 1904 salieron hacia París.

PARIS 1922

Las dos hermanas paseaban tranquilamente por el bulevar. Eran muy conscientes de la expectación que causaban. Siempre había sido así. De niñas por ser como dos gotas de agua. De mayores, se le unía la belleza de sus rostros y la elegancia en sus andares. Habían aprendido a no tener en cuenta las miradas de curiosidad y extrañeza que suscitaban. Tanto que no se molestaban en parecer diferentes con las innumerables armas que tenía una mujer para modificar su imagen. Decidieron peinarse y vestirse como sintiera cada una y descubrieron que, aunque el carácter era muy distinto, coincidían a menudo en la elección de colores, peinados y vestuario. Con el paso del tiempo asumieron ser observadas hasta el punto de no apercibirse de ello.

La alfombra siempre había creído que se parecían mucho a la antigua dueña, su madre. Rubias, de tez muy clara, con los ojos verdes y rasgados. Sus cuerpos, superados los treinta años, cimbreaban todavía con la esbeltez de un junco.

Vestían de forma atrevida, siguiendo las últimas tendencias de la moda parisina. El vestido recto y suelto, con un escote generoso, una cinturilla a la altura de la cadera y la falda, con cierto vuelo, justo por debajo de las rodillas. Las piernas, cubiertas por medias blancas, acababan en unos pies enfundados en zapatos de tacón. Su pelo rubio apenas asomaba por el sombrero encajado hasta la frente, sin alas, ni grandes adornos. Sólo lo tenían algo más largo que los hombres.

Cuando llegaron al *Café de París*, tomaron asiento en la terraza. Era una preciosa tarde de primavera. Los rayos de sol las acogían suavemente. Las dos sacaron las pitilleras de sus pequeños bolsos. Sin haber cogido el cigarrillo todavía, unas manos varoniles se acercaron a sus rostros con una cerilla encendida. Con gesto pausado se pusieron el pitillo en la boca y lo encendieron a la lumbre que les ofrecían e, indiferentes, agradecieron el gesto a cada uno de los solícitos caballeros con una inclinación de cabeza. Ambos cayeron en el olvido inmediatamente. Comenzaron a hablar animadamente. Debían tomar una decisión esa misma tarde, pero todavía tenían dudas. Un anticuario amigo suyo les había ofrecido treinta mil francos por la vieja alfombra persa. Era un pequeño capital. Jamás habían pensado que podría valer tanto. Entonces se dieron cuenta que su padre sabía muy bien lo que hacía cuando se la entregó. Las jóvenes evocaron la llegada a París.

La familia viajó desde Rusia cuando ellas eran sólo unas adolescentes. Su padre era el único que hablaba francés. Los primeros días se alojaron en un hotel, hasta que encontraron un apartamento en alquiler muy cerca de Montmartre lo suficientemente económico. Tenía dos habitaciones, un pequeño salón y la cocina. En una habitación dormían ellas. La otra la destinaron a guardar los baúles, mantas, vestidos y todo aquello que no les cupiera en el resto de la casa.

Todas las mañanas los cuatro salían por el barrio. Su padre se esforzó en conocer los sitios y las personas en quiénes sus hijas se podrían apoyar o con quiénes tendrían una relación diaria. Trabó cierta amistad con el panadero y con el carnicero. Se dio a conocer a sus vecinos y les presentó a las jóvenes. A todos les advertía de la situación. Todos, sin excepción, se brindaron a ayudarlas una vez ellos se hubieran ido.

Katrina, después dar una honda calada, comentó lo mal que lo había pasado cuando se fueron sus padres. El humo salía de su boca intercalado con las palabras. Lo expulsaba lentamente, levantando ligeramente la barbilla. Miraba al cielo, libre de nubes, como buscando en las alturas los recuerdos amargos de sus primeros días de independencia.

Sabía que las llevaban allí por evitarles el sufrimiento de la guerra. Sabía todo lo que había hecho su padre para dejarlas seguras en un país extraño. Era consciente del gran esfuerzo económico que les suponía el que ellas estuvieran en París. Todo eso lo sabía y lo agradecía, pero no podía evitar el sentirse como una huérfana. Lo que era peor, sentirse abandonada. Durante los primeros meses lloraba amargamente. Siempre creyó que sin la ayuda de su hermana no habría podido superar ese periodo.

Natasha reía al pensar en esa etapa. Mientras apagaba su cigarrillo empezó a recordar la academia donde las matricularon para aprender francés. Comentó con sorna que aquel fue un año dedicado a Francia. Tenían doce meses maravillosos para conocer y aprender todo sobre París. Desde el idioma a sus calles, su historia o sus costumbres. Reconocía que era lo mejor que podían haber hecho. Eran demasiado jóvenes para entrar en la Universidad. Desconocían totalmente el idioma. Ni siquiera el alfabeto era el mismo. Las costumbres sociales también diferían.

Ese año fue duro. Las gemelas se encontraron solas a menudo. Echaban de menos a su madre. Sus manos blancas, sus caricias, sus confidencias, el olor de su casa. Echaban de menos la seguridad de su padre, su protección, sus juegos, las partidas de ajedrez. Cuando les invadía la nostalgia, se sentaban sobre el jardín del Sah y, mientras la acariciaban, recordaban los momentos vividos en familia. Los suaves hilos de lana y seda absorbían con infinita paciencia todos los lamentos. Como si de una gran esponja se tratara, enjugaba junto a las lágrimas de las chicas la inmensa desdicha que creían estar viviendo. Ellas descubrían, asombradas, como los intensos colores brillaban cada vez más en la pequeña sala. La alfombra desplegaba toda su energía para calmarlas. Mientras estuvieran sentadas sobre ella podía hacérsela llegar. Si la acariciaban, le resultaba más fácil transmitirla. Invariablemente acababan contentas y tranquilas inventando una historia con sus dibujos. Sólo entonces descansaba.

A medida que pasaban las semanas, iban dominando el idioma, aunque no eran muy conscientes de lo que aprendían. Un día, cuando volvían a casa, leyeron un anuncio sobre la inminente llegada de un circo. Comentaron entre ellas que les apetecería mucho ir. De repente, se dieron cuenta de que habían leído el cartel sin ningún esfuerzo. Tenían suficiente soltura. Seguro que podían mantener una conversación. Eso les animó a alejarse de su apartamento, de su barrio, para conocer el resto de la ciudad. Ya lo habían hecho con sus padres, pero ahora se trataba de conocerla en detalle.

París entonces las cautivó. La belleza de su arquitectura. Sus calles, sus iglesias, su arte, su clima tan benévolo. La seguridad en sí mismas les ayudaba a ver la ciudad con otros ojos. Sabían que los días que les quedaban hasta final de verano serían el último periodo de inactividad. Cuando entraran en la Universidad sólo tendrían tiempo para estudiar.

Como si de un ritual se tratase, salían todas las tardes a pasear. A final de verano conocían París mejor que muchos parisinos. Se movían por la ciudad con la libertad que sólo tienen los extranjeros. Con la energía incombustible de su propia juventud.

En la academia, pidieron a su profesor que les trajera textos sobre las carreras que tenían pensado estudiar. Les daba miedo que el vocabulario técnico o muy específico les retrasara en el primer cuatrimestre por su desconocimiento. El tutor fue más allá. Les trajo los libros que deberían estudiar el primer año. Las gemelas no salían de su asombro. Se deshacían en halagos y gratitud hacia él.

Ahora, en la mesa del *Café de París,* suspiraban con nostalgia. Una de ellas comentó que fue un admirable docente. Tuvo una magnífica idea al adelantar la lectura de esos textos. Aunque dominaban muy bien el idioma, los tecnicismos universitarios les habrían hecho perder, quizá, meses de carrera.

El recuerdo de esos libros les hizo saltar mentalmente a la Universidad. La más tímida comentó que en aquella época muy pocas mujeres se atrevieron a estudiar. Con las manos en las mejillas, recordaba a su hermana la vergüenza que había pasado en los pasillos de la Facultad. Todos los chicos la miraban. Ella entonces dirigía la vista al suelo mientras daba pasos cortos y rápidos para alcanzar cuanto antes la puerta y poder escapar de las miradas varoniles. En clase intentaba pasar desapercibida. Procuraba no hablar si no le preguntaba el profesor. Cuando lo hacía, siempre contestaba correctamente, pero sentir todas las miradas sobre ella la hacían ponerse colorada como un tomate. Hubo días que pensó no colocarse el corsé para poder respirar mejor si le pasaba de nuevo algo así.

Lo decía divertida y exagerando los comentarios. Pero realmente lo había pasado mal sin apenas compañía femenina. Katrina había estudiado filosofía y letras. Tuvo la suerte de tener dos compañeras. Sin embargo su hermana Natasha, que estudió ingeniería, no tuvo ninguna. Ella era la única mujer. No le gustaba esa situación, era desagradable pues podía notar las miradas de sus compañeros. Pero decidió no darle demasiada importancia. Era buena estudiante. Le apasionaba la carrera, algo que le hacía estar muy por encima de ellos.

Las dos estuvieron de acuerdo en que el peor año de la Universidad fue el primero. A medida que avanzaban en los cursos los estudiantes las miraban como a uno más. El tiempo jugó a su favor y hubo un momento, no supieron determinar cuándo, en que dejaron de ser novedad y los chicos acabaron acostumbrándose a la presencia de una mujer.

Se habían acabado el café con leche. Pidieron otro. Estaban en plena efervescencia de recuerdos.

En la Universidad conocieron a los que después serían sus maridos. Claude había sido compañero de Natasha desde el primer curso, pero ella no se había apercibido de su presencia hasta el último. Los chicos salían juntos después de clase. Pero ella no iba. Era una mujer. Estaba mal visto un comportamiento así. Esto frenó mucho la relación con ellos. El equilibrio entre una cita de alumnos y una amorosa era muy difícil de conseguir. Si quedaban con ellas era porque se citaban con la mujer, no con la compañera de curso. Ninguna de las dos quería eso. Les hubiera gustado quedar con ellos como colegas, como hermanos. Su relación se circunscribía al entorno estrictamente universitario. Las clases y las sesiones de estudio.

Gastón era médico. Terminó la Universidad un año antes que Katrina. Se habían conocido en la biblioteca. En realidad, se conocían de vista desde hacía varios años. Coincidían, como tantos otros, en las horas de estudio. Un día, a la salida, llovía inesperadamente cómo era habitual en París y no tenía paraguas. Estaba en la puerta esperando que parase el aguacero. Pero pasados varios minutos éste seguía. El futuro médico se ofreció a llevarle en su coche, de su padre en realidad. Ella, aunque creía que era un atrevimiento grande, se subió al vehículo.

Katrina con la taza en las manos, movía la cabeza. Exclamaba que aquello fue una locura. En tono divertido decía que estaba tan desesperada con la maldita lluvia que hubiera hecho casi cualquiera cosa.

A partir de ese día, las miradas entre las mesas de estudio se intensificaron. Él la llevaba a casa cuando disponía del automóvil y, a veces, la recogía. Empezaron a salir los domingos. Katrina conoció a los padres estando en último curso. El ya trabajaba en el hospital. Pasaban las tardes lluviosas de domingo en el salón de casa. Pronto lo aficionó a los cuentos inventados mirando el jardín del Sah. Gastón admiró los animales que veía, como gacelas, panteras, o las magnificas flores y los árboles extraños y riachuelos de agua transparente. Sentía que los colores tan intensos de la alfombra le atrapaban. No le costó mucho dar rienda suelta a su imaginación.

En esos momentos de enamoramiento, no se dieron cuenta. Pero tendrían que tomar una decisión. Si decidían compartir la vida con los hombres de quiénes se habían enamorado, renunciarían a su familia. La verían cada muchos años. Eso les partiría el alma. Si decidían ir de nuevo a Rusia, a su país, con sus seres queridos, con sus amigos, renunciarían al amor. La que eligieran les haría daño. Recordaron entonces la charla que tuvieron en el salón. Hablaron de lo bueno y lo malo de cada opción. Sopesaron las posturas. La balanza entre el amor o la familia. Miraron a la alfombra como si fuera un miembro más y debieran tener en cuenta su opinión. Sus ojos verdes se clavaron profundamente en ella. Ésta soportó paciente, durante lo que le pareció una vida, las miradas de las chicas pasearse por su jardín con semblante serio, concentradas en su visión. Cuando una lágrima resbaló por la mejilla de Katrina, entrelazaron las manos y hablaron. Ninguna se veía con fuerza para renunciar al amor. No se imaginaban la vida sin ellos.

Las gemelas decidieron casarse el mismo día. Civilmente.

Tenían religiones distintas. Ellas no pretendían hacer cambiar a nadie. Tampoco querían que lo hicieran con ellas. Escribieron a sus padres comunicándoles la noticia y diciéndoles que serían muy felices si ellos las pudieran acompañar ese día. Habían pasado tres años desde la última vez que visitaron París. Esto sería una excusa perfecta para hacerlo de nuevo.

Al casarse dejaron el apartamento de alquiler. Después de discutir sobre quién de las dos se quedaba con la alfombra, decidieron que lo hiciese Natasha. La colocó en el salón, a los pies del sofá. Lugar privilegiado de la estancia. Ella en principio estaba expectante, sin tener demasiado claro cuál iba a ser el futuro y, al mismo tiempo, un mar de dudas le inundaba los pensamientos. Su dueño le había encargado cuidar de las dos pero de esa manera sólo lo podría hacer con una. Pensar en que estaba traicionando a Stanislav le carcomía el alma. No podía evitar echar de menos a Katrina. Tenía nostalgia de la vida con las jóvenes hermanas. Todas las noches veía a la pareja sentados, hablando entre ellos animadamente. Era una casa amplia y confortable. Con el tiempo comprendió y aceptó el cambio y, cuando lo hizo, no tardó en adaptarse a su nuevo entorno. Se dio cuenta que era Natasha con quien compartiría su vida y a quien debía proteger. El ritmo de la nueva casa le gustó. Su dueña no era una gran cocinera. No le había interesado nunca. Pero entonces tampoco le hacía falta. Se podía permitir un servicio que les hiciera todas las labores del hogar. Invitaban con frecuencia a amigos y compañeros de trabajo a cenas y comidas. Como a su padre, le gustaba estar rodeada de su gente y pasar veladas distendidas charlando de todo un poco. A Claude, su marido, también le agradaba la compañía. Formaban una espléndida pareja.

En ese momento Natasha estaba trabajando en los nuevos puentes de salida de la ciudad. La incómoda vestimenta femenina de aquélla época no le impedía moverse por la obra como cualquier hombre. El vestido largo hasta los tobillos, con varias enaguas que asomaban impolutas por la falda del mismo, debía arremangárselo a menudo para esquivar un charco de agua o pequeños montones de tierra hechas por los obreros. La chaquetilla ajustada a su cuerpo dejaba ver la blusa blanca con cuello alto terminado en encaje.

A los operarios les resultaba raro ver a una mujer con rollos de planos bajo el brazo. Al inicio de las obras descubría siempre gestos y miradas de incredulidad en la plantilla. A veces le desesperaba el tener que demostrar invariablemente su valía. Nadie ponía en tela de juicio las capacidades de los otros ingenieros. Daban por hecho el buen hacer de todos los hombres con la misma seguridad que dudaban de ella por ser mujer. Con el paso de los años aprendió a no dar importancia a la ignorancia de los demás y llegó a manejarlos y dirigirlos con energía y mucha mano izquierda.

Katrina tuvo menos complicaciones en el desarrollo de su trabajo. Los primeros años de profesión los realizó en el Liceo Condorcet. No era la única mujer. Tenía varias compañeras. Ella daba clases de Filosofía y, en poco tiempo, se ganó la aprobación de sus colegas y la admiración de sus alumnos. Sus enseñanzas se caracterizaban por el cuestionamiento de todo lo que podía influir en la vida de la persona. Su logro fue el enseñar a pensar a sus discípulos. Le dio valor al concepto del *cómo* pensar en detrimento del *qué* pensar. Los años en el Liceo le proporcionaron la experiencia suficiente para acceder a la Universidad de la Sorborna y, en esos momentos, se preparaba para conseguir la Cátedra.

Los primogénitos nacieron casi al mismo tiempo. Natasha tuvo dos hijos. Su hermana cuatro. Pero no dejaron de trabajar. Era un momento de crecimiento del país y lo estaban aprovechando. La ingeniera iba a las obras con su abultado vientre, lo que daba lugar a comentarios nada positivos hacia ella y a actitudes protectoras hasta la exasperación. Ella no sabía cómo hacer entender a sus colegas que simplemente estaba embarazada, no enferma de gravedad a las puertas de una muerte segura. Katrina dejó de dar clases cuando su estado se le hizo pesado. Obtuvo el beneplácito y la comprensión de sus compañeros que se ofrecieron para repartirse el trabajo que ella dejaba.

Encendieron otro cigarrillo. Después de exhalar el humo las dos exclamaron nostálgicas que a aquellos tiempos, que ahora les parecían tan lejanos, le llamaron la Belle Epoque.

Recordaron cuando frecuentaban los cabarets, tan de moda entonces; los años en que se construyeron el bulevar por el que habían venido y tantos otros de la ciudad; el Café des Liles, que aún estaba abierto; el cambio en la educación. Comentaron el gran avance que había tenido la tecnología. Rieron de los nuevos puestos de trabajo, como chófer de tranvía, maquinista, telegrafista. Profesiones que hasta esas fechas no existían. Lo comparaban con su adolescencia en Siberia, con el trabajo de su padre. Se sorprendían de cuánto había cambiado la sociedad.

En aquel tiempo, decían animadas, parecía como si la ciudad estuviera impregnada de un enorme optimismo. Todos cambiaron, los hábitos de la gente se modificaron, no eran sólo ellas. Recordaron la algarabía que se produjo al conseguir la reducción de horas laborales, los domingos como día de descanso y, poco después, el sábado por la tarde libre. Se encontraron inesperadamente con mucho tiempo libre. Un tiempo que lo dedicaron a su familia y a divertirse. Estaban encantadas con la época que les había tocado vivir.

Una de ellas comentaba que no se había dado cuenta de ese cambio que vivió la ciudad, las costumbres o la cultura, y ellas mismas hasta ese momento. Añadió que en el día a día se asumen las diferencias o las novedades porque no llegan todas de golpe, sino que se van introduciendo de forma paulatina. No era consciente de la euforia de la que parecía que todos estaban contagiados. Todos trabajando, todos contentos, todos veían un futuro bueno, ellas y sus maridos también. Natasha cortó la alegría de aquellos recuerdos cuando aseveró que el futuro desapareció de sus mentes en julio de 1914.

Se quedaron calladas unos minutos, sorbiendo el café con leche, pensativas. La Gran Guerra. La I Guerra Mundial. Su padre las llevó a miles de kilómetros lejos de ellos para evitarles una guerra, y se encontraron de cara con otra mucho peor.

París fue bombardeada constantemente. El avión, un invento maravilloso, se utilizó para destrozarla. Nunca hasta ese momento los civiles habían sido atacados de forma tan despiadada. Las bombas caían por todos los barrios de la capital sin descanso, de noche y de día.

El encanto de aquella existencia feliz se rompió de golpe. La vida se tornó triste y aburrida. En la ciudad apenas se veían hombres. Estaban todos en el frente. Batallones de mujeres iban a diario a las fábricas, a las obras. Sus maridos, padres y hermanos estaban muriendo en el frente. En ellas recaía la responsabilidad de sacar la capital adelante.

Gastón curaba las horribles heridas de los soldados en el hospital de campaña. Katrina se alistó voluntaria como enfermera. El horror de la guerra quedaba manifestado allí. Hombres de todas las edades y condiciones mutilados por la metralla o abrasados salvajemente por el lanzallamas. Algunos lloraban como niños. Otros, en silencio, miraban el techo sin ver nada. El olor a sangre y éter se le quedaba impregnado en la ropa. Con los primeros que murieron en sus brazos lloró como si fueran sus hermanos o sus padres. Alguno era tan joven que la rabia y el dolor por su muerte se le hundían en el pecho durante días. Pero no sólo aprendió a lavarlos, a limpiar sus heridas, a coserlas. Aprendió a dar calor y consuelo. Aprendió a escuchar lamentos, a ser testigo y compañía de una despedida prematura de la vida. Ayudó a morir a muchos hombres, haciéndoles sentir que alguien les escuchaba, aprendió a coger la mano del moribundo entre las suyas y sonreír en un mundo dónde ya no había sonrisas.

La pareja llegaba a casa destrozada. Agotados física y anímicamente. Pero allí tenían a los niños. Debían hacerles pasar la guerra lo menos mal que pudieran. No podían evitarles el estruendo de las bombas ni ignorar la situación, por eso les enseñaron a vivir con ella. Intentaron llevar una vida lo más normal posible. Los pequeños iban al colegio todos los días. Visitaban juntos a familiares y amigos como siempre lo habían hecho. Al acabar de cenar jugaban con ellos hasta que llegaba la hora de acostarlos. Sólo cuando ya estaba dormidos la pareja se abrazaba y lloraban emocionados, liberando la fuerte tensión de la jornada. Katrina vivía en una constante pesadilla. Temía que al regresar a su hogar, se lo encontrara bombardeado, con sus hijos dentro. Muertos. Gastón sabía que era una posibilidad nada remota. Tenían la sensación de estar jugando a la ruleta rusa a diario.

Natasha ayudaba a reparar puentes vitales para la comunicación y apuntalaba edificios bombardeados. Creaba nuevos accesos a la ciudad. Era un trabajo frenético. Reconstruir al mismo tiempo que destruían. Los enemigos destruían muy rápidamente.

Los alimentos empezaron a escasear. Lo mismo que el carbón. Ya no había para la calefacción. Ellas todavía tenían el recuerdo de Siberia. El frío intenso. Pero ni sus maridos ni sus hijos sabían lo que era y lo estaban pasando mal. Las hermanas rezaban para que el invierno pasara pronto. Se les antojó eterno pero al fin, un día, les sorprendió la fina lluvia de la primavera. Aquel primer invierno pasó pero llegaron otros más rudos y difíciles de superar. Se repartieron cartillas de racionamiento para asegurar la alimentación de todos los ciudadanos, pero los precios de todos los productos subieron mucho y el hambre y la desolación invadieron París.

No era momento de moda y frivolidades, pero como si se hubieran puesto de acuerdo todas las mujeres, la vestimenta femenina cambió durante y por la guerra. La que habían estado llevando hasta ese momento era tan aparatosa e incómoda, que les dificultaba el movimiento. Se deshicieron del corsé, el número de enaguas la redujeron a una, estrecharon la falda y la cortaron hasta media pierna, dejando un pliegue central, ganando una gran libertad de movimiento.

Katrina y Natasha reconocieron que, aunque habían sufrido mucho, tuvieron suerte, pues ni ellas ni sus familias padecieron pérdidas durante la guerra. En algo más de una hora, habían recordado un tiempo que les parecía muy lejano. Fue entonces cuando se dieron cuenta del gran giro que habían dado sus vidas. Las gemelas que habían salido de Rusia dos décadas atrás se parecían muy poco a las que, sentadas en el *Café de París*, hablaban de su historia.

Se preguntaban entre asombradas y divertidas como habían podido pasar de una vestimenta larga, pesada, rígida, encorsetada, reflejo de una moral claustrofóbica; a una corta, ligera, liviana, con movimiento grácil, que expresaba claramente la libertad tan grande que la mujer había conseguido. Ellas mismas no se hubieran creído entonces que, años después, saldrían a la calle con menos tela en su cuerpo que un camisón de dormir. Ahora veían a aquellas jovencitas antiguas y mojigatas. Con detalle desmenuzaron ese cambio.

Al acabar la guerra, Katrina volvió a dar clase en la Universidad de Filosofía y Letras y Natasha continuó proyectando nuevas construcciones y restaurando puentes. Aunque la guerra había acabado, se encontraban sumidas en una neurosis de miedo y en un estado de tristeza profunda. Se desplazaban a sus trabajos escondiéndose todavía de los proyectiles. Andaban por las calles pegadas a las paredes de los edificios, refugiándose aún de un eventual bombardeo aéreo.

Los domingos se reunían las dos familias para comer juntas. No querían perder esa costumbre. La reunión transcurría tranquila. Los primos se lo pasaban bien. Las dos parejas hablaban de sus quehaceres, de la economía y de temas variados con más intimidad de lo que era habitual. Pero las gemelas notaban que había algo en el ambiente que los tenía adormecidos. Dejaban pasar los días esperando que llegara el próximo para acabarlo y buscar deseosas el refugio de las sábanas blancas.

En una de las reuniones dominicales leyeron en una revista las nuevas tendencias femeninas. Les pareció algo escandalosa. Era muy rompedora. Muy atrevida. Las chicas aparecían con el pelo tan corto como un varón. Los escotes muy pronunciados, las faldas hasta la rodilla, el pecho aplastado, el vestido lo habían convertido en una enagua muy corta. Los cuatro jóvenes hicieron comentarios jocosos sobre los nuevos atuendos. Decían que era el impacto visual lo que los diseñadores querían obtener para que reparasen en ellos. Realmente esa ropa no se ponía. Era imposible.

Los días transcurrían en su monótona cotidianidad. Y las hermanas sentían que debían despertar. No habían sobrevivido a una guerra para estar muertas en vida. De vez en cuando volvían a coger la revista. Les atraía la nueva idea de moda. Querían ser valientes. Ya habían visto a jóvenes vestidas de esa manera tan peculiar. No serían las primeras. Decididas, las dos encargaron dos vestidos con sus abrigos de verano a la modista. Con muestras de tela, eligieron los tocados más adecuados en la sombrerería. Los zapatos y las medias les siguieron.

Llegó el momento clave. Debían cortarse el pelo como un hombre. Era algo que les inquietaba. Como todas las mujeres siempre habían tenido una gran melena. Sin estar escrito, sabían que era un símbolo de identidad entre ellas. Si se la cortaban, no tendrían marcha atrás. Estaban descubriendo entonces que, si decidían escoger la nueva moda, sería algo radical. No podrían alternarla con la de siempre. Era tan distinta, que debían elegir. Con hondos suspiros decidieron cortárselo. Cuándo la peluquera llegó a casa no podía creer que ellas fuera a dar ese paso.

Sentó primero a Natasha en la silla de la cocina. Desde su espalda cepilló enérgicamente la melena. Era muy larga y rubia. Le cogió el pelo con una mano mientras lo cepillaba con la otra como si fuera a hacer una cola de caballo. Cuando parecía que la tenía hecha, cogió las tijeras y con golpes certeros y firmes cortó la coleta. Antes de seguir cortando y dando forma a lo que quedaba de cabellera, cogió el mazo de pelo cortado y le anudó fuertemente una tira de tela en un extremo. Luego lo guardó en una bolsa de algodón.

Natasha estaba quieta en la silla. No se atrevía a coger el espejo. El corazón le latía tan fuerte que creía que iba a salir desbocado. No le tranquilizaba nada ver el gesto de pavor en el rostro de Katrina que con una de las manos tapando su boca, no podía quitar la vista de la cabeza de su gemela. La peluquera siguió cortando. Grandes mechones rubios fueron cubriendo el suelo de la cocina. Poco a poco, se fueron haciendo más pequeños, hasta quedar en nada.

Al acabar, la ingeniera esperó paciente a que su hermana

estuviera como ella, para ir las dos juntas a mirarse en el espejo. Aunque la otra realmente jugaba con ventaja. A estas alturas, era como si ya se hubiera mirado en uno. Pensó que era absurdo. En realidad ella también parecía que se miraba en otro. Veía como el pelo rubio caía al suelo a mechones, como su cabeza quedaba increíblemente vacía y pequeña. La cara aparecía fresca, infantil, sin el marco de los abombados moños. La peluquera la peinaba con raya a un lado y las patillas engominadas las alargaba como queriendo llegar al mentón.

A ninguna les hacía falta verse reflejadas en un cristal, pero se cogieron de la mano y recorrieron deprisa los metros que les separaban del tocador. Las dos a la vez se agacharon con las mejillas tocándose entre sí y fijaron la vista en él. Impactadas, suspiraron a la vez. Se incorporaron y se miraron mutuamente. De golpe, las dos daban pequeños saltos y reían. Rápidas se dirigieron a la cama de matrimonio, dónde estaban estirados sus trajes nuevos. Cuando estuvieron vestidas repitieron la operación con el espejo grande del armario del dormitorio, dónde se podían ver todo el cuerpo. Sin poder apartar la vista de su propio reflejo comentaron nerviosas lo poco que les había costado vestirse y, tan admiradas como agobiadas por lo que veían, resoplaron sin que se les escapara una leve sonrisa. Se ayudaron mutuamente a colocarse los tocados. Anduvieron por el pasillo a modo de prueba. Mientras una caminaba la otra observaba como quedaba el vestido con el movimiento. Tardaron un par de horas en coger seguridad en sí mismas. Cuando lo consiguieron, decidieron salir a la calle a dar un paseo.

Tímidamente iban dejando atrás su casa. Según avanzaban se sentían más incómodas, pues les parecía que iban desnudas y, la vergüenza desbocada, les robaba la poca valentía que tenían. Se cruzaban con gentes que sin disimulo las miraban. Era tan descarado que lo notaban y no podían evitar agobiarse con la situación. Empezaban a dudar que estas vestimentas estuvieran dentro de su moral. Con los cuerpos rígidos, acostumbrados al corsé, caminaban lentas, con la barbilla subida, manteniendo la respiración. Hablaban entre ellas, sin querer demostrar signo de abatimiento o debilidad. Con quiénes se cruzaban no podrían haber pensado nunca que se trataba de dos mujeres a punto de romper a llorar. Veían dos damas espectaculares, que llamaban la atención no sólo por su vestimenta, sino también por su belleza y porte. Pero las gemelas descubrieron que no eran las únicas. Muchas mujeres habían optado por el cambio radical. Esto les animó y tranquilizó.

En esa primera excursión volvieron pronto a casa. Querían saber la opinión de sus maridos. Éstos se quedaron sin habla al verlas. Les costó asumir el cambio por lo extremo que era, además, les dijeron, era algo que también sufrirían ellos. No les apetecía enzarzarse en una pelea por las miradas que seguro iban a provocar con esa vestimenta. Tampoco ser el blanco de las críticas de sus vecinos. Las chicas les contaron que esa misma tarde habían visto multitud de mujeres que ya vestían y peinaban de esa manera. Estaban seguras que en muy poco tiempo todas vestirían así. Los maridos, finalmente, aceptaron el cambio.

Oían hablar a sus amigas de la nueva música. El jazz hacía furor en las salas de fiestas. Las dos parejas se acostumbraron a salir por las noches a cenar en restaurantes y a ir a salas de fiestas para oír música mientras tomaban una copa. No descuidaban sus trabajos ni sus familias pero los cuatro se contagiaron del ansia de vivir. Un sentimiento que había calado muy hondo en toda la sociedad. Después de tantos años apagadas, sentían el ánimo renacer dentro de ellas. Poco a poco lo fueron descubriendo en detalles que habían olvidado. El rocío que cubría la hierba de su jardín iluminado por los primeros rayos de sol, la risa de sus hijos, las caricias del viento cuando iban en automóvil o una carta de sus padres les hacían ver la vida con un valor distinto. En ese renacer decidieron que cada día lo entenderían como el último y lo vivirían intensamente.

Sentadas en la terraza del *Café de París*, sintiendo que el sol de la tarde les insuflaba vida, recordaban su pasado más inmediato.

Desde hacía bastantes años, para situarse en el tiempo comentaron que entonces todavía vestían con la antigua indumentaria, tenían teléfono, un invento que les parecía algo mágico. Una especie de milagro que les hacía oír la voz de su madre como si estuviera con ellas. Aunque se acostumbraron rápidamente a él y era una parte más de lo cotidiano, la llamada mensual a sus padres se convirtió en un ritual. El aparato estaba colocado en el pasillo de la planta baja de la casa de Natasha, sobre una mesilla redonda. Preparaban dos sillas junto a ella. La ingeniera descolgaba el auricular del soporte y se lo acercaba al oído. Pedía entonces a la voz femenina que se oía dentro de él una conferencia con el número doce de Novonikoláyevsk, en Siberia. Cuando colgaba, en espera a que le llamaran con la conferencia, las dos sabían que podía durar varias horas. Por eso la pedían siempre en domingo por la mañana. Comían todos allí, y había tiempo libre de sobra. Las hermanas se acercaban a la cocina, supervisando la comida. El día de la llamada siempre era un día de alegría. Hacía años que no veían a sus padres. El oír su voz les emocionaba. Por eso, un poco nerviosas, una vez al mes preparaban una comida algo especial. Con un cierto toque de festividad.

Mandaban sacar a la mesa de hierro forjado del jardín un aperitivo. El Kir, un vino blanco endulzado con sirope de grosella, o el pastís, rebajado con agua y hielo, acompañados de canapés variados, unos encurtidos, un cuenco de frutos secos y otro de aceitunas.

Al amparo del cenador, los cuatro pasaban una mañana distendida. Ellas solían contar anécdotas vividas con sus padres en la lejana Siberia. El abuelo se había convertido en un héroe a los ojos de sus hijos. Para ellos la construcción del transiberiano, salvando tan serios obstáculos como metros de nieve, fuertes heladas, los tigres de Manchuria, tantos puentes y túneles, o trabajar con presos, fue una gran aventura. Las gemelas, sentadas muy rectas por el corsé, reían de las ocurrencias de los niños, aunque, se decían, en el fondo estaban de acuerdo con ellos.

Cuando la sirvienta les avisaba, pasaban al comedor. Allí les esperaba el suculento confit de canard, un pollo al horno acompañado de una salsa a base de frutas ácidas, normalmente ponían naranjas, con oporto, jugo de carne, mantequilla y vinagre. Una ensalada verde le antecedía. Remataba la comida una selección de quesos y de postre un calissón. Este dulce salía especialmente bien. Lo realizaba con pasta de almendra, melón escarchado y azúcar. Le ponía une feuille d'hostie de base y glaseaba la cubierta. El resultado era siempre espectacular. Era el preferido de las dos familias. Cuando acababan de comer, hacían salir a la cocinera, a quien, entre risas y vítores, envolvían en un gran aplauso. Ella, aunque acostumbrada por tantas veces que lo habían hecho, se sonrojaba y movía su orondo cuerpo tímidamente de un lado a otro estirándose al mismo tiempo el delantal. Estaba encantada por los aplausos, que sabía con tanta dosis de broma como de cariño, pero deseosa de acabar con tantas miradas fijas en ella. Cuando salía ellos se levantaban de la mesa y se dirigían al salón, donde estaba la alfombra, para tomar un café.

La alfombra sentía a sus jóvenes dueñas alegres, llenas de una cierta emoción infantil, esperando el ansiado momento de oír la voz de su madre a través del hilo telefónico. Mientras hablaban distendidamente con sus maridos, miradas furtivas recorrían todo el jardín del Sah. Parecía que medían el tiempo posando los ojos en sus dibujos. Como si, de alguna manera, la tardanza en la conferencia dependiera de algún gesto que tuviera que hacer ella e, impacientes, lo buscaban entre sus hilos de seda. Le gustaría poder hacer algo, acortar la espera, pero no estaba en sus manos. Eran mujeres trabajadoras, cultas e independientes. Amaban a sus maridos por encima de todo. Por ellos se quedaron en París. Habían conseguido formar una entrañable familia cada una y estar todos unidos. Pero echaban de menos a sus padres. La dulzura y complicidad de su madre, el refugio de la fortaleza de su padre. Se sentía orgullosa de ellas y le encantaba que con sus miradas inquisidoras la hicieran cómplice de su impaciencia.

El timbre del teléfono las levantó de un brinco a las dos. Con paso ligero se acercaron a él. La ingeniera cogió con una mano el auricular, mientras que con la otra levantaba el aparato hasta acercarlo a su boca. Una mujer le aseguró que ya podía hablar. En el doce de Novonikoláyevsk una voz emocionada y alegre le saludó.

En la terraza del *Café de París*, empezaba a refrescar. Pero no les importaba. Reían. Echando la vista atrás, se veían antiguas. Lo decían una y otra vez. Con aquellos vestidos tan largos, los corsés que apenas las dejaban respirar. Se asombraban del tiempo que habían dedicado a peinarse y vestirse todos los días. Ahora, con los años pasados, les parecía imposible que hubieran podido ir a trabajar con tanta ropa y con unos peinados tan complicados.

Sentadas una frente a la otra, se miraban desconcertadas. Se preguntaban cómo podían haber vivido de esa manera. Su existencia, desde hacía pocos años, se centraba en la despreocupación. Se habían empeñado en vivir la vida y recuperar el tiempo perdido. Se sorprendieron al darse cuenta de que ya se habían olvidado de como la habían vivido hasta ahora.

Reconocieron que había sido un gran logro. El nuevo planteamiento se apoderó de ellas. Se sentían libres, ligeras, como nunca lo habían sido. Ahora se reconocían bellas. Habían aprendido a no sólo no esconder su belleza, sino a realzarla con maquillaje, vestidos y peinados. Disponían de su dinero, ganado con su trabajo. Luchaban por su éxito individual, jugaban al tenis y al golf, les gustaba el jazz y el charleston. Disfrutaban de una tarde dedicada a comprar objetos bonitos o nuevos sombreros.

Asustadas, comentaron que quizá los conservadores que defendían que la frivolidad se había apoderado de sus vidas tuvieran razón. Pero después del último sorbo de café con leche, Natasha defendió acalorada que no podía ser correcto. Era cierto que habían desterrado la austeridad, la sobriedad y el excesivo recato. No eran como su madre, dedicada a las labores del hogar y a criar a los hijos. No se pasaban las tardes bordando o cocinando como ella. Hacían a diario lo que sus padres habían hecho de forma muy excepcional, como ir a bailar o a tomar una copa o al cine. Pero sus hijos aprendían de ellas el esfuerzo del trabajo, la unidad de la familia, el respeto a los mayores, la solidaridad con los desfavorecidos. Esos eran los principios que no podían olvidar y que debían transmitirles.

Su hermana le dio la razón sin dudarlo. Katrina comentó que quizá el cambio de valores era simplemente una evolución como fue la de los vestidos. Salieron de Rusia con el pelo recogido en una simple trenza y unas sayas hasta los tobillos con infinidad de refajos. En París añadieron corsés y moños muy elaborados. Pero con la Belle Epoque fueron desprendiéndose de ellos, acortando faldas y quitando enaguas y el peinado más sencillo, hasta que llegaron a la actualidad, los locos años veinte. Peinadas como los hombres, reduciendo más la ropa hasta llegar a la rodilla y el torso a malas penas cubierto por una suave blusa de tirantes. Hablaba con seguridad. No titubeó al decir que el cambio en las costumbres y los valores era un cambio lógico. Intentar andar con una pierna y querer dejar la otra en el sitio de salida era imposible.

Estos comentarios hicieron que les volviera a la mente la verdadera razón por la que estaban acomodadas en esa terraza, dejándose acariciar por los últimos rayos de sol. El anticuario les había ofrecido un pequeño capital por la querida alfombra persa. Ahora se encontraban en una encrucijada. Esa pequeña fortuna les permitiría a las dos familias al completo visitar a los abuelos en Siberia. Hacía muchos años que no se veían. Sus padres no conocían a los dos últimos nietos. Podrían quedarse una semana, quizá diez días. Deseaban con todo su ser verles de nuevo y, como con un ataque de nostalgia, sentían unas inmensas ganas de volver a gozar también del blanco níveo de las llanuras siberianas.

Pero su padre les entregó la alfombra como una tabla de salvamento donde refugiarse si tuvieran un momento económico complicado. Se decían entonces que ese momento lo vivieron durante la guerra y consiguieron superarlo sin tener que venderla. Temían la reacción cuando se enterara de que se deshacían de ella sólo para visitarle. Estaban convencidas de que lo consideraría un derroche y se enfadaría mucho. Pero se justificaban creyendo que, si no les había hecho falta en la situación más dura que se puede vivir, en un futuro lo hiciera. Sus padres eran ya mayores y no tenían fuerzas para soportar un viaje tan largo. Si no lo hacían ellos quizá no volverían a verse jamás. Mientras colocaban otro cigarrillo en sus largas boquillas se miraron sonrientes. Natasha comentó alegre que eran los locos años veinte. Se trataba de vivir la vida. Aprovechar todas las oportunidades que te brinda para saborearla mejor.

Al día siguiente, dos peones del anticuario entraron en el salón de Natasha. Con movimientos rápidos libraron a la alfombra de las patas de los sillones que la pisaban, apartaron lejos la mesita auxiliar que reposaba en un extremo de ella y se colocaron los dos juntos en ese mismo lado. Como guiados por una música que nadie oía, la enrollaron rítmicamente sobre sí misma.

Mientras su cuerpo desaparecía le asaltó la imagen de las niñas, muy pequeñas, jugando sobre ella. Vio a la toda la familia divertida y feliz, inventando cuentos sobre los árboles y ríos que poblaban su campo. Recordó el orgullo que sintió cuando Stanislav decidió que se fuera como garante de su felicidad y seguridad. En aquel entonces no contempló la posibilidad de que se desprendieran de ella. Observaba a sus dueñas de pie, cogidas del brazo, idénticas, mirando sus hilos de seda, brillantes y hermosos, desaparecer para siempre. Estaban serias pero no vio resbalar ni una lágrima por sus rostros. No se acostumbraba al desapego de las personas. Ser utilizada como moneda de cambio parecía una constante en su vida. Amaba profundamente a las chicas. ¡Las había visto nacer! No se le habría ocurrido jamás cambiarlas para sentirse mejor durante un pequeño periodo de tiempo, para satisfacer un deseo tan íntimo como fugaz. Llegó a pensar que nunca nadie se había puesto en su lugar ni medido las consecuencias de los actos. Ninguno de los dueños que había tenido a lo largo de los años se había parado a pensar en el daño que le ocasionaban cuando se deshacían de ella. Por un momento se asustó de esos pensamientos y los desterró de inmediato. La gente no podía ser tan tremendamente fría y cruel. Sus gemelas no. Habrían pensado en el dolor que le causaban por la separación. Seguro. Pero necesitaban ver a sus padres, y esa necesidad las convenció para tomar la decisión de venderla.

Los hombres la ataron en los extremos con una cuerda de cáñamo. Con otro golpe rítmico la subieron a sus hombros. Al pasar junto a ellas, Katrina levantó la mano y acarició los nudos de su espalda. Sintió toda la dulzura y el amor que sabía que les había dado. Sus dedos largos y blancos conmovieron su ser. Esa caricia le dio el calor y el valor suficiente para enfrentarse a su nuevo destino.

NUEVA YORK 1975

La alfombra notó el golpe brusco del frenazo y poco después el ronroneo del motor se paró. Miró complacida a su dueño que se despertó con la sacudida. Le gustaba acompañarle en esos largos viajes recorriendo el país. No estaba especialmente cuidada en esos momentos, pues sobre su cuerpo caía a menudo comida, bebida e, incluso, ceniza, pero lo olvidaba todo cuando el joven se echaba sobre ella y le acariciaba los hilos suavemente. La caravana aparcó en un área destinada a ello cercana al recinto donde iban a actuar. El autobús con el resto del equipo, tanto músicos como técnicos, lo hizo a pocos metros. Brandon bajó de ella de un salto. Estiró los brazos hacia arriba, despertando los músculos entumecidos. Era temprano, pero ya hacía calor. Su aspecto creaba expectación. La vestimenta que usaba se salía de los cánones establecidos del decoro y la elegancia. Mallas negras con cinturón dorado y un chaleco imitando la piel de leopardo era su vestimenta habitual. Una melena negra, suelta y encrespada, le cubría los hombros desnudos. A grandes zancadas se dirigía hacia el estadio. El pelo se movía en un vaivén acompasado. Las solapas del chaleco se abrían y cerraban siguiendo el mismo ritmo marcado a golpe de talón. En el camino se le unieron los otros tres miembros de la banda, seguidos muy de cerca por el técnico de sonido, miembro del staff muy valorado por él, y treinta personas más, encargadas de poner el escenario y camerinos a punto para la actuación de la noche. Las grandes puertas del Madison Square Garden les esperaban abiertas.

A Brandon se le ocurrió que, a vista de pájaro, su numeroso grupo podría ser confundido con hormigas trabajadoras entrando en su refugio. El Garden, desde arriba, podría parecer un enorme hormiguero. No se lo comentó a nadie porque no quería que pensaran, como tantas veces, que estaba colocado a tan tempranas horas de la mañana, pero se rió él sólo de la idea. Antes de alcanzar las puertas, vio al encargado de la empresa que había contratado para preparar el escenario, el equipo de sonido y la seguridad sobresalir por ellas. Ya habían trabajado juntos en numerosas ocasiones, con lo que estaba relativamente tranquilo. El agente se acercó a él ofreciéndole la mano. Después de unos saludos rápidos se centraron en el desarrollo de la organización. Comprobó que todo estaba en marcha, tal como esperaba. Ahora que les conocía, sabía sus gustos y necesidades escénicas, resultaba más fácil y rápido el montaje. Toda la estética de la actuación la llevaba Brandon. El tomaba las decisiones. Siempre había sido así, incluso en los inicios, cuando sólo eran cuatro estudiantes de bachiller locos por la música. Él era el cantante, el compositor de la mayoría de las canciones y el líder. La banda, desde que tenía recuerdos, había seguido el camino marcado según su criterio. Los cuatro estudiaron carreras universitarias porque los convenció de que era lo mejor. Durante los años de Universidad su trabajo se ralentizó pero no dejaron de verse y de tocar juntos. Al acabar los estudios, ninguno de ellos quería desarrollar y poner en práctica los conocimientos de las distintas carreras en las que se habían graduado. Todos sin excepción preferían la música como forma de ganarse la vida. Él se encargó entonces de buscar locales donde tocar a cambio de prácticamente nada.

Entrando en el Madison Square Garden sonreía al pensar en aquellos tiempos. Siempre se había dicho que los inicios eran duros. Pero se dijo así mismo, levantando un poco el brazo, que eso no era cierto. Los demás le miraron. Gesticulaba como si hablara con alguien, pero realmente estaba callado. Siguió avanzando hacia el escenario mientras seguía su monólogo interior. Se decía que lo duro era ese momento. Lo muy duro. Cuándo el éxito le abrumaba. Cuándo tenía la presión de mantenerlo. Cuándo no podía bajar la guardia. Cuándo el público siempre pedía más. Cuándo gran parte de su vida se desarrollaba en una caravana. Meses en la carretera, cientos de millas diarias, de ciudad en ciudad. De hotel en hotel. Con el entrecejo fruncido y con los brazos ligeramente abiertos subió al escenario. Se quedó de pie en uno de sus laterales. Sus pensamientos cesaron. Observaba a los riggers manejando las grúas. Faltaba muy poco para acabar el montaje de la estructura. Su equipo técnico ya se había unido al otro equipo. Los numerosos cables de sonido cruzaban el escenario de un extremo al otro. En breve podrían hacer las primeras pruebas.

Hacía años que había decidido que sus conciertos debían ser mucho más que música. Debían ofrecer, además, un gran espectáculo. Fue una gran idea. Su banda tenía mucho éxito. Sus discos eran grandes ventas. Las canciones sonaban incesantemente en la radio. Alguien podría pensar que eso era así exclusivamente por la calidad de la música. Pero él sabía que no. La música era arte, pero también un negocio y como tal, había que tratarlo. Debían crear expectación y sorpresa, y que ésta quedara en la memoria colectiva.

Colocaba la batería en alto, en un segundo plano, a la derecha del escenario, pero con un gran protagonismo. A continuación, en su mismo nivel, ponía la gran mesa de mezclas. En el techo cuatro hileras de focos formarían un entramado de haces de colores que bailarían con los músicos guiados por los impulsos de sus notas. Dos cables de acero confluían en el centro del escenario desde las dos paredes laterales del Garden. Por cada uno de ellos descenderían dos mujeres con grandes alas blancas sujetas a su espalda, vestidas con un escueto bikini blanco brillante, al sonar la canción *Angels.* El fondo del escenario cambiaba cuatro veces durante la actuación.

Empezaba con una simulación de fuego, de grandes llamas que salían del suelo, a modo de pantalla, formadas con varias gasas transparentes de seda en amarillo y rojo, azul y verde, superpuestas e impulsadas con aire desde la base. En el segundo fondo, caían telas negras donde enfocaban parte de los potentes focos, formando una composición fija con sus haces de color. El tercero, en una pantalla blanca en la que destacaba el nombre de la gira *Angels Glam 1975*. El cuarto, los retratos de los cuatro componentes del grupo como si fueran héroes de comics pintados en grandes lonas oscuras.

Él mismo también era parte del espectáculo. En esta gira, sin lugar a dudas, se había declarado rey imbatible del glam rock. Lucía llamativos vestuarios, con chaquetas de colores brillantes combinadas con camisas a veces de un estampado imposible y acabadas con una lazada doble a modo de corbata. A menudo un sombrero con innumerables adornos cerraba su imagen. La gesticulación exagerada y los saltos en el escenario eran su sello.

Comenzó el ensayo. Brandon cogió su bajo y se acercó al micrófono del centro del escenario. Sus compañeros se colocaron en su sitio, dos a su izquierda y otro a la derecha. Durante el trayecto comenzó a hacer movimientos cromáticos, utilizando todos los dedos y en todas las cuerdas. Continuó varios minutos con estos ejercicios. Este calentamiento de las manos era vital pues de esa forma evitaban posibles problemas de tendinitis, algo que reventaría la gira. Eran punteos improvisados, pero los cuatro miembros del grupo conseguían que el sonido fuera armónico, incluso agradable de escuchar. Finalmente, sacó la púa y marcó dos notas en su bajo mediante hammer-ons, los sonidos ligados de forma ascendente tan característicos del rock y que tanto le gustaban. Todo empezó a tener forma. Limpiaron el sonido, ajustaron tonos, resolvieron el enganche de los telones con sus retratos que se quedaban atascados y no bajaban del todo. Concordaron el ritmo de las luces con el de la música. Todo estaba preparado para la actuación. No quedaba más que dejar pasar las horas hasta llegar la noche.

Brandon siempre había dicho que estos momentos debían ser lo más parecido a un tsunami. Se producía el terremoto, lejos, muy lejos. El mar retrocedía, cogiendo carrerilla, para regresar con la energía que sólo él tiene arrasando todo. Habían preparado y desarrollado toda la gira muy lejos, en Austin, Texas. El escenario esperaba su presencia. Este era el momento en que el mar se retira, el momento en que tanta tranquilidad incluso llega a dar miedo. En pocas horas arrasarían.

Prefería pasar este tiempo con la mente en otro sitio. Junto con el batería, decidió dar una vuelta por Nueva York. Esto inquietaba mucho al organizador. Temía que se dejara llevar por cualquier situación que en ese momento le resultara atractiva, por los motivos más variados e insospechados que uno pueda imaginar. Cuando bebía, y por qué no iba a hacerlo ahora, a menudo se volvía violento o, cuanto menos, provocador. Pretendió que les acompañaran dos hombres de seguridad. Pero ellos no lo consintieron.

Pasearon por las calles de la gran ciudad inmersos en el anonimato. Disfrutando de él. Los miraban con cierto descaro, pero por su look tan fuera de hormas, no por su celebridad. Sólo cuando entraron en una tienda de ropa de hombre se armó algo de alboroto al ser reconocidos tanto por la dependienta, como por varios clientes. Con esfuerzo pagó la camisa verde con bolsillo y puños fucsias que le había gustado en el escaparate. Salieron de allí forzando la sonrisa. La siguiente parada fue un bar. Tomaron un par de copas y regresaron al Garden. En el camerino, mientras se duchaba y cambiaba de ropa, tomó otras dos. Durante diez minutos realizó de nuevo ejercicios de calentamiento para los dedos. Preparó un cigarrillo de marihuana. Echado en el sofá, con la cabeza hacia atrás, le daba caladas profundas, manteniendo el humo en sus pulmones durante varios segundos hasta que lo exhalaba hacia arriba. Veía cambiar sus formas hipnotizado. El toque en la puerta lo sacó del trance. Cogió la chaqueta azul eléctrico y se colocó el sombrero negro. Cuando los cuatro salieron al escenario el público los recibió con una gran ovación.

La actuación empezó. Las luces giraban al son de las notas que oían. Brandon estaba nervioso. Se concentró en la melodía, en la letra que debía cantar. Comenzó a sentirla. La notó dentro de él, en lo más profundo de su ser. Su cuerpo giró y brincó con los acordes que salían de su bajo. Miraba hacia la grada pero no veía nada. Cuando los cañones de luz se pasearon por el público haciendo un barrido, pudo comprobar que el aforo estaba completo. Miles de personas con los ojos puestos en él. Miles de personas dispuestas a vibrar con su música. Esa sensación le proporcionaba una fuerte descarga de adrenalina. Entonces toda su energía salía de su cuerpo a través de su voz y sus movimientos. Se sentía pletórico, lleno de vida y positivismo. Cruzaba el escenario andando de lado, mientras con la púa tocaba con hammer-ons el estribillo de la canción, separando el mástil de su cuerpo lo más que podía. Acabando el estribillo, el público vitoreó la actuación silbando y brincando delante del escenario con las manos en alto. Como en una especie de éxtasis colectivo, la gente se movía en un mismo ritmo, lloraban y reían juntos, no tanto por lo que oían, sino más bien por la cercanía de sus ídolos. Brandon también entraba en ese éxtasis, se contagiaba de él. En esos momentos se sentía superior. Lo era porque lo adoraban. Porque nadie era capaz de atraer y ser escuchado por una gran masa humana. Lo era porque si les decía a todos que le siguieran, lo harían sin dudar.

Entre canción y canción, bebía un gintónic que tenía sobre la tarima donde estaba situada la batería. No podía perder el control, pero tampoco bajar el ritmo. Varios focos bailaban sus haces sobre la concurrencia. Le gustaban esos momentos. Por unos segundos, se sentía sólo observador. Como si no fuera a él a quien vitoreaban. Escondido detrás de los cubitos de hielo del vaso de tubo veía, a las fans mover incesantes sus melenas.

El concierto transcurría tal como estaba previsto. El momento álgido del mismo, la canción *Angels* fue un rotundo éxito. Las chicas descendían por los cables de acero con sus grandes alas blancas y su escueto bikini blanco brillante. Ya en el escenario, con una coreografía muy dinámica, las soberbias extremidades emplumadas se rompían una a una, dejando de ser criaturas hermosas, claras, perfectas, dando paso a seres siniestros, sin luz, negros. Una vez más, los aplausos de los seguidores encendían a Brandon. Tocaba el bajo con furia. Se acercaba al grupo de ángeles caídos demostrando enfado y rabia. La implicación del líder en la representación de la letra gustaba a sus oyentes. El público entusiasmado brincaba y señalaba a los seres alados convertidos en demonios con sus brazos estirados, amonestándoles al ritmo del estribillo. Sudaba profusamente. Se quitó la chaqueta y el sombrero. Sintió alivio. Con una toalla secó el sudor de la cara y toda la cabeza. Con eso volvió al escenario renovado.

Al acabar la última saludaron al auditorio y se retiraron. Pero no se fueron a los camerinos. Sabían que les pedirían un bis, como en efecto así ocurrió. Salieron de nuevo, sonrientes, dispuestos a complacer a su público. Tocaron una de las canciones que ya se había convertido en clásica. Se despidieron y ocurrió lo mismo. Ellos reaccionaron igual. Hubo una tercera petición. Ahora pedían *Angels.* Pero el líder se negó de forma intransigente. Esa era la principal de la gira. La habían cantado y escenificado y había sido un gran éxito. Debía quedarse así en la memoria de la gente. En esta segunda actuación, ya no habría ángeles que descendieran, ni alas que se rompieran. Sencillamente sería menos espectacular que la primera. Consiguió convencer al resto del grupo. No hubo un tercer bis.

Cuando entró a su camerino, no le sorprendió ver allí al jefe de sonido con dos técnicos y cuatro admiradoras. Siempre era así. Después de una actuación, la fiesta continuaba hasta la hora de salida de los autobuses y caravanas aunque fuera a la mañana siguiente. A Brandon le pareció que esta vez eran muy jóvenes. Cogió uno de los gintónic que estaban sobre la mesita y se echó en el sofá arrastrando por la cintura a una de las chicas, que cayó sobre él. Uno de los hombres sacó una china de su bolsillo y con tranquilidad la fue ablandando con un mechero. En muy poco tiempo, los cigarrillos de hachís circulaban por el camerino tan libres como su humo.

Brandon, todavía con la pareja, la besaba en el cuello distraído. Ella se dejaba. Todas se dejaban. Bien por su afán de estar con un famoso, bien por ser el ídolo, olvidaban su dignidad como mujer. Nunca había sabido la razón. Pero sabía que tenía sexo gratis y abundante durante toda la gira. Quizá fuera lo único que estaba garantizado. Un minuto de gloria para ellas. Lo grabarían a fuego en su memoria. Soñarían con ese momento durante mucho tiempo. Lo contarían muchas veces, como si de un acto heroico se tratara. Se agrandarían sentimientos, se añadirían palabras nunca dichas. Ellas seguirían disfrutando de ese instante aun pasado los años pero para él era un cuerpo más en un día más. Las diferencias eran tan pequeñas, que no era capaz de recordarlas. Siempre había una morena o una rubia, de figura esbelta, joven, moderna, que no hablaba, solamente reía. Los detalles se borraban con el alcohol y las drogas.

Entraron los dos a la caravana riendo y bailando. Brandon, perdiendo un poco el equilibrio, cogió una cajita de metal que tenía en una estantería. De ella sacó una diminuta cartulina con dibujos de colores fuertes y llamativos. Separó un pequeño cuadrado y se lo puso en la lengua a la chica, luego hizo lo mismo con él. Era LSD. En poco tiempo, el interior de la caravana empezó a moverse. Creía que la mesa se iba a abalanzar sobre él y ponía los brazos extendidos para frenarla si finalmente lo hacía. Las paredes y el techo se encogían y se estiraban. Esto no le estaba gustando y salió a la calle. Con los pies en el asfalto, alzó la vista. El cielo de Nueva York apenas se veía entre los altos edificios y la luz de la ciudad. Pero sintió como la noche le envolvía y le daba la bienvenida acogiéndole fuerte y enérgicamente. Se abrazó a sí mismo y giró varias veces sintiendo como sus manos se hundían en los propios costados. Las luces de los lejanos edificios le saludaban y el les devolvió el saludo sonriente y complacido. Más sereno, volvió dentro.

Se tiró sobre la alfombra. Los brazos abiertos, con la mejilla descansando sobre sus hilos de seda y lana, le acariciaba como dándole la bienvenida. Se puso de rodillas y la miró. Lentamente una sonrisa fue iluminando su cara. Su expresión cambió y, con aspavientos le dijo a la chica que se acercara. Le preguntó en tono divertido y asombrado si estaba viendo lo que sucedía justo debajo de ellos. Las panteras corrían elegantes por los jardines del Sah. Bellas aves alzaban el vuelo, dejando ver el colorido de sus magníficas alas. Aplaudía el espectáculo entusiasmado. Se preguntaba cómo no lo había visto hasta ahora. Sobresaltado, giró sobre sí mismo, rodando sobre ella. Con gran asombro se había dado cuenta que un enorme tigre estaba saltando en su dirección. Le faltó muy poco para que la gran zarpa le arañase la cara. Vio los tremendos colmillos encima pero descubrió un río y se metió en él. Las aguas cristalinas dejaban ver su cuerpo a través de ellas. Estaba ingrávido. Estaba bien. Una corriente le movió y rompió el encanto. Decidió salir y acercarse a oler las extrañas flores que poblaban el jardín. No las había visto nunca. Eran bonitas, delicadas y robustas. Al girarse, vio que los frutales estaban rebosantes de fruta madura. Los frutos eran de un tamaño enorme, excepcional. Cogió uno y lo mordió. Estaba fresco, algo ácido, muy jugoso.

La alfombra sentía los dedos de su dueño acariciándola con ternura, con cuidado. Se metían entre sus hilos peinándolos con una suavidad extrema, sensuales, sexuales, lascivos. Veía en sus ojos la alucinación. Esperaba no defraudarle cuando terminara ese viaje. Le gustaban las caricias de Brandon. Le gustaba Brandon. Era un chico sensible, divertido. Lo sabía inteligente y tremendamente vital. Lo conocía muy bien, mejor quizá que él mismo. Estaba segura de que detrás de tanta fiesta, música y sexo había una gran soledad. Con frecuencia se refugiaba en ella buscando el calor que no encontraba en otro sitio. Lo miraba y sentía una gran pena. Él también la miraba, pero no la veía. Estaba inmerso en una historia que nada tenía que ver con su relación. Habitualmente estaba en su casa, colocada en el gran salón. Era muy grande y siempre llena de invitados. Su dueño no tenía familia pero añoraba su hogar. La caravana estaba decorada con algunas cosas de la vivienda que le ayudaba a pasar tanto tiempo fuera. La alfombra formaba parte de ese grupo. Se sentía orgullosa por eso. Y era feliz cuando el joven se echaba sobre su entramado. El suelo no era más cómodo que un sillón, sin embargo, a menudo la elegía. A veces, se fumaba un cigarro y se iba, pero otras se dejaba acariciar por su tejido de seda, pasándole las manos suavemente.

Seguía disfrutando con su viaje psicodélico adentrándose en los jardines exuberantes, comiendo sus frutas, bebiendo sus aguas y refrescándose en ellas. No apartaba la vista de las representaciones que siempre había creído tejidas. Con unos ojos muy abiertos por la constante sorpresa, los paseaba por su cuerpo, descubriendo rincones y figuras inéditas que cobraban vida en el momento de su mirada.

Podían pasar horas con la vitalidad que le proporcionaba el LSD, pero había dado un concierto después de varios cientos de millas de carretera, fumado varios porros y bebido mucha ginebra con tónica. Estaba realmente agotado y notaba que no tenía clara la mente, que el cuerpo le pesaba. La chica que tenía a su lado era guapa, pero el sueño le podía. Le había quitado la blusa. ¿Por qué se enfadaba? Sentía la mente turbia. ¿Lloraba? Tenía un cuerpo bonito, blanco, delicado. Era muy joven. Se retorcía bajo él. Pataleaba. No le gustaban tan jóvenes. Sentía los débiles puños golpear su pecho. Una mano pequeña y débil empujaba fuertemente su barbilla. El se movía enérgicamente. Cuando alcanzó el clímax se dejó caer desnudo en la alfombra. No pensó en ella. Sólo se durmió.

Cuando despertó la vio dormida junto a él. Tenía el pelo muy despeinado y el maquillaje negro de los ojos se había corrido por las lágrimas y le cubría parte de sus mejillas. El cuerpo desnudo, a excepción de unas braguitas, se enrollaba en un extremo de la alfombra.

Se dio cuenta de que estaban ya en carretera. Posiblemente le hubieran despertado los vaivenes de la misma. Con el interfono se comunicó con el conductor y le obligó a pararse en el siguiente pueblo. Despertó a la chica. La mirada de ella le hizo pensar que algo había pasado la noche anterior. Acurrucada en una esquina lo miraba temerosa. No tuvo valor para preguntarle porque temía que le dijera cosas que no quería oír. En esos momentos tomaba conciencia de lo que era su vida. De sus desmanes. De su egolatría. De su soledad.

Cogió una taza de café y unos bollos de la cocina mientras la veía vestirse. Le ofreció uno, pero lo rechazó. Insistió en que desayunase hasta que aceptó. Ella se acercó a la mesa con la mirada baja y avergonzada. Le pareció que desconfiaba de él. Brandon no quería hablar, no quería romper un silencio que se le antojaba protector. Intuía que había hecho algo mal. Vio en sus ojos una honda tristeza. Antes de acabar el desayuno, la caravana paró. Se apresuró a sacar varios dólares de su bolsillo y los entregó a la joven. Le explicó con tono pausado y con mucha cautela que con ese dinero tendría suficiente para coger un autobús que le llevara a casa y cohibido le pidió perdón sin saber porque lo hacía. Por la ventanilla, le vio dirigirse a una gasolinera cercana cabizbaja, con los brazos cruzados en su pecho como protegiéndose de una posible agresión.

La caravana se puso en marcha de nuevo. Se echó sobre la alfombra boca arriba. Hasta llegar a Detroit le quedaban muchas horas de viaje. Notaba el temblor del motor sobre su espalda. La imagen de la chica llegando a la gasolinera le venía a la mente. Una y otra vez. La cara de ella con los ojos emborronados de negro y los chorretones cayéndole por las mejillas pálidas como la cera. Intentaba cerrar los suyos, pero su imagen aparecía de nuevo, espectral. Se incorporó, quedándose sentado con las piernas flexionadas, la cabeza apoyada en las rodillas. Se peinaba con los dedos muy despacio, pensativo. De repente, giró su cuerpo, se puso a cuatro patas y la miró. Comenzó a recorrer sus dibujos, siguió con los dedos el surco de los ríos. Pero no halló nada. Buscó a las panteras moverse con su pelaje aterciopelado pero las vio quietas lo mismo que el resto de los animales. Con el ceño fruncido, recorrió con la mirada todo el paraíso hasta que encontró también los árboles frutales pero, para su sorpresa, no pudo coger ninguno de los frutos que ofrecían.

La alfombra sentía que se desgarraba por dentro. Tenía a Brandon encima de ella con una mirada desesperada y enloquecida. Le daba una rabia infinita verlo en ese estado, lo que era peor, la frecuencia con lo que eso ocurría. Ella sólo conseguía apaciguarle un poco, quizá más bien, era a lo que se aferraba para tener el calor que no había encontrado en nadie. Pero el declive de su dueño era evidente.

Brandon no se había dado cuenta pero el delirio de LSD continuaba. Empezó dándole mucha vitalidad y optimismo disfrutando inesperadamente de la recreación animada de un exuberante jardín del Sah. Fue fantástico. Pero todo eso había desaparecido para dejar paso a una cara demacrada. A una tez blanca cubierta por feos surcos negros. A unos ojos emborronados por el llanto. Entonces golpeó la alfombra. Le daba puñetazos como queriendo descargar de esa manera su rabia. Decía en voz alta, desesperado, que nunca más tomaría LSD. Que nunca más llegaría a esos extremos de alcohol. Gritaba que quería ser una persona normal. Una curva más pronunciada de lo habitual le hizo perder el equilibrio y cayó sobre ella de nuevo. No intentó levantarse. Entendió que la alucinación continuaba. Empezó a llorar como un niño. Se daba cuenta de que nunca dejaría las drogas. Se daba cuenta de que sin ginebra ni siquiera podría salir a actuar. Una rabia inmensa se metió dentro de él. Con una furia inusitada la pegaba una y otra vez. Pequeños trozos de su piel se quedaron enganchados entre los hilos. Su lana enjugó la sangre que salía de sus nudillos. Una claridad cegadora que entraba por la ventanilla le hizo incorporarse. A malas penas consiguió correr las cortinillas. La luz tamizada por la tela calmó algo su ira. Pero se encontraba hundido. De una estantería cogió una bolsista azul y una papelina. Sentado en la mesa de la cocina se lió un porro de marihuana. Esperaba que sus efectos relajantes contrarrestaran pronto el mal viaje que estaba teniendo.

No había acabado todavía el porro cuando notó que la caravana paraba. Abrió la puerta y salió. El sol le impidió abrir los ojos durante un rato hasta que se adaptó a él. Estaban en una de esas carreteras con un final que se borraba en la bruma del horizonte, rodeados de tierra abandonada a ambos de lados de la misma. Al girarse descubrió un motel que parecía ser la única señal de civilización.

Le dio una patada de desprecio a una piedra. Odiaba esos parajes. Odiaba cruzarlos pero más aún parar en ellos. Entraron en la cafetería. A todos les sorprendió que pidiera una coca cola en lugar de una cerveza. Después de un par de sándwiches y otras dos coca colas, empezó a olvidar las nefastas horas pasadas. Las bromas del resto del equipo le volvieron a su buen humor. A petición de los empleados, se hicieron fotos con ellos porque según dijeron las querían exponer en un lugar visible para que las vieran otros clientes.

El resto del trayecto hasta Detroit lo hizo de copiloto. Apenas cuatro horas después de nuevo aparcaban en un gran descampado. Les esperaban los organizadores del concierto que les condujeron a un magnífico cinco estrellas muy cercano al estadio. Pero Brandon no tenía interés alguno en el hotel. Quería conocer la ciudad de noche, sus garitos, oír las notas que machacaban los cerebros, tomarse un whisky y hablar con la primera persona que se cruzara con él. Los responsables les llevaron a uno de moda. La música estridente y alta. Cuando entraron sonaba *Angels* pero ellos al principio pasaron desapercibidos. Después de un whisky vino otro y otro. En poco tiempo, estaba muy cargado de alcohol. Se acercó a una chica sentada en la barra hablando con otros. Su larga melena reflejaba el color cambiante de las luces. Le preguntó si quería tomar una copa con él, y quizá algo más. Uno de los chicos que la acompañaban se levantó de inmediato de su taburete y se interpuso entre ambos, advirtiéndole que la señorita estaba con ellos. En ese momento reconoció al rey del rock. Su cara de asombro le delató. Pero no se amilanó por ello. El rey se había empeñado en tenerla, pero ni ella ni sus acompañantes lo deseaba. No se lo pensó dos veces. Como era habitual en él dirigió su puño derecho a la nariz de su contrincante. A éste no le dio tiempo de esquivarlo. De bruces contra la mostrador se la tocaba con un gesto de dolor. Cegado por la rabia se abalanzó sobre Brandon con unos movimientos que le revelaban como primerizo en peleas. Los dos se enzarzaron en empujones y burdos puñetazos. Pronto se les sumaron los respectivos amigos. En pocos minutos, sin saber cómo, el local estaba envuelto en un verdadero caos. El organizador se maldecía por no haber traído a los de seguridad. Ahora debía sacarlos antes de que llegara la policía y los detuvieran a todos. El hombre que realizaba esas mismas funciones en la puerta había trabajado con el empresario muchas veces. Se conocían bien. No hizo falta que le pidiera el favor. Les condujo por la parte interior donde estaban despachos y vestuarios de personal y los sacó al callejón. Había pedido un taxi para la calle paralela. Era un buen profesional y había pensado en todos los detalles.

A la mañana siguiente, cuando entró en el estadio, ya hacía horas que el equipo trabajaba. Con cierto desasosiego observó otra vez el escenario lleno de cables y los riggers con las grúas. Varios técnicos ajustaban el sonido. Por unos segundos olvidó la sensación de rechazo que le producía la repetición diaria de los mismas tareas para admirar la enorme capacidad de trabajo desplegada. Se acariciaba la contusión de la mejilla mientras los miraba. Cogió una cerveza de unos de los barriles y esas primeras gotas de alcohol le animaron a tomar de nuevo las riendas.

La frenética actividad le obligaba a considerar únicamente el instante en que se encontraba. O quizá era la excusa perfecta para no pensar más allá de sus actos. Empezó a ensayar con su bajo. Dedos que corrían incansables por el mástil haciendo sonar arpegios cualesquiera. En su mente sólo había la idea de hacer calentamientos. El batería tocó los platillos suaves. El guitarra le siguió. Los movimientos cromáticos de nuevo con los cuatro. Con los ensayos y la puesta a punto del escenario para la actuación de la noche, Brandon empezó a vivir.

El momento de espera llegó rápido. De nuevo se encontró en las calles, esa noche de Detroit, haciendo tiempo hasta la hora del concierto. Esta vez les acompañaban dos hombres de seguridad. Nada pudieron su enfado ni las amenazas de irse. El organizador se lo había impuesto como condición para poder salir a conocer la ciudad. De regreso, vieron la enorme cola que había todavía para entrar al recinto. Esto les animó, aunque sabían que se producían siempre en cada ciudad.

En el camerino el vestuario estaba preparado. No tardó en estar arreglado y con el bajo haciendo calentamientos. Se sirvió una ginebra con tónica. Pensó que todavía tenía tiempo de fumar. Sobre la mesita, indiscretamente, una china reposaba sobre el cristal. En apenas un par de minutos le daba caladas al cigarrillo de hachís. Siguió tocando escalas con el porro en la boca.

Sin darse cuenta se vio en el escenario saludando a los miles de personas que, enloquecidas, estaban frente a ellos. Le dio un buen trago a su segundo gintónic y sonaron los primeros acordes. Como siempre, fue creciendo en bienestar a medida que las canciones se sucedían. La satisfacción, fue tornándose en pasión desmedida, en una plenitud sobredimensionada. El sentimiento de líder, de rey, creció en su interior. Se sentía seguro de sí mismo, triunfador indiscutible, poderoso. Brincó eufórico de un lado a otro del escenario. Notaba la adrenalina correr por sus venas. La gente saltaba con él al ritmo de su música. Obedientes, seguían las pautas marcadas. Para comprobarlo levantó un brazo y dio dos golpes al aire al final del verso repetido. Como esperaba todos imitaron el gesto. Una masa de gente también lo alzó y golpeó dos veces el aire.

Él reía mirándolos. Ellos creerían que era un gesto de cercanía de su ídolo. Ignorantes. El rey del rock pensaba que todos se movían por el magnetismo del dirigente. Éste podría ser un cura o un coronel. Ahora podrían estar oyendo una homilía o formando un pelotón. Les daría igual con tal de ser guiados, de seguir a alguien superior.

Sudaba mucho. Mientras que los ángeles bajaban por sus cables, pudo cambiarse de camisa e incluso refrescarse un poco con una botella de agua. En el escenario, mientras se ponía otra chaqueta, bebió un buen trago de su gintonic. Ese pequeño parón asentó ligeramente sus pensamientos. Pero estaban a mitad del espectáculo. Muy pronto alcanzó de nuevo el nivel perdido.

Cuando acabó el recital y llegó al camerino se encontró con varias personas dentro. Algunas eran parte de su equipo, el resto eran chicas que, deseosas de estar con las estrellas del momento, se dejaban embaucar por los encargados de montar las fiestas. Encantado con la perspectiva cogió el whisky que le ofrecían. Entre las repetidas felicitaciones que querían darle por el éxito del concierto empezó la animación. Todos hablaban con todos. El conductor se había autoproclamado responsable de la bebida. El mismo se asignó la misión de que nunca nadie se quedara con el vaso vacío. Los cigarros de marihuana y de hachís parecían que no tenían fin. Brandon pensó que era mejor trasladarse a su caravana, justo al lado. En poco tiempo las voluntades flojeaban. Las risas absurdas coronaban las bocas de todos los asistentes. Alguien le quitó la blusa a una de las chicas, que se reía al sentirse reina de la picardía. Otros imitaron el hecho. En minutos las cuatro estuvieron desnudas.

Les suplicaron de rodillas, entre risas, que hicieran un pase de modelos, sólo que lo único que tenían que enseñar era su cuerpo. Ellas no se lo pensaron. Se dispusieron en fila y comenzaron a andar frente a ellos. Uno de los hombres estaba todavía de rodillas, otros dos compartían un sillón y Brandon, junto con el conductor y un tercero, recostados en el sofá.

Las chicas paseaban sus cuerpos desnudos por el pequeño habitáculo. Se sentían deseadas y eso les excitaba. Quizá por eso no dudaron en representar una escena lésbica frente a ellos cuando se lo pidieron. Se acariciaban entre ellas sensualmente. No lo habían hecho nunca. Tampoco hubieran pensado jamás que acabarían esa noche abrazando a otra mujer. Pero lo tomaron como una experiencia más. Algo nuevo y muy placentero.

Los hombres las miraban silbando y deseando alcanzarlas. Las tres se les fueron acercando. Sus cuerpos desnudos rozaron sus camisas. Algunos lamieron los pechos que les ofrecían o acariciaron el pubis que se sentaba sobre sus rodillas. La ropa de ellos también desapareció. Por fin comenzó la orgía.

Cuando el sol entró por la ventanilla descubrió nueve cuerpos desnudos distribuidos por toda la caravana. Brandon junto al conductor y a una chica rubia yacía sobre la alfombra. Dormía plácidamente después de una larga noche de sexo, de drogas, de alcohol. La luz finalmente les despertó. Con mal humor y fuerte resaca echó a todos de su espacio.

Cogió una cerveza de la nevera. Tenía hambre. Se preguntaba desde cuándo no había comido. Se hizo un sándwich de mantequilla de cacahuetes. De esa manera engañaría el estómago. Se sentó sobre la alfombra con el pan entre las dos manos. Puso la cerveza a su lado. El agua que se desprendía del frío, iba calando en los hilos de seda y lana.

Pensaba que hasta Indianápolis, la próxima actuación, sólo

quedaban cinco horas de viaje pero aún así se les había hecho tarde. Debían salir cuanto antes. Aunque la empresa contratada para el montaje del escenario ya estaría trabajando, tenían que ajustar muchas cosas ellos mismos. Sólo habían hecho la segunda actuación. Les quedaban muchas ciudades más. No las recordaba todas. Después de Indianápolis irían a Carolina del Norte, Washington, Nashville, Kansas, Chicago, Denver, Tucson, San Diego, Los Ángeles, Seattle y San Francisco.

No tenía muy claro que ese fuera el orden, ni siquiera las ciudades. Pero en realidad daba igual. Acababa de entrar en la vorágine de una gira. De su gira. Los días se iban a suceder sin saber apenas que tierras pisaban, entre montajes y desmontajes escénicos, nadando en alcohol, intimando en exceso con todo tipo de drogas, saboreando el sexo como pocos podían imaginar. No sabía si podría enfrentarse a esa letanía. De repente, lo vio como un obstáculo insuperable.

Notó que la caravana se movía. La fuerza de las primeras marchas le empujó hacia atrás. Se levantó para sentarse en el sillón. Encendió un cigarrillo. Posiblemente estaba de bajón. Sólo eso. Pensaba en los inicios de la banda. En su propia inocencia de juventud. En aquéllas ilusiones. Finalmente parecía que se habían cumplido. Ser famosos y ricos. Lo eran. Pero en esa época no había imaginado que podía existir algo más que fama y dinero. Nadie le dijo que sin droga no compondría. Que las musas abandonaban por agotamiento. Que la soledad sería su mejor compañera. Que ese paraíso de sexo gratis y abundante que todos envidiaban se reducía a una satisfacción corporal con la que disfrutaba mucho, pero que era tremendamente fría. Tiró la botella de cerveza con furia. Se estampó contra la puerta. La espuma chorreaba por ella acumulándose en el suelo.

Pensó en su hermana y en su convencional vida en los campos de Denver. La tarta de manzana que cocinaba cuando la visitaba. Su cuñado contable. Tan predecible. Tan correctos. Sus sobrinos tan rubios. Parecían una familia de anuncio de cereales. A él no le iba esa vida tan formal. Se había alejado de su familia sólo por eso. Por no seguir los cauces normales de una vida en sociedad. Ahora tenía dudas de si había hecho bien en tomar un camino distinto. Le había llevado por recovecos que no había calculado, no había tenido en cuenta. La caravana paró. Se asombró al darse cuenta de que ya habían llegado a Indianápolis. Actuaban en pocas horas.

Cuando entraron, el escenario ya estaba montado y las luces probadas. Sólo quedaba el ajuste de sonido. El rey empezó a remontar. Y siguió subiendo a medida que el espectáculo se acercaba. Una vez dentro de él se creció hasta reconocerse un ídolo.

De nuevo las mismas pautas. Los mismos acordes. La historia se repetía un día más. Un escenario más. Distinto, pero igual. Otras gentes, la misma música, las mismas exclamaciones, los mismos golpes dados al aire por miles de personas, las mismas chicas. Sexo sólo, sexo en compañía, sexo compartido. Toda clase de sexo. La misma droga. Hachís, marihuana, LSD, alcohol, heroína. Pensó entonces que ésta no la había sacado todavía. Decidió que esa noche se pincharía. Estaba teniendo una racha mala. Pero un chute de heroína le animaría, como tantas veces. Su vieja amiga no le defraudaría.

Terminó el concierto y siguió la fiesta. La caravana acogió al grupo extravagante que entraba riendo. Prepararon whiskys y ginebras. Los porros impregnaron el ambiente de su olor característico. Se encaprichó de una pelirroja algo entrada en carnes. Contrastaba su escuálido cuerpo desnudo encima del orondo y blando cuerpo de ella.

Y de nuevo salió el sol. Brandon echó a todos de su reino. Otra vez la misma historia. Era como estar continuamente viviendo un dejá vu. Intranquilo se puso un café. Debía quitarse esa paranoia de encima. Le estaba amargando la gira. El listado de ciudades por las que tenían que actuar se agolpaba en su pensamiento.

Como un estribillo, se repetían sus temores. No podía enfrentarse a eso durante dos meses. Le parecía una eternidad. Sus miedos le invadían la mente. Le resultaba imposible estar encerrado tanto tiempo entre cuatro paredes con ruedas, recorriendo cientos de millas diarias. Le entró un gran deseo de dejarlo todo, de abandonar la gira en ese momento. Salir corriendo sin rumbo fijo. Huir a toda prisa a ninguna parte. Huir. Huir. Necesitaba huir. Correr. Notó que le faltaba el aire. Respiraba profundamente, cogiendo grandes bocanadas, succionando desesperadamente, buscando el oxígeno que necesitaba para vivir porque estaba convencido de que se ahogaba. Agarrado a uno de los brazos del sofá, seguía respirando pero, a la sensación de ahogo, se le unió un vértigo que le mareaba. Se encontraba muy mal. Le dolía el pecho y creía que se iba a caer en cualquier momento. Salir corriendo de allí. Un fuerte pellizco en el estomago le hizo doblarse. El pánico era cada vez mayor. Crecía dentro de él sin control. No quería sentirlo.

Se levantó nervioso y caminó de un lado a otro del saloncito de la caravana. Cogió una lata de una estantería con manos torpes y temblorosas. En una cuchara, dispuso unos gramos de heroína y unas gotas de agua. Rebuscó impaciente en un cajón un mechero. Colocó su llama bajo la cuchara hasta que el calor derritió los polvos y vio las burbujas romperse. Entonces sacó una jeringuilla del botiquín y succionó todo el líquido. Colocó la aguja. Con una goma ancha cortó la circulación de la sangre a la altura del antebrazo. Una vena azul sobresalió entre otras. Con precisión la clavó en ella y presionó lentamente el émbolo. Cuando toda la heroína estaba en su cuerpo, la extrajo cuidadosamente y soltó la atadura. Lo dejó todo encima de la mesa de la cocina. Se tumbó sobre la alfombra. Con las dos manos en la frente, se dejaba llevar por el traqueteo de la carretera. Necesitaba quitarse ese miedo. El convencimiento de que el chute le daría tranquilidad empezó a calmarlo.

Se centró en el movimiento del motor. Lo notaba en su cuerpo. Sentía que los músculos se relajaban con su continua vibración. Interiorizó el monótono ruido como el canto de una letanía. Colocó sus manos abiertas sobre la alfombra. La acariciaba. Suave. Sus dedos cogían entre sus nudillos los hilos de seda y los estiraba ligeramente hacia arriba. Ahora se sentía bien. No tenía temor. Estaba en paz. La heroína le había salvado de nuevo. Se preguntó si se llamaría así por eso. Lo pensó esbozando por primera vez una sonrisa. Su chica le había acogido entre sus brazos una vez más. Como una madre que cuida a su pequeño le había quitado sus pensamientos oscuros. Se encontraba muy feliz. Ligero. Una leve somnolencia le hizo cerrar los ojos.

No podía saberlo, pero la muerte planeaba sobre su cuerpo. Pensaba que se estaba quedando dormido, pero en pocos minutos perdió el conocimiento. En unos más, el corazón se le paró. En su prisa por quitarse el ataque de pánico, cargó de más la cuchara con una droga que finalmente resultó mortal. El simplemente quería desprenderse de su fuerte ansiedad. Ser feliz. Disfrutar de la vida como lo hacían los demás.

El cuerpo inerte descansaba sobre la alfombra. Su frialdad comenzó a traspasarla. Impactada con el suceso no daba crédito a lo que veía. No quería reconocer su muerte. Veía como las curvas de la carretera parecían darle vida. Se giraba ligeramente sobre un lado para volver inmediatamente a su postura con un leve balanceo. Las manos se deslizaban por la lana como si estuvieran vivas. Ella quería sentir sus caricias de nuevo. Notar sus hilos bailar entre sus dedos. Pero sólo se movían levemente a un ritmo marcado por las curvas y los baches del asfalto. Una rabia inmensa se coló en su urdimbre. Brandon no podía morir. Sólo tenía miedo. Miedo. Pero estaba lleno de vida. El remordimiento era tan grande que el brillo de su seda se apagó, dejó de brillar. Se sentía culpable por no haber evitado su muerte. Tenía que haberlo visto. Tenía que haber hecho algo. Decidió entonces intentar darle toda su fortaleza, insuflarle la vida. De nuevo resplandeció de forma excepcional. Pero agotada dejó de emanar energía. Se dio cuenta que actuaba como tantas veces él lo había hecho. Por un momento se creyó Dios. Siempre adorada y alabada. Proteger a los hombres había sido una constante en su existencia. Quizá por eso, en su dolor, pensó que podría devolver la vida. Pero la realidad se impuso. Ella sólo era una bella alfombra. Nada más. La caravana por fin paró. Pasaron bastantes minutos hasta que golpearon la puerta llamándole. Extrañados, varios miembros de la banda y del equipo preguntaban a voz en grito si estaba bien. Le pedían que abriera la puerta. Cuando se convencieron que algo podía estar pasando al otro lado, decidieron abrir.

La confusión fue enorme. Se abalanzaron sobre él. Algunos, impactados, únicamente miraban. Otros sin embargo se inclinaron cerca del cadáver. Pusieron la cara en su torso pretendiendo así comprobar los latidos del corazón. Lo sacudían cogido por los hombros, como si estuviera dormido y hubiera que despertarlo. Lo sabían. Sabían que estaba muerto pero no querían verlo. No querían admitir una verdad tan grande, tan demoledora. El batería, de rodillas junto a Brandon, apoyó la cabeza sobre el pecho del rey y comenzó a sollozar. Su cuerpo frío parecía que lo acogía agradecido.

La noticia corrió como la pólvora. En poco tiempo, la policía pisaba los delicados hilos de seda sin reparar en lo que estaban haciendo. El rey del rock fue introducido en una horrible bolsa de plástico rígido, como si de una de sus chaquetas se tratara. Se oía de lejos la radio. La melodía de moda, *Angels,* sonaba incesante ajena a la tragedia llenando de vida la estancia. Cuando cerraron la cremallera la alfombra supo que desaparecía para siempre de su existencia. El profundo dolor que sentía actuaba como un narcótico, adormilándola y anulando su voluntad de vivir.

Al día siguiente, la hermana entró en la caravana. Miró el mundo de Brandon. Su reino. Las lágrimas rodaron por sus mejillas. Abrió el armario. Recogió su ropa, su calzado. Fotos que adornaban estanterías y paredes. Descubrió los distintos escondites de la droga. La bolsa azul. La caja plateada.

Cómo había hecho Brandon tantas veces, se sentó sobre el jardín del Sah con la cabeza entre sus rodillas y lloró amargamente. Lloró en soledad. Lloró de rabia, de ternura, de amor. Lloró por los años perdidos. Lloró por la vida truncada. Las pequeñas gotas saladas caían imperceptibles sobre los hilos de lana y seda. Fueron calando en ellos hasta que la humedad llegó a la trama. La alfombra recibió las lágrimas como el maná que necesitaba para volver a sentir, a creer en ella misma. Despertó. Miró a la joven con esperanza, con un anhelo que rallaba la desesperación. Era la única salida que tenía. Se dio cuenta de que si no lograba irse con ella acabaría arrinconada en algún trastero perdido. Los ojos marrones enrojecidos por el llanto le conmovieron. Supo que esa chica temblorosa sería su continuidad. Ese convencimiento serenó su espíritu. Como de mágicos efluvios se tratara, permitió que sus colores retomaran pausadamente el brillo perdido. La hermana se levantó más tranquila. Al hacerlo, reparó dónde se había sentado. Se quedó mirando las bonitas tonalidades. Brillaban extraordinariamente. Tocó con su pequeña mano una de las panteras. La acarició suavemente.

Bajó de la caravana para volver enseguida con el resto de la banda. Entre los tres hombres, la sacaron y la sujetaron extendida mientras ella la sacudía con una escoba. Cuando dejaron de caer cosas de su cuerpo, la doblaron y la metieron en el maletero del coche de su nueva dueña.

Horas después estaba de nuevo en carretera. Esta vez camino de Denver.

ARCHENA 2012

Teresa se quitó el pijama y se cubrió con el grueso albornoz blanco. En penumbras alcanzó la puerta de la habitación. Jacinto, su marido, seguía durmiendo. Fuera el plafón del pasillo estaba todavía encendido, sin embargo, ya entraba la luz natural por la claraboya de la escalera. Como todos los días, desde hacía cinco, a esa hora se apoyaba en la ancha barandilla de madera y giraba el cuello hacia arriba. El espectáculo de la gran cúpula arabesca al amanecer todavía no había sido superado. Se deleitaba durante varios minutos en su contemplación. Los complicados dibujos árabes en relieve la hipnotizaban. No dejaban un centímetro de pared plana. Observó que estaban divididas en tres paños. Cada uno de ellos enmarcado por un amplio borde a su alrededor. Entrecerraba los ojos para ver mejor el detalle. Éste comprendía una línea de rombos cuyos lados estaban formados por dos medias circunferencias, lo que le daba un aspecto dinámico y singular. En el centro de los rombos había un círculo con otra figura. De él salían cuatro líneas que terminaban en los ejes de los mismos. Todos los espacios estaban parcelados en diseños cada vez más pequeños. Parecía que no tenían fin. Posó la vista en la parte central. De nuevo enormes rombos de trazos retorcidos que albergaban más líneas sinuosas y entrelazadas, rotas por un rectángulo de escuadras curvas, en cuyo interior, aún sin poder leerlo, se adivinaba una firma y, debajo, algo que asemejaba una hornacina contenía una figura enigmática con un halo estrellado. Todo se repetía incansablemente. El paño de pared que estaba situado en el centro, aparentaba una ventana abierta a una noche azul, coronada por un arco ojival sostenido por una estilizada columna. Finos hilos de pan de oro simulaban el plomo de las supuestas vidrieras. Las filigranas geométricas, tan características en la decoración árabe, avanzaban cerrándose hasta unirse en la parte más alta. Teresa iba girando el cuerpo para poder seguir la visión hacia arriba de la mismas. Al tornarse la pared en bóveda, descubrió que se formaban unos arcos superpuestos, que daban la impresión de que se amontonaban unos sobre otros. De la curvatura de los arcos sobresalían infinidad de pequeñas estalactitas blancas que preñaban la cúpula de grandiosidad. Terminaban en las claraboyas por donde la tímida luz del amanecer se colaba. Paredes y techo de un blanco inmaculado, resplandeciente, salpicados de una impactante policromía. Creía estar dentro de una inmensa tarta de merengue. Le costaba apartar la mirada de esa belleza. Se sentía atrapada por ella pero no le importaba. Todas las mañanas descubría detalles que no había visto. Poco a poco, fue fraguando en su mente la idea de que en ese entramado de líneas había un mensaje cifrado. ¿Qué querría decir el símbolo que estaba en la hornacina? Y esa firma ¿de quién sería? Estaba convencida de que esos garabatos eran el nombre de alguien. Un sultán quizá.

Bajó por las escaleras de madera de forma pausada agarrándose al enorme pasamano. Entonces se dio cuenta de que una de las columnas donde descansaba formaba una figura. Se sentó en el escalón enmoquetado de verde y miró la talla. Su sorpresa fue grande al observar que era una de las que se encontraba en las paredes. Las dobles aspas. Menudo descubrimiento. Se quedó quieta, mirándola, buscando algún significado a esa coincidencia. Recordaba haber visto en los documentales de la dos, que las antiguas civilizaciones dejaban su historia, sus costumbres o su linaje en pinturas, en jeroglíficos o en murales. De alguna manera era la memoria del pueblo. Ya no le cabía duda que la cúpula le quería decir algo. Tener conocimientos de historia y posiblemente de arte le habría ayudado a descifrar el misterio. Varios minutos después, decidió abandonar estos pensamientos e ir a desayunar. Bajó despacio lo que quedaba de escalera, viviendo el color del amanecer, la majestuosidad del tiempo, el poder del dinero. Los escalones amplios y bajos crujían a su paso. Le había contado algún empleado que ésa fue la entrada principal del hotel, hacía ya de eso ciento cincuenta años.

Se alojaba en la mejor habitación. Podía pagarla. En realidad podía pagar cualquier cosa. Por eso no hizo ningún caso a las ofertas que le habían brindado. Ahora era una señora. Como las que, hasta hacía cinco meses, servía. Doña Luisa, una de ellas, todos los años venía tres semanas al hotel Termas del Balneario de Archena. Aprovechaba una promoción especial. Pero a ella no había que rebajarle nada para poder venir.

Desde hacía cinco meses su vida había dado un vuelco. Desde hacía cinco meses estaba en una nube. Parecía que no le ocurría a ella. Pero sí. Era real. Les había tocado tres millones de euros en la primitiva. No tendrían que preocuparse nunca más por el dinero.

Envuelta en su albornoz blanco caminó por el pasillo árabe. Le sorprendían los azulejos que cubrían la parte baja de la pared del mismo, así como la cristalera de los baños de esas habitaciones. Eran originales. Es decir, tenían un siglo y medio. No acababa de creerse que estuviera compartiendo espacio con aquellas personas tan vetustas y acaudaladas. Se imaginaba a señoras con moños y vestidos largos, llenas de enaguas que sobresaldrían por debajo andando por esos mismos pasillos. Se ajustó el cinturón a modo de corsé, sacó el trasero y con ambas manos se cogió la falda del albornoz como si fuera la de un traje antiguo. Imitó con movimientos exagerados lo que ella pensaba que debían ser los andares majestuosos de una gran dama.

Cuando entró en el comedor para desayunar no había mucha gente. Era muy temprano. Le resultaba curioso ver a la mayoría de los clientes con el albornoz blanco. Más curioso aún, saber que todos estaban desnudos. Nadie llevaba ningún tipo de prenda debajo. Como ella, todos tenían algún tratamiento termal que hacer. La primera comida era fundamental para evitar que le bajara la tensión debido al calor que había que soportar. Se centró en el desayuno. Tomó cereales, tostadas con mantequilla y mermelada, un cuenco con macedonia de frutas, zumo de naranja y dos tazas de café con leche.

Ya con las fuerzas necesarias, bajó por la escalera que daba a la galería termal. Sabía que era muy antigua, pues había visto las fotos expuestas en el primer piso. Abrió la puerta de cristal que daba acceso a ella y un bofetón de calor le dio en la cara.

Estaba segura que no tendría que esperar pero se sentó en unos de los bancos de mármol dispuestos a lo largo de toda la galería. Miró el pasillo. Bastante gente estaba como ella, sentada, pero hablando con la persona de al lado mientras esperaban su turno. Oía cómo se contaban las dolencias unos a otros, con un nivel de detalle e intimidad que la dejó perpleja. Se le abrían los ojos por la sorpresa cuando alguien decía que entró en silla de ruedas y ahora andaba. Pensó que serían exageraciones de viejos. No podía dejar de mirar a los grupitos, se sentía enganchada a ellos como a una serie de televisión. Enseguida salió de una de las cabinas una de las chicas con uniforme negro.

Siempre sonriente, la saludó por su nombre y la hizo pasar a otra cabina. Mientras colocaba la sábana desechable sobre la camilla de fibra de vidrio le contaba cosas del pueblo. Pronto serían las fiestas y con suerte le tocaba librar.

Mientras Teresa esperaba de pie, desnuda, la chica sacaba una tanqueta llena de lodo de unos estanques de agua termal donde había macerado durante horas, o incluso días, y la ponía al pie de la camilla. Con movimientos exactos lo sacaba del recipiente y lo colocaba formando un lecho. Le pidió que se echara sobre él boca arriba. Ella lo hizo con mucho cuidado. El barro quemaba. Su piel se tenía que acostumbrar a un calor intenso. La mujer, paciente, esperaba. Cuando estuvo acostada completamente, le fue rellenando con esa masa oscura los huecos que quedaban, los hombros, el cuello, las rodillas y las manos. Teresa le preguntó muy extrañada como podía sacarlo sin quemarse. Al menos no lo parecía. Ella sin dejar de trabajar le respondió que al principio, los primeros días, si costaba un poco pero con el paso del tiempo se acostumbró y lo soportaba bastante bien. La envolvió en la sábana, le enjugó el sudor que ya tenía en la frente, y sin dejar de sonreír se despidió.

Le daba cierto agobio estar inmersa en ese calor, tapada y atada. Realmente no lo estaba pero el efecto era el mismo, ya que no podía mover ni las manos. El reloj de arena que marcaba su tiempo se iba vaciando. Veía el polvillo caer. Pero, al principio, parecía que no pasaba. La chica entró a secar el sudor preguntándole cómo estaba. En tono airado le contestó que estaba bien. Y añadió enérgicamente que se encontraba todo lo bien que se puede estar con pegotazos de barro a cuarenta y cinco grados por todo el cuerpo. La trabajadora le hablaba de lo bueno que era mientras que abría los grifos de la enorme bañera de mármol para que se fuera llenando. Se fue riendo. Cómo siempre.

Por fin toda la arena del reloj cayó en la parte de abajo. La chica le ayudó a sentarse sobre la camilla. Le fue retirando el lodo con las manos. En esa postura le limpió con la manguera los pies. Le explicó que esto se hacía para evitar que resbalase y la dirigió hacia la pared. Con un chorro a presión eliminó todo el barro de su cuerpo. Aliviada se dejaba hacer.

Teresa le pidió permiso para echar en la bañera espuma de baño de manzana que había comprado el día anterior. Quería comprobar si lo hacía de verdad y si el olor era agradable. La chica le dijo que estaría bien saber qué pasaba. Echaron unas gotas del líquido verde. Enseguida percibió el olor. Era fresco y agradable. Aromático y nada empalagoso. Un burbujeo blanquecino y compacto fue cubriendo la superficie. Era atrayente. Se conectaron las burbujas y Teresa se metió. Comprobó que era muy grande. Estaba sentada y el agua le llegaba casi por los hombros. Si se echara no tocaría los pies en la pared. Le habían dicho que era una sola pieza de mármol vaciada pacientemente hacía casi dos siglos. Todo era antiguo y señorial. Mientras notaba las burbujas acariciar su cuerpo pensaba en cuántas personas habrían estado sumergidas en esa inmensa tina.

Pero en pocos minutos, ésta se convirtió en un constante salir de espuma. Una espuma blanca, olorosa, magnífica, que le cubría por completo. Crecía incesante formando montañas deformes y temblorosas que acabaron precipitándose por el borde hasta caer al suelo. En poco tiempo, éste perdió su forma original y ganó una extraña imagen de estepa nevada. Riéndose, llamó a la chica que, alarmada, vino corriendo, pero le tranquilizó con su actitud divertida. Ella paró las burbujas. Descubrieron que era eso lo que hacía que la espuma creciera sin control abundantemente. Las dos se rieron con el suceso.

Pasó sin burbujas los últimos cinco minutos que le quedaban. Mirando el techo de azulejos blancos con formas ojivales. Veía en él las gotas de agua condensadas compitiendo entre ellas por caer primero.

Cuando el reloj de arena por segunda vez le dijo que su tiempo había acabado, salió de la bañera, se calzó y se dirigió a la suite.

Agradeció la frescura del ambiente cuando abandonó la galería. Dejó atrás el fuerte olor azufre a medida que se acercaba a la habitación. Entró en penumbras como había salido. Jacinto seguía durmiendo. Se tumbó en la enorme cama y se tapó con una manta, dispuesta a reposar y sudar, tal como el doctor del balneario le había aconsejado hacer para que el tratamiento fuera más efectivo.

Poco a poco, los ojos se acostumbraron a ver con la escasa luz que había. Paseó la mirada por la bonita habitación. Era una suite grande, elegante. No podía negar que le imponía la majestuosidad de su decoración. Hasta hacía poco, con su sueldo de limpiadora del hogar, no podría haber soñado pasar tres semanas en ella. Eran sus señoras quiénes lo hacían. Ella sólo les limpiaba sus espléndidas casas. Por su trabajo, conocía de cerca la delicadeza de determinados materiales o el cuidado de las obras de arte. En la suite se mezclaban lo antiguo y lo moderno en un equilibrio perfecto. La alfombra le llamó especialmente la atención. Los dibujos del soberbio jardín la cautivaron. No sabía que se trataba del jardín del Sah. No identificaba a los animales salvajes y extraordinarios que paseaban entre sus plantas. Desconocía la mayoría de los árboles frutales que relucían rebosantes sus frutos. Pero el colorido y la suavidad de su pelo le encantaron. Había visto una parecida en el salón de doña Puri, una de sus señoras. Cada día que pasaba le entraba más ganas de que fuera suya.

Desde que era inmensamente rica, había renunciado a pocos caprichos. Compraba todo aquello que le gustaba. Conseguir la casi total ausencia de frustraciones se había convertido en una filosofía de vida. Su objetivo era imitar a sus antiguas señoras hasta llegar a ser una de ellas. Le apetecía hacerles ver que, desde ahora, estaban al mismo nivel, aunque se habían comportado muy bien con ella, pues siempre la habían tratado y reconocido como una buena trabajadora. Sonreía tumbada en la cama.

La camarera llamó y entró en la suite. Llevaba un carrito con el desayuno de Jacinto. En una mesa de la salita colocó el mantel y dispuso la jarra de café, la de la leche, las tostadas tapadas, el cuenco con caracolillos de mantequilla, los de mermeladas, la fruta y el zumo de naranja. Colocó dos tazas porque sabía que Teresa tomaría café. Un pequeño violetero con dos margaritas amarillas sobresaliendo acabó la composición de la mesa. Antes de dejar la habitación, puso el periódico junto al bouquet de rosas en la mesa redonda que estaba sobre la alfombra persa. Ésta recibía las primeras pisadas del día tranquila pero con una pincelada de hastío. Con los años había conseguido asumir que no pertenecía a nadie. El continuo cambio de moradores de su habitación le desconcertaba. Caras siempre extrañas, voces agudas o graves, nerviosas o tranquilas. Nada era igual ningún día. Cuando en alguna ocasión se quedaba sola durante algún tiempo agradecía la quietud de su habitación. Había tardado en entender que simplemente era un adorno y que las personas que fugazmente la miraban nunca buscarían en ella ningún apoyo. Fue muy duro descubrir que su destino estaba marcado por la frialdad y el vacío de su existencia.

Después del desayuno los dos salieron a la calle en albornoz. Se dieron cuenta de que todos los clientes pasaban mucho tiempo con el puesto. Decidieron hacer lo mismo. Se dirigieron a las piscinas por el camino del río. La vegetación tan exuberante que les rodeaba les hacía dudar de donde se encontraban. Jacinto, cuando supo que vendría a Murcia, imaginaba una zona desértica y árida. Sin embargo ahora los eucaliptos, pinos y palmeras le decían que estaba equivocado. Con su teléfono móvil sacaba fotografías del entorno y de los jardines y las mandaba a sus amigos. Teresa veía en las manos de su marido el signo del trabajo de años. Las uñas siempre con restos de negro y pequeñas cicatrices delataban al mecánico que había sido. Cuándo a Jacinto le tocó la primitiva, llevaba cuatro meses en el paro. Ahora disfrutaba de su nueva posición cada minuto del día. Lo que era mejor, conseguía dormir por las noches.

Se metieron en la piscina. El contacto con el agua templada les gustaba mucho. Se dirigieron al jacuzzi que estaba en alto. No había mucha gente todavía. Era un buen momento para pasar de servicio en servicio sin tropezarse con nadie o esperar a que se quedara libre para poder utilizarlo. Cuando acabó el tiempo pasaron al río, una gran corriente que formaba casi un círculo. Se dejaron arrastrar por la misma, relajados, rozándose entre ellos. El sabor del agua le llamaba la atención. Las sales minerales de su composición le daban un gusto extraño, especial. Se echaron en las hamacas de burbujas, dejándose acariciar por ellas durante unos minutos. Pasaron por los cuello de cisne moviendo el cuerpo para que la presión del agua masajeara allí donde querían.

Jamás habían estado en un balneario. A él incluso no se le habría ocurrido nunca ir a uno. Fue la insistencia de su mujer lo que le convenció. Teresa había acertado. En su afán por imitar a sus señoras, habían descubierto un paraíso. Jacinto le decía que todos los años debían venir.

Al entrar en la zona de saunas les indicaron que, aunque costase un poco, alternaran un servicio de calor con uno frío. Los contrates de temperatura eran clave. Teresa iba a su aire, su único criterio era el encontrarse siempre bien. Sin esfuerzo. Jacinto, sin embargo, seguía las recomendaciones y al salir de allí tenía la sensación de haber soltado un gran saco y le parecía que en sus pulmones le entraba más aire.

Después de quince minutos en una de las saunas a ochenta grados Jacinto salió de ella con una cara enrojecida por el calor y con chorros de sudor por todo su cuerpo. Se dio una ligera ducha para eliminarlo. Teresa le observaba desde las hamacas de infrarrojos. Le pareció que su marido estaba incandescente. Con paso decidido el hombre llegó hasta la piscina de agua fría. Abrió la puerta de acceso y sin pensarlo se tiró a ella de golpe. Por un segundo Teresa creyó que iba a oír el mismo ruido que hacían sus sartenes cuando las retiraba del fuego y las ponía debajo del grifo.

Cuando Jacinto notó que la temperatura del cuerpo le había bajado, dejó esa piscina y se metió en la de la flotación. Ésta contenía mucha sal y eso impedía que los cuerpos se hundieran. Se tumbó hacía atrás. Con los oídos tapados por el agua de golpe le invadió el silencio. Se desvanecieron las voces de los otros clientes y el sonido de las cascadas, desapareció la música. Su cuerpo flotaba. Se dejó envolver en su tibieza, acunándole el extraño sonido de la nada. Pensó que el vientre materno debía ser algo muy parecido. Pasados unos minutos, se duchó de nuevo para eliminar la sal, y se introdujo en el iglú. Poco a poco notó que la temperatura le volvía a bajar y, antes de tener frío, abandonó ese espacio para meterse en la piscina de relajación. Estaba llena de limones. Allí se encontraba Teresa. Les explicaron que la esencia de los cítricos era relajante. Unido a las burbujas y al agua caliente lo era especialmente. Ella disfrutaba del chorro burbujeante que salía del suelo. El entró varias veces más a las saunas y otras tantas bajó la temperatura de cuerpo de golpe. Algo que su mujer no llegaba a entender.

Volvió a coincidir con ella en las hamacas de piedra caliente. Le comentó entonces que se sentía bien. Que era algo mágico. Como soltar lastre y coger energía. Le agradecía que hubiera tenido la idea de ir a un balneario. Teresa sonreía con una mueca vencedora.

Jacinto tenía hora para un masaje. Era el primero que se daba. Tenía cierta curiosidad. No le hizo demasiada gracia que le pidieran que se quitara el bañador pero un tanto incómodo lo hizo. Tumbado en la camilla boca arriba esperó a que se activaran dos hileras de pequeñas duchas dispuestas a un metro sobre él. Enseguida una suave caricia de agua le envolvió excepto la zona que se trabajaba. Sintió los dedos del hombre hundirse en su muslo izquierdo, deslizándose suave y firmemente por él. Cogía lodo de un cuenco y lo utilizaba a modo de crema. Masajeó y desbloqueó las falanges y trepó por el brazo hasta llegar al trapecio y cervicales. Notó un dolor inexplicable. Era muy raro. Él sentía un malestar importante cuando le apretaba pero, al mismo tiempo, no quería que parara. Le gustaba ese sufrimiento. Aunque estuvo dudando, finalmente lo comentó en voz alta. El joven sonriendo le explicó que era algo muy habitual. Simplemente tenía esa zona muy cargada, como casi todo el mundo. Al trabajarlos debería sentir en efecto un alivio, pues se liberaba tensión, pero también cierto daño, ya que estaba muy sensible. Se quedó más tranquilo con la explicación. Ahora comenzaba con los mismos movimientos en el pie derecho. Otra vez el lodo y el agua como vehículo transmisor. La presión por su pierna, por su mano, por su brazo. De nuevo el placer del dolor en el trapecio. Se dio la vuelta cuando el trabajador se lo pidió y notó una bola de barro deslizarse por su pantorrilla. Las manos hábiles subían y bajaban por ella hasta encaramase por la nalga. Se movían en círculo por una área cercana a la cadera y los nudillos llegaron a la zona lumbar. Notó un pinchazo que le hizo brincar. El masajista insistió entonces hasta que se convirtió en un rumor lejano. Notaba como la fricción seguía su ascenso por la espalda y se colaba por el omóplato. Una y otra vez. Siempre tropezaba con un obstáculo que le resultaba muy desagradable y punzante. Un nudo, le dijo el chico. Pero iban avanzando. Llegaron al cuello. Se deslizaban por él. Jacinto sintió su tensión. Apreció el lodo suave y tibio. El tacto de la piel y el barro. Los dedos habían alcanzado la cabeza. El pelo crujía entre ellos. De repente, se dio cuenta de que se precipitaban en cascada, hacia abajo, en una carrera por todo su cuerpo. Sin saber cómo, casi al mismo tiempo, percibió unas palmadas dadas con el hueco de la palma. Empezaron en los tobillos y subieron hasta la espalda. Cuando cesaron masajearon la misma zona con movimientos rápidos como para despertarla, como una despedida.

El masajista le pidió que se pusiera de pie. Le limpió el barro con la manguera. Mientras lo hacía le preguntó si le había gustado. Jacinto casi no podía hablar. Cuando consiguió tomar aíre, le comentó que había sido excepcional. No tenía con que compararlo pues nunca se había dado un masaje pero lo cierto es que se encontraba fenomenal. Se sentía flotar. El hombre le agradeció el comentario y le dejó sólo para que se pusiera el bañador.

Mientras la pareja volvía a la habitación, él explicaba con detalle la fabulosa experiencia a su mujer. Entusiasmado, gesticulaba con las manos, como si de alguna manera los gestos ayudaran a entender lo grandioso que había sido.

Al entrar en la suite, Teresa se quedó mirando la alfombra fijamente. Sus chanclas húmedas se posaron sobre ella. Algunas gotas de agua calaron sus preciosos hilos de seda. Se arrodilló y tocó su pelo. Mientras la acariciaba gritó a su marido que la quería. Él, ya vestido, se acercó asombrado donde estaban las dos. No entendía lo que pasaba. Le decía a su mujer que no podía comprar todo aquello que se le antojara. Esa alfombra era preciosa pero era del hotel. Como la cama, las bañeras, las lámparas. Como todo. Allá donde fueran verían cosas maravillosas. Todo el mundo las veía y las apreciaba. Pero a nadie se les ocurría comprarlas. Ni siquiera sus señoras habían hecho eso jamás. Estaba seguro.

A Teresa ese último comentario la desconcertó por un momento. Mientras la acariciaba pensativa, levantó la vista hacia su marido y le comentó que era la forma más rápida para alcanzar la igualdad que pretendía. Se puso unos vaqueros con las letras DG bordadas en oro en los bolsillos traseros y una camiseta con los clásicos cuadros en rosa de Burberry. Llevar el logo de grandes marcas muy visible era una manera de transmitir su nueva posición económica. Era rica y lo quería demostrar. A Jacinto unos Levis y una camisa blanca con sus iniciales discretamente bordadas le era suficiente.

Bajaron por las escaleras discutiendo por la alfombra. Jacinto no cedía. Teresa tampoco. Cuando llegaron al comedor se sentaron sin mediar palabra con los camareros que, discretos, mantenían las distancias. Cuando probaron el plato de ollica gitana, muy típico de la tierra, la discusión perdió interés. Suavizaban el potaje con tomates excepcionalmente dulces de la huerta de Murcia. Al beber un trago de un monastrell, un magnífico vino de Jumilla que le habían recomendado, se olvidaron de ella. Recobraron el buen humor al aceptar el consejo de tomar de postre paparajotes. Les divirtió ver que eran simples hojas de limonero rebozadas en una masa parecida a la de los buñuelos, fritas y espolvoreadas finalmente con azúcar. Les advirtieron que la hoja no se comía. Sólo se podía morder un poco para que dejara más sabor a la masa.

Jacinto bromeó con el jefe de sala y con los camareros sobre lo típico de la comida de ese día. Les comentaba que debían estar muy orgullosos de su tierra. Ellos reían con él. Le avisarían cuando en el menú apareciera otra comida típica. Teresa a cierta distancia, esperaba a su marido.

Antes de echarse una siesta, decidieron ir a tomar un café. Había una cafetería en un viejo edificio anexo al hotel rodeado de un frondoso jardín. Una mesita velador de mármol bajo el sol y sombra de la exuberante vegetación del mismo les acogió. Debía ser la época más bonita del año. La primavera parecía que había explosionado en el balneario. Una extensa gama de verdes invadía todo el jardín. La yedra subía por la palmera con el verde brillante de sus brotes jóvenes. Las flores competían en sobresalir de los arriates. Su colorido destacaba sobre el verde oscuro de los setos.

Apenas hablaron mientras tomaban el café. Ese jardín les embriagaba. Todos sus sentidos se centraban en él. El sonido de los pajarillos, el olor de las flores y las plantas. Louis Amstrong sonaba a lo lejos. Las notas de What a wonderful world parecían salir de entre los numerosos árboles. La música fue adentrándose en sus cerebros.

Tarareando la canción, subieron a la suite. Jacinto se fue directo a la cama. Teresa se sentó sobre la alfombra, mirándola en silencio. Jugueteó un poco con sus hilos, callada, pensativa. Su dedo índice discurría por los caminos del jardín del Sah. Se levantó y después de pintarse los labios y retocarse el peinado, cogió su bonito bolso Hermés de dos mil euros, grande, en azul jean y bajó al vestíbulo. Se acercó al mostrador de recepción. Levantando un poco la barbilla preguntó por el director sin sonreír. El recepcionista le atendió con la profesionalidad y frialdad que parecía que ella demandaba. En apenas un par de minutos la hicieron pasar al despacho del gerente.

Éste salió a recibirla en la puerta. Le estrechó la mano sonriente. Expectante, le pidió que se sentara. Se preguntaba qué podía querer esa clienta. Sabía que era extremadamente exigente y caprichosa. Repasó rápidamente su situación. Se alojaba en la mejor suite. Venía con su marido. Ella hacía tratamiento termal de tres semanas. Él no. Tenían contratado también bastantes tratamientos de belleza en el salón de estética. En pensión completa, a menudo comían a la carta. Cuándo mentalmente la tuvo ubicada, le preguntó en que podía ayudarle. Teresa comenzó a hablarle de lo bien que lo estaban pasando ella y su marido. De lo correctamente organizado que estaba todo y entendía que debía ser muy difícil. Él asentía sonriente, esperando en su fuero interno la inminente bofetada. Ella continuó alabando todo aquello que se le ocurría sin tener demasiado claro si eso le iba a ser útil o no. Los dos estaban sentados en los sillones de cortesía frente a la mesa escritorio. Al director no le pasó desapercibido el bolso azul que colocó sobre su regazo. Tenía un tamaño suficiente para dejarlo en el suelo junto al sillón, pero era muy supersticiosa. Sabía que si se lo dejaba allí el dinero se escaparía de él inevitablemente. En su pueblo siempre le habían advertido sobre eso y no podía permitir que pasara. No podía tentar a la suerte, por este motivo lo mantuvo sobre ella. El encargado, paciente, escuchaba los elogios. En un pequeño resquicio del monólogo le agradeció las palabras tan agradables que tenía sobre toda la organización y le aseguró que personalmente se encargaría de hacerlas llegar a toda la plantilla.

Teresa pensó entonces que se le acababa el tiempo. Recondujo la conversación para centrar sus alabanzas en la decoración de la suite. La lamparita de lágrimas de cristal de Murano de la entrada, el pequeño bureau con infinidad de cajoncillos, los cinco jarrones de flores distribuidos por la suite y sobre todo, dijo, la alfombra. El hombre se lo agradeció de nuevo. Le comentó la procedencia de varios de los objetos. No sabía donde quería llegar la señora pero estaba seguro que esa conversación tenía un objetivo. Por fin le dijo claramente que le gustaba tanto la alfombra que deseaba comprarla. Mientras hablaba, abrió el bolso y sacó de él una talonera de piel. El director no salía de su asombro. Amablemente le comentó que no estaba en venta. Pero ella insistía. Estaba convencida de que todo tenía precio, sólo era cuestión de encontrarlo. Ofreció veinte mil euros. No sabía si era mucho o poco. Simplemente tenía que empezar la puja. Él, con aire condescendiente, le dijo que esa cantidad era muy baja y no estaba en venta. No se dio por enterada y subió la cifra. El hombre se levantó y dirigiéndose a la puerta le comentó que hacía más de quince años pagó el equivalente a cincuenta mil euros en Nueva York repitiendo que no estaba a la venta.

Teresa subió furiosa a la habitación. Se sentó en el sofá que había frente a la alfombra. Ésta sentía su mirada penetrante sobre los hilos. Llamaron a la puerta. La gobernanta se disculpó. Pasaría mas tarde a hacer la revisión. Pero le animó a que entrara. Ellos se iban ya.

Aunque estuvieran ocupadas, revisaba que a las principales habitaciones no les faltara nunca nada, que todo estuviera ordenado y limpio. Comprobó el baño. El espejo libre de gotas. Las toallas y albornoces secos y limpios. Ninguna repisa ni marco con polvo. Todas las amenities dispuestas a ser usadas. En la salita se dio cuenta de que la alfombra estaba mojada. Se enfadó mucho porque era su debilidad. Desde el primer momento que la vio había estado pendiente de ella, tratándola con exquisitez, mandaba limpiarla con mucho cuidado y zurcía los pequeños arañazos que descubría en su cuerpo. Sabía que debía tener muchos años. Le dijo muchas veces al director que no debía estar allí. Acabarían por estropearla. Lo máximo que consiguió fue colocarla bajo la mesa. A partir de ese momento quedó ligeramente resguardada por lo que las pisadas eran menores. Pero así y todo, caían migas sobre ella o la pisaban mojados. El cloro de la piscina junto las sales de las aguas termales se quedaban en sus hilos e imperceptiblemente los iban decolorando y volviendo más débiles.

Ya era tarde. Entró una camarera a hacer la cobertura. Se sorprendió al verla de rodillas sobre la alfombra presionando sus hilos de seda con una toalla de algodón. Le explicó que intentaba quitarle el máximo de humedad pero no necesitaba ayuda. La muchacha se dispuso a hacer su trabajo. Preparó el camisón de raso gris perla delicadamente sobre el embozo abierto. Colocó el pijama de tela a rayas de Jacinto al otro lado de la cama. Junto a ellos un bombón envuelto en papel dorado. Cerró las ventanas y bajó hasta la mitad las persianas. Corrió los visillos. Repasó el baño y salió de la habitación. Pensó que ya no podía hacer más. Además quizá fuera violento si los señores entraran y la vieran con la toalla secándola. De alguna manera les estaría acusando de hacer algo mal. Se dirigió a la entrada con decisión. No la miró más. La dejó sola. Al cerrar, la oscuridad invadió la suite. Sólo una leve luz entraba por debajo de la puerta.

La alfombra agradecía esos momentos de soledad. Desde que estaba en el balneario le daba la sensación de haber envejecido muy rápidamente. O quizá fuera simplemente que se sentía desubicada. El entorno era bonito y acogedor pero durante años gentes extrañas la pisaban sin ningún cuidado especial. Si alguno advertía su presencia, se detenía por algunos minutos a observar sus dibujos, pero la olvidaban rápidamente. La falta de delicadeza que demostraban le recordaba a aquella horrible época que pasó con el fotógrafo gaditano. Gracias a la gobernanta conservaba la cordura. Era la única que tenía interés real por ella. Como si fuera suya. Su especial afecto hacía que estuviera siempre limpia, seca y reparada. A diario revisaba su estado. Sabía que no era porque su profesión la obligara a ello. Había un fuerte magnetismo entre las dos. No era su dueña pero actuaban las dos como si lo fuera. Los cuidados y atención que le proporcionaba le hacían sentirse viva y querida. En esa penumbra en la que la habían dejado, mirando distraídamente la suave luz que entraba por debajo de la puerta, pensó que aunque reconocía que no estaba mal, necesitaba un cambio. Era un gran riesgo buscar otro destino. No podía calcular qué trato iba a tener en él. Lo que era peor y más preocupante: jamás había intentado ella misma influir en sus dueños para conseguir ese cambio. Sin apartar la vista de la línea de luz barajó distintas ideas de cómo conseguir salir de las habitaciones del hotel. En breve entrarían los huéspedes. No importaba. Tenía mucho tiempo para pensar.

La gobernanta se dirigió a su despacho pero en lugar de dejar la carpeta y las llaves maestras en su mesa y acabar la jornada, se sentó frente a su ordenador. Abrió Google. Necesitaba información sobre las alfombras. A través Wikipedia pudo averiguar que ese tipo de alfombras eran originarias de la antigua Persia. Eran anudadas a mano en pequeños talleres familiares. Posiblemente un encargo, al contener seda y lana. Horas de lectura casi la hicieron una experta.

A la mañana siguiente coincidió con el director en la zona de descanso de trabajadores tomando un café. Le contó divertido la entrevista con la clienta de la suite. Decía que la señora se había empeñado en comprar su alfombra. El *su* lo remarcó con un tono más enérgico y divertido. Sabía muy bien el aprecio que le tenía. Realmente le daba el valor que le correspondía. Muy asombrada por lo que oía, demandaba más detalles. Le preguntó si había alguna posibilidad de robo. Quizá deberían estar alerta. Sin embargo su jefe no pensaba que eso pudiera llegar a ocurrir. Estaba seguro de que no. Ella le comentó que era la época de llevarla a la tintorería para su limpieza anual y advirtió que la había encontrado algo húmeda el día anterior. El jefe le dio permiso para hacerlo. Con suerte la señora se olvidaría de ese capricho.

A medio día, cuando sabía que los clientes no estarían entró en la habitación. Se arrodilló sobre la alfombra e inspeccionó la zona que el día anterior estaba mojada. Aún quedaba un resto de humedad. La acarició pensativa. Ella notó esa mirada como una llamada. Era el momento. Llevó a la práctica lo que había pensado durante toda la noche. Con su energía debía de ser capaz de transmitirle el deseo de salir de allí hacia un nuevo destino. La condensó en los ojos marrones de la mujer. A ésta le pareció que los hilos de lana y seda brillaban como nunca. Sorprendida dejó de acariciarla para contemplarla. No era posible, pero juraría que el brillo antes no estaba, que los colores eran más fuertes. La urdimbre entera seguía concentrada en sacar toda la fortaleza que fuera capaz. La miraba fijamente. Apenas notaba el cuerpo de su protectora clavado en el suyo. Percibía de forma etérea la idea de nuevo destino, de huida, de escape, flotar en el ambiente. ¿Lo vería ella también?

Se levantó pausadamente y abandonó la habitación. Cuando estuvo en su despacho llamó a la subgobernanta y le ordenó que la trajeran. No a la lavandería como siempre. A su despacho primero. Empezó otra vez a buscar páginas en Google sobre las alfombras persas. Leía rápidamente, ávida de respuestas a sus preguntas. Descubrió que la antigua Persia es lo que ahora se conoce como Irán. Se estremeció. Le sorprendió. Le sorprendió tanto como darse cuenta de su enorme incultura. Tras varias horas de lectura, por fin vio algo interesante. Los artesanos solían colocar una serie de información en los trabajos que hacían. No todos ponían la misma. Pero era habitual el taller donde se había tejido y la población. La tejían formando parte del dibujo de los bordes. Los bordes remataban el trabajo. En ellos se ponían versos de moda en esa época, oraciones o leyendas.

Impaciente, esperaba a que le trajeran la alfombra. Ésta apareció subida en los hombros de dos hombres de mantenimiento. La dejaron enrollada como estaba en el suelo. Con cuidado, comenzó a desenrollarla. Sólo la abrió lo suficiente para poder estudiar con detalle uno de sus bordes. Sentada frente a ella, miraba su único extremo visible. Pero sólo veía que eran filigranas arabescas. Filigranas pero no letras. Decidió desplegarla algo más. El lateral que aparecía también estaba adornado con las mismas florituras. No conseguía descifrar nada de ellas. La abrió del todo. Era demasiado grande para su reducido despacho. Todo su ser quedó desparramado sobre distintos objetos que se encontraban en el habitáculo y que no podía sacar. Uno de sus lados se apoyaba sobre el sillón de cortesía, dejando caer el resto hasta unas cajas cercanas y de ahí a una mesita auxiliar próxima al armario. El peso de su urdimbre la hundía en las zonas dónde no tenía apoyo. En la habitación parecía que hubiera crecido una cadena montañosa.

Observó con cierta intranquilidad que seguía brillando de forma inusual. Apartó esa extraña sensación que tenía y cogió parte del cuerpo entre sus manos colocándola en sus rodillas. Centró la mirada en los bordes. Con una mano aplanó el pelo, en un intento de leer las filigranas que se veían claramente. Le dio la vuelta y buscó en su revés algo distinto que le diera una pista sobre la firma. No encontró nada. Sus nudos perfectos parecían todos iguales. Buscó en el lateral opuesto. En la página web no se detallaba dónde y de qué manera podría estar escrita, bordada o tejida esa información. Repasó todo el borde. Le dio la vuelta, aplastó sus hilos, los peinó a contrapelo, la miró en perspectiva, como si con la distancia pudiera ver algo que se escapara en la cercanía. Se desesperaba porque creía a pies juntillas lo que había leído. En ningún momento dudó de la información de internet. Los datos que buscaba debían estar ahí, pero no los hallaba.

Suspirando, se levantó y salió del despacho. Totalmente ajena a todo, e inmersa en sus pensamientos, andaba por las estancias del hotel pensativa. Se paró de golpe y giró sobre sus talones. Dirigió sus pasos a la escalera árabe, cuando llegó las subió hasta la mitad. Quizá esto le ayudara. La cúpula estaba firmada y datada. Muy pocas personas, por no decir nadie, conseguían ver la firma y la fecha que el autor puso en su obra. Cuando la enseñaba a clientes, siempre era motivo de curiosidad y regocijo localizar el dato.

También debían buscar entre filigranas árabes que plagaban las tres paredes. A todos les parecían iguales. Cuándo se daban por vencidos y les enseñaba dónde estaba, sólo entonces la veían. Sólo entonces eran capaces de distinguirla. Miró hacía las amplías ventanas de doble arco ojival. Las tres tenían una pequeña columna en el centro. En el capitel de la primera columna sobresalió de repente entre las líneas enrevesadas y sinuosas la frase *lo hizo,* sonriente dirigió la mirada a la segunda, dónde en el mismo lugar destacaron las palabras *M. Castaño,* y señalando victoriosa con su dedo índice el último remate del tercer pilar vio *1898.*

Comenzó a bajar las escaleras con su dedo índice dando golpecitos al aire. Tenía la solución. Los clientes del balneario por sí solos jamás podrían encontrar la firma de Castaño. Necesitaban la ayuda de alguien que conociera la escalera. Ella tampoco podría descifrar la escritura del artesano tejedor. No sabía árabe. No era anticuaria. Desconocía ese mundo. Todo era distinto y lejano. Necesitaba ayuda de un experto. Puede que hubiera estado viéndola y no se diera cuenta de que lo era.

Durante los días siguientes buscó y localizó a varios anticuarios. La cargó en su coche y la inspeccionaron dos de Murcia, uno de Lorca y un último de Totana. Todos coincidieron en que era muy antigua, algo por otro lado evidente, pero ninguno sabía cómo encontrar una supuesta firma. No se desanimó. Recordó que tenían un buen cliente que venía al balneario desde hacía muchos años. Con el paso de los mismos, se tomaron cierto aprecio. Era profesor de historia árabe en la Universidad de Granada. No dudó en pedir al departamento de reservas que le diera su teléfono. Le llamó ese mismo día y le pidió el enorme favor de ir a ver la vieja alfombra explicándole sus inquietudes, sus temores con respecto a su protección y supervivencia. Le reconoció apurada que era ponerle en un gran compromiso y que entendería que no aceptase. Sin embargo, al profesor le entusiasmó la idea. Sabía cómo encontrar los datos, si es que los había. Concertaron una cita para dos días después. Con unas horas pensaba que sería suficiente, según le dijo. Podría ir y venir en el día.

Cuarenta y ocho horas después, la puerta del despacho se abría dejando paso a una sonriente gobernanta, acompañada de un hombre de mediana edad. Entre los dos, la desenrollaron. La extendieron como pudieron, para que el profesor apreciara sus dibujos. Se quedó impresionado de la nitidez de los mismos, del grado de detalle que tenían. El colorido de las flores, la composición del jardín. Dijo que no había visto nada igual.

Se sentía orgullosa, como si el trabajo hubiera sido de ella. Después de casi veinte minutos observándola, el profesor decidió buscar la firma. Estiró uno de sus laterales más pequeños sobre el suelo. Pidió papel y bolígrafo. Hizo en él un rectángulo. Pretendía dibujar un pequeño croquis de la alfombra, para anotar en el mismo lugar las inscripciones que descubriera. Ella le preguntó si las filigranas de los bordes eran la rúbrica que buscaban. El profesor rió. Le contestó que eran versos de amor. Por el estilo, muy posiblemente de Saib-ebTrabizi, un poeta muy famoso de Persia. Aunque tenía dudas, porque ese poeta era muy antiguo y no pensaba que la alfombra lo fuera tanto. La gobernanta vio como apuntaba en el extremo inferior izquierdo del rectángulo que había dibujado, la palabra *Kashan*. El hombre le pidió ayuda para girarla. Ahora uno de sus laterales más largos reposaba extendido en el suelo. Al cabo de un buen rato, escribió en el papel, en el mismo sitio que había encontrado el dato, las palabras *para Bahadur Abbas*. De nuevo la giraron, dejando esta vez su otro lado estrecho estirado. Los dos estaban disfrutando del momento. Ahora fue más rápido encontrar el dato. El profesor escribió en el dibujo *año 1100*. Mientras la giraban, le comentó que tenía un verdadero tesoro en su despacho, una obra de arte. Desde el primer hallazgo, ya sabía que si había algún tipo de información estaría en el margen inferior izquierdo, como en los otros tres lados. Miró directamente en esa zona. Claramente vio las palabras *lo ha hecho Mohsen*. Le dijo que las traducciones podían no ser exactas pero si le garantizaba que muy aproximadas. Resumiendo, la había tejido Mohsen, en la ciudad de Kashan, para un cliente llamado Bahadur Abbas en el año 1100.

La mujer estaba emocionada. De repente, la alfombra había tomado otra dimensión. Como si adquiriera una entidad por el hecho del ponerle nombres y fecha. Se dio cuenta de que subía un escalón en sus sentimientos. La apreciaba más si cabía o al menos de forma distinta. Mientras la tocaba y miraba como si fuera la primera vez, preguntó si era realmente tan antigua. La fecha le había llamado mucho la atención. Le parecía que novecientos doce años eran demasiados.

Él se dio cuenta enseguida de su error. En verdad no se había equivocado. Sonriendo le aseguró que en la alfombra estaba tejido ese número pero éste correspondía al año de la Hégira. El calendario del Islam y el de Occidente no coincidían, le decía y, al mismo tiempo que proponía hacer el cálculo, ya lo estaba haciendo. Le aclaró que la Hégira fue el traslado de Mahoma. Le explicó que la emigración de los musulmanes de La Meca a Medina ocurrida el dieciséis de Agosto del año 622 de la era cristiana marcó esa fecha como el primer año del calendario musulmán. Haciendo pequeños esquemas en el papel, le contó que éste se guía por años lunares de trescientos cincuenta y cuatro días, por lo que treinta y tres años suyos corresponden a treinta y dos años solares nuestros. El profesor le seguía diciendo sin parar de escribir que había que tener en cuenta que intercalan once años de trescientos cincuenta y cinco días cada treinta años. Para calcular la conversión de los años musulmanes a la era cristiana, había que dividir el año de la Hégira que había visto tejido entre treinta y tres. Ésa operación daba como resultado treinta y tres periódico puro. Siguió diciendo que había que restar este dato al primero. De esa manera se obtenía mil sesenta y seis periódico puro. Decía esas palabras mientras con un bolígrafo realizaba las operaciones. A ese segundo resultado, se le sumaba seiscientos veintidós, obviando los decimales. El dato final era 1688, dijo triunfante levantando la mirada hacia ella.

La gobernanta admitió que no había entendido nada, pero se quedaba con la última cifra. El año de Occidente. 1688. La alfombra tenía, pues, trescientos veinticuatro años.

El profesor, mientras ella hablaba, miraba a la alfombra con los brazos en jarras. No llegaba a entender qué hacía algo de tanto valor en la habitación de un hotel. Debería estar cuidada y custodiada. Colocada quizá en una especie de vitrina que la protegiera de roces, humedades y polvo. Era digna de ser admirada por los clientes, pero con las distancias que un objeto valioso requería. Se arrodilló sobre ella y acarició su pelo suavemente. Con cuidado la dobló para comprobar los nudos. No salía de su asombro. Cuanto más la miraba y estudiaba, más se convencía de que la tenían que sacar de la suite. No dejaba de repetirlo. Ella le confesó que estaba desesperada. Había dicho al director muchas veces que debía ser muy antigua. La antigüedad y la belleza que tenía debían ser suficientes como para tener un gran interés en su mantenimiento. Sin embargo hasta ahora se había encontrado con una actitud condescendiente. Su jefe pensaba que era un capricho de ella. No le daba importancia. Era un objeto más. Era antiguo, era bonito. De hecho, lo adquirió él. Pero era sólo un adorno. Como tantos otros que tenían. La mujer decía con tono abatido que, cuando le pedía que la pusiera en un sitio más adecuado, el siempre le contestaba que se excedía en el trabajo. Le solía recriminar que parecía una obsesión personal, concluyó sin dejar de mirarla. Quizá tuviera razón y se hubiera convertido en eso para ella. Finalmente se atrevió a preguntarle si el brillo de sus hilos lo encontraba normal. Después de detenerse unos minutos en su contemplación el profesor aseguró que, aunque se veía muy bien cuidada, la realidad es que tenía más de trescientos años, algo que necesariamente hacía que los colores quedaran apagados por el natural desgaste de los mismos a través del tiempo.

Salió de la oficina dejando a la gobernanta confusa por el comentario e inmersa en un mar de ideas. Le había quedado muy claro el mensaje. Sacarla de la habitación a toda costa. Estudiaría un nuevo enfoque. Le propondría al director una alternativa distinta. Quizá varias. No podía cerrarse a una única idea. Debía estar preparada para cuando él rechazase una opción. Porque seguro que rechazaría la primera, fuera cual fuera. Se propuso, como meta principal, convencerlo para que cambiara la ubicación de la alfombra. La segunda parte sería dónde colocarla. Sentada en el sillón giratorio del escritorio pensaba la estrategia a seguir.

La alfombra la miraba complacida desde el suelo despacho. Había conseguido salir de la habitación. Quizá era el momento de proponer un destino.

KASHAN 2012

El cartón de la caja se rasgaba con facilidad cuando las manos de Rashid tiraban de él. Se ayudaba de una navaja que procuraba introducir lo imprescindible para poder estirar otra vez. No sabía lo que contenía aunque se lo imaginaba. Lo enviaban desde Archena, en la provincia de Murcia, España. Su taller tenía clientes españoles. Había estado revisando el listado de los mismos. Podría tratarse de la devolución de alguno que hubiera quedado insatisfecho. Pero los datos del remitente no aparecían en su lista. Desconcertado y curioso sacó delicadamente el bulto de la caja. Con unas tijeras fue cortando el plástico rígido que lo envolvía. Entre tres hombres y él lo desenrollaron y extendieron en el suelo. Al retirar el papel de estraza que cubría el campo todo su dibujo quedó al descubierto. Los cuatro, con los brazos en jarras, la miraban asombrados. No daban crédito a lo que veían. Una antiquísima alfombra que regresaba a casa. El mayor de ellos se arrodilló sobre el extremo inferior izquierdo. Acarició su pelo. Parecía que buscaba algo. De inmediato sonrió y miró a los otros confirmándoles que había sido fabricada en el taller. Repasaron las otras esquinas buscando más información. En su telar las firmaban en cada esquina izquierda. Disimulados entre los dibujos tejían el nombre del artesano, la fecha, el lugar y el nombre de la persona a quién iba dirigido si era un encargo. Durante generaciones así lo habían hecho. Una tradición que venía desde siempre. Leyeron en voz alta *lo ha hecho Mohsen, Kashan, 1100, para Bahadur Abbas.*

Uno de ellos llamó a gritos a sus familiares. Pronto, una treintena de personas se acercó como repuesta a la llamada. La rodeaban por los cuatros costados. Preguntaban sin cesar que hacía esa alfombra allí. Los comentarios de admiración eran constantes, aunque un adolescente comentó que parecía vieja y sucia. No habían visto una producción de esa calidad nunca. La actividad del taller quedó paralizada. Todos querían verla y hablar de su extraña llegada a la casa. Trajeron té con menta que sirvieron en vasos de cristal. Algunos se sentaron en improvisadas sillas, hechas de grandes rollos de lana, sacos con polvos de tinte o cajas vacías; otros, de pie, no conseguían quitar la mirada de ella. Todos charlaban animadamente de su supuesta historia. Dos de los hombres más jóvenes se dieron cuenta entonces de que la fábula que pasaba de generación en generación podría no sólo ser cierta, sino, además tener a la vista la prueba de la misma.

Se decía, que un mercader le había encargado una alfombra a un tatarabuelo del tatarabuelo. Era un modesto taller con el que apenas sobrevivía la familia. Aquel tatarabuelo diseñó un magnífico jardín del Sah. La elaboró con hilos de lana y seda de colores excepcionales y brillantes. Todo el pueblo se acercó a verla. Enseguida se corrió la voz de la creación de esa maravilla. Mercaderes, militares y políticos querían tener una hecha por aquel antepasado. El telar no daba abasto. Trabajaban todos los miembros del clan pero no era suficiente. Tuvo que contratar personas que les ayudaran. Esa labor le dio una suerte que supo aprovechar y trasladar a generaciones venideras.

El más anciano de nuevo se acercó y se arrodilló sobre ella. Pasó sus manos por su cuerpo, observándola. Pensativo, movía levemente la cabeza. Miró la fecha.1100. Lo cierto es que a los jóvenes no les faltaba razón. Coincidían el motivo, es decir, el jardín del Sah, los tejidos, lana y seda e incluso el mercader. La historia no decía nada de fechas, pero podría ser ésa.

Uno de los niños gritó advirtiendo a la familia que había encontrado algo. En efecto, un sobre marrón pegado con cinta adhesiva a la caja de la que la sacaron. Los hombres no lo vieron. El patriarca lo abrió sin prisas. La hoja de papel blanco con membrete y logotipo en azul de una empresa contenía un texto en inglés que el hombre no entendió. Se la pasó a su hijo mayor, Rashid, algo conocedor del idioma. Él estuvo durante varios minutos leyéndola e intentando entender el contenido. Arqueando las cejas con una grata expresión de asombro, se dispuso a contarles lo que había leído.

La alfombra era propiedad del Balneario de Archena, en España, desde que la compraron en América muchos años atrás. Durante tiempo estuvo colocada en las mejores habitaciones de los hoteles. Gracias a la colaboración de una persona experta en arte persa supieron su antigüedad, el artesano que la realizó, la ciudad de origen y la extraordinaria composición. Era profesor en la Universidad de Granada. Aconsejó que retiraran la alfombra y la guardaran. Y así lo hicieron, narraba el hijo mayor. Pero meses más tarde ese hombre sabio notificó al hotel que con los datos que había en los bordes, había podido averiguar el lugar exacto de la procedencia de la alfombra. *Con ésta información*, leyó textualmente el hombre, s*e iluminó algo en nuestras conciencias y supimos que debíamos devolverla a su lugar de origen.*

A continuación relataba cómo llegaron a conocer la existencia del actual taller. El profesor había conseguido que varios colegas de la Universidad de Granada se interesaran en la búsqueda de los descendientes de Mohsen. Contactaron con la Universidad de Kashan. Este paso, decía la carta, resultó complicado. No querían ser descorteses en la petición de ayuda pero tampoco podían dar demasiadas explicaciones, pues correrían el riesgo de que a los colegas iraníes les interesase tanto que acabaran quedándose con la alfombra. Pero ellos entendieron que era un organismo oficial quién pedía ayuda, no un particular; por lo que tirando de los hilos adecuados, llegaron a la Cámara de Comercio de la ciudad y pudieron confirmar que los sucesores del viejo tejedor continuaban con la misma forma de ganarse la vida. En realidad, sólo decían que había un telar familiar que coincidía, pero no que estuvieran emparentados. La carta les agradecía la oportunidad de haber podido convivir con una joya tan especial y les aseguraba que el profesor disfrutó con la búsqueda del artesano y que había conseguido transmitir esa emoción casi infantil a decenas de personas.

El lector calló. Un silencio respetuoso invadió al grupo. Segundos después, como movidos por un resorte todos comenzaron a hablar al mismo tiempo. Entusiasmados por una historia tan fantástica hacían preguntas sobre la misma. Preguntas que nadie sabía responder quedaban en el aire formando un halo invisible. Todos decían frases que nadie escuchaba. Pero el halo fue acogiendo la idea de lo mágico, lo excepcional. El destino les quería decir algo. Debían estar atentos y no errar.

Pasados unos minutos, el anciano dio por terminada la reunión. Era hora de trabajar y recuperar el tiempo perdido. Con un gesto hizo venir a los hombres. Se reunirían para decidir que hacían con ella. Mientras tanto, la dejaron en la estancia donde diseñaba los dibujos.

La alfombra tenía una extraña sensación. Todo le recordaba una época muy remota. En las paredes había varias cuerdas de algodón sujetas en los extremos a dos clavos. Colgados de ellas, centenares de plantillas diversas. Rosetones, filigranas, flores y palmeras, recortadas, prácticamente tapaban la pared. En otras, rollos de papel de todos los tamaños, guardando dibujos completos se amontonaban arqueando el bramante. Una mesa de tablero grueso y muy desgastado soportaba, en un desorden sólo entendido por el dibujante, un sinfín de bolígrafos, lápices, pinceles de varios tamaños y grosores y pequeños cuencos con pinturas. Un pliego milimetrado extendido sobre toda ella con un boceto a medio hacer dejaba ver el trabajo que el artesano desarrollaba. Un flexo ayudaba a hallar los ínfimos detalles de las líneas. Los cables vistos junto con el cenicero giratorio se sumaban a las pocas señales inequívocas de épocas distintas.

Cuando Rashid la desenrolló, le abordó una profunda bocanada de un aroma muy familiar. Lo recordaba bien: era el olor de la lana, su olor más antiguo. Vio a cuatro hombres con chilabas de pie junto a su borde, observándola con los brazos en jarras. Estaban tan sorprendidos como ella. El primer pensamiento fue que había vuelto al lugar donde nació. Pero lo descartó de inmediato, seguro que había más lugares en el mundo con olor a lana y hombres con túnicas. Al fondo se oía una radio que escupía las noticias con un sonido entrecortado y sucio. Era una lengua muy parecida a la que hablaba Mohsen. Observó como uno de ellos narraba la historia que le contaban desde España a un grupo nutrido de familiares que habían llegado advertidos por otro. En los segundos que duró el silencio después de la lectura, la vieja alfombra, impactada por la misma, tomó conciencia de que había vuelto a casa. A casa. No pudo llegar a ninguna conclusión. Una algarabía a su alrededor interrumpía sus pensamientos. Se contagió de la alegría y la emoción de los descendientes de su creador. Les entusiasmaba su fantástica historia. A ella, lo que le fascinaba, era reconocer a esas gentes como sus hacedores. Cuando la dejaron sola se quedó unos minutos capturando emociones. El cuarto donde dibujaba el anciano era silencioso. Por la ventana abierta se colaba el aroma de guiso especiado. Estaba contenta con la sorpresa que le había dado el destino. Era el momento de disfrutar del encuentro. Se concentró en los efluvios penetrantes de las comidas, del ambiente, en la musicalidad del idioma, en el calor. Se estaba cruzando con todo aquello que le acompañó en sus primeros días de existencia. Era inesperado y emocionante.

El anciano entró a la habitación junto con el resto de hombres de la casa. Él era cabeza de una familia formada por sus tres mujeres, cuatro hijos varones y dos hijas, yernos, nueras y quince nietos. Todos trabajaban en el telar. Los siete se pusieron cómodos. Con una taza de té, comenzaron a hablar de la alfombra. Dudaban si debían quedarse con ella o venderla. Quizá así, atrajera de nuevo la fortuna. Pero los dos más jóvenes defendían la idea de guardarla entre ellos. La consideraban un tesoro. Como tal debía ser tratada. Intentaban hacer ver al resto la suerte que habían tenido. Posiblemente, decían, valiera una fortuna. Estaba en buen estado. Algo desgastada y los colores apagados, pero no parecía haber sido maltratada a lo largo de su vida. El entramado estaba todavía fuerte y entero gracias a los fuertes nudos de los flecos. Observaron algún pequeño remiendo realizado por manos inexpertas, pero apenas se notaba. Aunque pudieran obtener por ella mucho dinero, no sería tanto como para poder modernizar el taller, o mandar al extranjero a los chicos para una mejor y más amplia educación. Creían que no merecía la pena. Sin embargo, tenerla en exposición en el gran bazar, podría atraer el paso de gente en su tienda. Contar la historia de su inesperada llegada. Los cuentos fantásticos gustaban a todos. Hablaron durante horas. No querían precipitarse en tomar una decisión. Valoraron las ventajas y los inconvenientes de cada opción. Después de meditar llegaron a la conclusión de que era mejor quedarse con ella. De alguna manera, además, era un reconocimiento a Mohsen.

Entre dos, la sacaron al balcón corrido al que daba la estancia, pero no era tan ancho como ella necesitaba. Por eso la bajaron al patio y la colgaron en una cuerda atada a dos palos. Con suavidad y firmeza, la sacudieron cada uno desde un extremo con hojas de palma. Algo de polvo salía de ella. Les llamó la atención lo limpia que estaba. Realmente la habían cuidado, se decían entre sí. La descolgaron y extendieron sobre el suelo limpio. De unas bolsas, sacaron sal y la echaron por encima. Sus hilos de lana y seda quedaron cubiertos por ella. Los hombres se fueron dejándola sola en ese rincón. La actividad de los artesanos disminuía según avanzaba la penumbra. Muy poco tiempo después, la oscuridad de la noche invadió el espacio abierto. El suave haz amarillo de un farolillo colgado en la balaustrada del balcón corrido avisaba de su presencia. El frío del desierto avanzaba lentamente colándose por todos los rincones, incluso penetró entre los cristales de sal hasta llegar a su urdimbre. Sentía que el fresco que calaba sus hilos le ayudaba a recuperarse y la serenidad por fin la invadió.

La noche bajo las estrellas de Kashan pasó muy rápida. Antes de amanecer, dos mujeres salieron de las casa y comenzaron la limpieza del patio. Barrieron con escobas de hojas de palma. Baldearon el suelo con el agua que sacaban con una mano del cubo que cogían con la otra. De esta manera evitaban que el polvo se levantara y al mismo tiempo, refrescaban la zona. Abrieron las ventanas de la casa. El olor a comida le decía que dejaban el guiso preparado antes de ir a tejer. Todo seguía igual que hacía trescientos veinticuatro años. La luz del amanecer trajo la vida al taller.

Desde donde estaba, podía ver al otro lado del patio unas balsas redondas como tres gigantescas cacerolas de barro. Dos hombres cogieron unos palos desgastados, de un color indefinido en uno de sus extremos, y los introdujeron en una de ellas. Los movían en círculos, como las mujeres hacían con el cucharón mientras cocinaban. El líquido era rojo teja. El color característico de las alfombras de Kashan. Mientras uno de los hombres removía, otro sacaba grandes ovillos de lana metidos en una balsa distinta, con alumbre, que ejercía como fijador de los colores. Pasó las madejas de una a otra. Las hundió con la vara hasta no verlas, para rescatarlas enseguida. Las metió y sacó varias veces, como si con ese movimiento, el tinte se impregnara mejor en la hebra. Las dejaron a remojo, dando tiempo a que se tiñeran todas las fibras. Pasaron a otra y repitieron la operación. Ésta última era azul.

Mientras observaba esos movimientos la alfombra pensaba que, en la época en que Mohsen la creó, no utilizaban la técnica del tintado. Él trabajaba con los mejores tintoreros. A veces, el cliente que le encargaba un trabajo, le traía él mismo los hilos. Otras, los compraba en crudo y encargaba el tinte exacto que necesitaba, según el diseño previo que había realizado. En aquel entonces, intentar teñirlos suponía un esfuerzo económico que, quizá, su antiguo dueño no podía afrontar. Pero recordaba que comentaba a sus hijos que no era bueno querer abarcar todo. Cada persona podía hacer muy bien un sólo trabajo. Ser especialista, el mejor, en uno. En el resto, sería mediocre. Esa mediocridad, les decía, quedaría reflejada en el resultado final. Habían pasado muchos años desde aquellas lecciones. Sintió curiosidad por lo que diría el tatarabuelo ahora.

El calor empezaba a ser sofocante en el patio. Sólo parte de él estaba cubierto por una parra, que proporcionaba una agradable sombra. La alfombra no estaba bajo ella, y los rayos del sol comenzaban a invadir parte de su cuerpo. Los dos hombres que la colocaron en ese sitio vinieron corriendo al darse cuenta. La volvieron a colgar en la cuerda y a sacudirla suavemente. La sal caía cubriendo el suelo de blanco. La golpeaban sin cesar con el ritmo pausado y melódico que producían las palmas secas al chocar sobre ella. No tenían prisa. Parecía que tenían toda una vida por delante para hacer ese trabajo. No se miraban entre ellos ni se hablaban. Movían los brazos de forma autómata y observaban el suelo. En cada golpe, un cristal de sal caía. Alguna mujer cruzó el patio y, sin dejar de andar, la miraba,. El anciano se asomó al balcón corrido, justo encima de donde estaban y también la miró, pero desapareció enseguida.

Los dos hombres observaban por igual el suelo y los dibujos de la alfombra. No querían distraerse con ella, pero no podían evitar contemplarla. Cuando estuvieron seguros de que no caían más cristales de su cuerpo, la descolgaron y extendieron sobre varias alfombras que habían colocado bajo la parra para garantizar su limpieza. La miraron sonriendo de satisfacción. Los otros llegaron enseguida. También las mujeres abandonaron los telares al enterarse de que la habían expuesto de nuevo. Las exclamaciones de asombro se producían nada más verla. El tratamiento con sal había conseguido recuperar el brillo de sus colores. Los había avivado, parecía que había rejuvenecido.

Esta segunda reunión duró apenas unos instantes. No podían parar el ritmo del taller. Todos volvieron a sus trabajos excepto el anciano y los dos jóvenes que la habían tratado. No tenían muy claro si debían dejarla en la casa taller, quizá en la habitación donde se diseñaban los dibujos, o en el salón, donde a veces se recibía como antaño a los posibles clientes con intención de encargar una alfombra. En el gran bazar la vería más gente sin lugar a dudas. Pero para eso, tendrían que quitar las que estaban en una de las paredes y dejar un gran hueco sólo para exponerla a ella. Finalmente, decidieron que, aunque eliminara espacio de exposición, su visión podría aumentar la posibilidad de venta de las otras alfombras. O no. Todo era una suposición. En todo caso, lo que si era cierto era que le aportaría al taller más prestigio y reconocimiento.

Entre los dos jóvenes la enrollaron y la ataron con gruesos hilos de lana por los extremos. La subieron a sus hombros y, con los dos en fila, emprendieron el camino hacía el bazar. Al salir del taller, el fuerte sol del mediodía cegó a los hombres, que entrecerraron los ojos para cubrirse de la claridad, cómo hicieran los dos esclavos que la sacaron de la casa de su creador hacía trescientos veinticuatro años, pero ahora, se protegieron sacando de los bolsillos de sus camisas blancas unas gafas de sol negras. A la alfombra le parecía increíble ver como se repetían las escenas. Le resultaba tremendamente extraño. Expectante se dejó caer en los cuerpos de los porteadores. Caminaban despacio. Hacía mucho calor para llevar un ritmo más rápido y tan sólo adelantarían unos minutos. Sorteaban a la gente para no golpearlas con ella. A veces bajaban a la calzada para ir más cómodos, pero el tráfico no les permitía estar mucho tiempo allí. Por esas mismas calles había sido llevada también en hombros hacía más de tres siglos. Le asombraba que con el paso de los años no hubiera más diferencias. Ahora la gente caminaba por las estrechas aceras. Antes libres de ellas, y sin coches, lo hacían por el centro junto con alguna carreta que transportara víveres. Veía a las mujeres cubiertas totalmente por unas túnicas negras, que no dejaban ver ni intuir ninguna parte de su cuerpo. La mujer persa, una de las más bellas que había visto a lo largo de su vida, había pasado de una vestimenta de colores brillantes y vistosos, ornamentada, que acentuaba su cintura y feminidad, a cubrir su rostro y su cuerpo para que nadie pudiera recrearse en él, ni ellas mismas, con telas negras, el color de la muerte y la tristeza. Sin embargo, muchos de los hombres vestían al modo occidental. Otros, llevaban una túnica hasta los pies. Ni unos ni otros cubrían la cabeza, algo vital en la época de su creación.

Avanzaban por las calles de Kashan, que se estrechaban y animaban con la gente a medida que se acercaban al gran bazar. Por fin, al girar en una, apareció bullicioso y colorista. Se adentraron en él tropezando a menudo con personas que contemplaban puestos o simplemente andaban por sus callejuelas. El intenso olor a cuero le trasladó de golpe a sus primeros días, cuando la trajeron a casa del mercader. El aroma de las especias que impregnaba muchos de los callejones, le devolvió la identidad que había olvidado. Pararon en la entrada de un puesto de objetos de piel. Babuchas de colores colocadas en una mesa, fuera de la tienda, junto con otra de bolsos, carteras y monederos con repujados de formas arabesca flanqueaban la entrada. El producto estaba pensado para los turistas. El gran bazar había encontrado en el turismo una nueva fuente de ingresos.

Mientras los dos jóvenes hablaban con su amigo, descansando un poco del trayecto, ella agradecía el fresco de las calles cubiertas del bazar. Ellos les estaban contando su historia. El otro chico convino en ir al día siguiente para verla, cuando ya estuviera colocada. Junto a él, un puesto de chilabas de muchos colores atraía la atención de los visitantes. Un hombre en la entrada del mismo gritaba lo bonitas y baratas que eran. Palabras que sólo entendían sus vecinos, pues la mayoría de personas que pasaban en ese momento, eran extranjeros, sin conocimiento alguno del idioma. Pero era efectivo porque, alertados, los turistas siempre miraban hacia donde venían los gritos, algo que el vendedor aprovechaba para mostrar extendida en sus brazos la chilaba.

Retomaron el camino. Muy cerca, un par de calles hacia el interior del bazar, estaba el puesto de la familia. Allí se encontraban los yernos del anciano dibujante, Nasim y Zayed, atendiendo y entre los cuatro hicieron sitio en una pared y la colgaron en ella. Ya habían contando su historia a los vecinos de negocio, que estaban deseosos de que llegara para verla. Sentían curiosidad por saber cómo era. Creían imaginarlo, pues la ciudad había vivido de las alfombras desde siempre pero, una tan antigua que regresara a casa después de varios siglos, no había ocurrido nunca y creaba expectación.

El puesto era en realidad una gran exposición de alfombras. Desde la calle, nadie podía imaginar la enorme superficie que había una vez traspasada la puerta. La nave libre de muebles y ornamentos almacenaba centenares de alfombras. En las paredes grises colgaban lacónicas las más grandes para poder contemplar mejor todo el dibujo. En el suelo, se encontraban doce montones, que llegaban a los hombres prácticamente a la rodilla. Las apilaban según la medida que tuvieran y los temas de campo. Todas eran de lana.

Desde la altura en que la habían colocado, la alfombra podía ver los dibujos de sus compañeras. Grandes rosetones centrales eran los preferidos, rematados por arriba y por debajo con coronas floridas. Flores y follaje rellenaban el resto. Con cierto asombro observó que en los bordes ya no se leían versos ni capítulos del Corán. Habían sido sustituidos por filigranas repetidas por todo el largo del borde en unas y en otras por pequeños rosetones. Predominaban los colores rojos teja y azules, característicos de las alfombras de Kashan, aunque la variedad era importante, verdes, ocres y marrones, se distinguían entre las primeras apiladas. Dos de los montones eran floridas, abundando los motivos minah khani, con cuatro margaritas formando un rombo y otra en el centro, pero también se apreciaban los de Chah Abbasi, con las flores de lis dispuestas geométricamente. Recordó que esos dibujos se crearon bajo el reinado del Sah Abbas, muy poco antes de nacer ella.

No había la variedad de motivos que se podría esperar de un telar con una tradición tan grande. Posiblemente se ajustaran al gusto de la demanda extranjera. Parecía que realizaban aquel trabajo que fueran a vender con seguridad. Colgadas en unos expositores a modo de libro, se exponían unas alfombras de urdimbre de algodón y trama e hilos de seda, con motivos variados, como el de zil-e sultán, jarrones superpuestos adornados de rosas y ramas floridas, o escenas de caza e incluso algún jardín del Sah. Algunos jardines estaban tejidos con hilos de oro y plata, lo que les daba mayor luminosidad y grandeza. La definición de estos dibujos era muy buena. El detalle de los mismos, también, pero ninguna se acercaba a la perfección que ella tenía. Orgullosa se daba cuenta de que el relucir de los hilos plateados quedaba apagado por el brillo natural de sus colores. Junto a este expositor habia una pequeña pila de alfombras de oración, con el árbol de la vida tejido en el centro. Recordó entonces las enseñanzas de Mohsén a sus hijos. Les decía que el árbol de la vida representaba la continuidad y la fertilidad. Era tan importante y grande que lo consideraba como el enlace entre el subsuelo, la tierra y el cielo. Cientos de años después las creencias eran las mismas. Siguió observando el recinto. El resto de paredes estaban cubiertas por alfombras de grandes dimensiones, para poder ser vistas completamente.

Oía a lo lejos, como el bullicio de las calles se iba apagando. Entraban menos personas al local. La oscuridad fue ganando espacio. Apenas vislumbraba a sus compañeras de la pared de enfrente. Pero, de repente, ese velo negro desapareció al ser encendida una bombilla colgada en el centro de la habitación. Rincones que habían desaparecido, emergieron mágicamente. Creyó que todo recobraba vida.

Un grupo de turistas entró a la tienda. Las observaban sin definir sus intenciones. Parecía que sólo querían mirar, como era muy habitual. Uno de ellos, sin embargo, se detuvo junto a uno de los montones. Las doblaba una a una por las esquinas, para ver el color y algo del campo. Se paró en una azul y blanca. Le pidió a Nasim que le ayudara a quitar las otras para poder ver el centro. La dejaron totalmente al descubierto. Era un magnífico ejemplar de lana con un precioso motivo hérati. El rosetón central en azules estaba encerrado en un rombo de rosetones más pequeños que formaban los vértices. Los bordes secundarios, en azul índigo, enmarcaban el principal. El extranjero se sentó en la pila que había al lado para ver detenidamente el dibujo. Era sencilla en su composición y, quizá por eso, elegante. Transmitía serenidad y delicadeza. El hombre se quitó el sombrero que llevaba todavía puesto, y se pasó un pañuelo de algodón por la frente y la nuca para secarse el sudor. Fue entonces cuando al levantar la vista vio a la vieja alfombra. Se quedó quieto por unos minutos. Lentamente, se levantó y se acercó. Sin apartar la vista de ella llamó al dependiente que le había ayudado antes. Le preguntó su precio. Al oír que no estaba a la venta quiso saber algo más de ella. Nasim le contó la historia de su sorprendente llegada a casa, le habló de la leyenda que se transmitía en su familia de padres a hijos sobre una alfombra de una belleza extraordinaria, que le había dado suerte al tatarabuelo del tatarabuelo y que, creyendo que podía tratarse de la misma, habían decidido mantenerla entre ellos. Hoy era el primer día que estaba expuesta. Decía las palabras en un inglés aprendido a base de oír a los clientes de distintas nacionalidades. Ambos pusieron interés en comunicarse. Al hombre no le sorprendió demasiado que no se la quisieran vender. Preguntó cuántos años podía tener. El chico simplemente le enseñó con una amplia sonrisa la fecha tejida. No daba crédito a lo que veía. Pidió permiso para tocarla, a lo que el joven accedió gustoso. Le dio la vuelta a la parte inferior para observar el revés. La urdimbre y la trama estaban perfectas. Observó la base del nudo. Eran nudos senneh. Debía contener cerca de tres mil nudos por pulgada cuadrada. Incluso más. Jamás había visto una calidad tan alta. Era muy antigua. Pensaba que sería una pena perderla. Tocó sus pelos con suavidad, como preguntándoles algo. Escarbó entre ellos, los separó para ver la base. Pensó que debía ser lana kork. Una resistencia al tiempo tan grande le hizo suponer que sería de la más alta calidad, blanda, flexible y con una máxima absorción de los tintes. Echaba un vistazo rápido a sus hilos, su trama, urdimbre y nudos, pero creía que no se equivocaba. Su abrisham, su preciosa seda, brillaba todavía.

El sonido de la calle había desaparecido hacía tiempo. Los acompañantes del extranjero se habían ido hacía un par de horas. Nasim, con la amabilidad y paciencia de todo comerciante iraní, contestaba a las preguntas que de vez en cuando le hacía el hombre. De repente, éste se giró sobre sí mismo y decidió terminar con el regateo habitual en la compra de la alfombra blanca y azul. Acabó reduciendo el precio un treinta por cien. Se dio por satisfecho. Agradeció toda la atención que le había prestado y le entregó sus datos y el hotel donde se alojaba para que se la mandaran lo más empaquetada posible, aunque en la aduana sabía que se la desmontarían entera. Al salir, hizo un gesto de quitarse el sombrero a modo de despedida, pero se quedó en un ademán. En la calle ya no había nadie.

El muchacho apagó la bombilla y salió también de la tienda. El ruido de la cerradura metálica retumbo en las paredes. El silencio era absoluto. La oscuridad tan espesa abrumaba. No entraba un rayo de luz por ningún resquicio, ningún agujero. Negro. Un ruido sordo y constante le hizo temer que hubiera ratas. La alfombra les temía desde siempre. Las sentía como su mayor enemigo. No quería ser destrozada por ellas. Había visto a hermanas roídas y era una visión espantosa. Pero el silencio se volvió aplastante. Se tranquilizó al pensar que no sería atacada por ellas. Tenía la impresión de que el tiempo se había detenido. No había nada que le indicara que la noche avanzaba. Oscuridad y silencio. Se recreó con el olor a lana que invadía el ambiente de la habitación. Se dio cuenta de que disfrutaba saboreando todo aquello que le recordara sus orígenes.

Nasim abrió las puertas del negocio apenas el sol salía. Ordenó y limpió dispuesto a recibir cuanto antes a los clientes. Pero no fueron éstos los que entraron a esa primera hora de la mañana. Los vecinos a quienes habían contado su historia se acercaron a ver la fantástica alfombra antes de que el movimiento del mercado se lo impidiera. Hombres con las camisas occidentales arremangadas hasta el codo se metían las manos en los bolsillos de su pantalón de tergal gris mientras, parados frente a ella, contemplaban asombrados la obra. Se formaron corrillos comentando el trabajo. La mayoría de ellos eran tejedores o tenían relación con alguno, o formaba parte de la industria, siendo tintoreros, hilanderos, proveedores de herramientas o colas. Eran pues conocedores del oficio. A veces señalaban con el dedo alguna de las zonas que por alguna razón les llamaba la atención. Los comentarios más habituales los hacían sobre el detalle y la minuciosidad de los dibujos.

Un grupo de mujeres ataviadas con las túnicas negras, los burkas, se colocaron en un lado, a cierta distancia de los varones. Como ellos, eran también conocedoras de ese mundo. Eran tejedoras. Alababan el trabajo. Igual que los hombres, comentaban la laboriosidad del mismo, la perfección. Los burkas le impedían verles las caras. No había expresión que apoyara sus palabras. La alfombra pensó que era una comunicación extraña. La persona hablaba, decía la frase con la entonación adecuada para expresar el sentimiento que quería pero, al no ver la expresión de su rostro, sonaba extraño. Era una voz en off. Esas voces femeninas decían que los hilos de su época eran más bastos que los de ahora, pues hoy en día ya no se hilaba a mano, sino mecánicamente, lo que suponía un hilo más fino y uniforme. Con eso se podía conseguir más nudos por pulgada que antes, lo que daba a su vez, como resultado, una mejor nitidez de los dibujos y los detalles podían ser más exactos. Sin embrago, decían las voces femeninas, esa alfombra tan antigua era como una pintura.

Este tipo de comentarios les llevó a pensar en el tiempo que habría durado su ejecución. Habían utilizado el nudo persa, como era habitual en las alfombras de calidad pues, al necesitar más, el dibujo era más nítido. Al emplear seda, mucho más fina que la lana, casi se duplicaba la cantidad a realizar. Veían mentalmente a otras mujeres frente a un hosco telar de madera anudar a mano, uno a uno los minúsculos pelos que salían de ella. Las veían coger, como ellas lo hacían, dos urdimbres con un dedo de una mano y pasar el hilo y anudarlo en ellas con la otra. Con una paciencia infinita, quitar mil veces los hilos que una vez colocados no concordaban con el color deseado. Por el tamaño, los materiales utilizados y el tipo de nudo usado, las mujeres, después de compararla con trabajos que ellas mismas habían realizado, calcularon que su elaboración habría podido durar entre quince y dieciocho meses, estando dos personas anudándola casi de sol a sol.

Durante toda la mañana de ese primer día la afluencia de gente era imparable. Había muchas personas conocidas de la familia, que habían sido avisadas por otras que ya la habían visto horas antes y venían a verla a ella exclusivamente. Pero también entraron a la tienda muchos turistas deseosos de comprar por un precio mucho más reducido que en su país. Todos miraban inquisidores los montones y las separaban por la punta para ver un poco los colores y primeros trazos de las de abajo. Iban de un montón a otro. En muy poco tiempo, la vieja alfombra se dio cuenta que la mayoría simplemente venía a curiosear, sin intención alguna de compra.

Los grupos de turistas la decepcionaron. Muchos de ellos la miraban con la misma intensidad que a las otras alfombras colgadas en las paredes. Eran incapaces de ver la magnificencia de la obra de arte que tenían a la vista. Pasaban la mirada sobre su cuerpo unos segundos para inmediatamente continuar con la siguiente. Pero debía reconocer que no todos eran iguales. Algunos, los menos, al descubrirla, se paraban frente a ella y la miraban. Le gustaban las expresiones de complacencia y asombro que generaba. A menudo, preguntaban a Nasim sobre su procedencia. Él, como hizo con el primer extranjero, les contaba su historia. Todos se iban asombrados y daban la enhorabuena al joven y a su familia y les deseaban que, de nuevo, les trajera prosperidad.

Cuando el calor estaba en su punto álgido, entró en la tienda el extranjero que el día anterior preguntó tanto y durante tanto tiempo sobre ella. Nasim le saludó con la mejor de las sonrisas, pero en su fuero interno temía que el hombre le devolviera la alfombra que había comprado arrepentido de gastar tanto. Muchas veces se había encontrado con esa situación. Pero la tensión interior desapareció cuando sacó una tarjeta de su cartera y se presentó. Era Bertol Schulz. Trabajaba como conservador en el museo de arte islámico que formaba parte a su vez del Pergamon de Berlín, Alemania. Había hablado con sus superiores advirtiéndoles del hallazgo de una alfombra persa muy antigua, encontrándose además en muy buen estado y éstos le autorizaban a ofrecer una cantidad acorde con la importancia que ella tenía. La quería llevar al exposición y mostrarla. Ella sentía su vanidad de nuevo florecer.

Nasim al principio le decía que no estaba a la venta, pero el extranjero insistió tanto que finalmente decidió hacer llamar al patriarca. Llegó media hora más tarde, junto a los hombres de la familia. En el taller se habían quedado las mujeres tejiendo. El anciano ofreció té a Bertol Schulz, que aceptó sabedor de la ofensa que supondría rechazarlo. No le apetecía a esas horas y menos con el calor que todavía sentía en el cuerpo después de la caminata a pleno sol desde el hotel al gran bazar.

El señor Schulz les decía que no era el importe económico que percibirían lo que debían tener en cuenta solamente, era, además, la seguridad de que la obra de arte que ahora colgaba de sus paredes, estaría cuidada como se merecía. Serían limpiadas y restauradas las partes que lo necesitaran. Le aplicarían un tratamiento antipolilla como prevención; la catalogarían; la inventariarían; le fabricarían una caja expositora, con el frontal de cristal para poder verla; y le aplicarían un sistema de mantenimiento de la humedad adecuada. Podría durar muchos años más y, lo que era mejor, muchas personas podrían disfrutar de su belleza.

El anciano y sus hijos agradecían el interés del extranjero y de su país en su alfombra. Pero habían decidido que, si ésta había llegado a ellos después de varios siglos de ausencia, era, estaban convencidos, porque lo deseaba. Todo, le seguía diciendo, tenía un sentido. Todavía no sabía qué era lo que le había llevado de nuevo hasta su lugar de origen, pero estaba seguro que era por algo. El acontecer de los días, de los años quizá, se lo diría.

Bertol Schulz, después de varias horas de charla, se dio cuenta de que jamás la conseguiría. Pero era una persona que realmente amaba el arte y se ofreció al anciano para ayudarle a realizar una vitrina donde exponerla y, al mismo tiempo, salvaguardarla de cosas poco previsibles, como el propio tiempo, las ratas o una fuga de agua. En esto el artesano aceptó agradecido. Encargó a uno de sus hijos que acompañara al extranjero en cada momento que dedicara a la alfombra y le dio dinero para hacer las compras necesarias.

Varios días después llegaron unos operarios con listones de forja que montaron cuidadosamente sobre los montones de alfombras. Era ensamblar y atornillar. Un herrero los había cortado, soldado y pintado de negro, según el dibujo y medidas que le había proporcionado el señor Schulz. Cuando la gran caja estuvo montada, descolgaron la alfombra y la colocaron dentro. Sujetaron su cuerpo con una cinta suave, sin presionar los hilos, en la parte superior para garantizar que no se deslizara por la inclinación. Colocaron el cristal a modo de tapadera de la caja. Quedó perfectamente encajado y sellado.

A instancias del alemán, cambiaron la ubicación de su exposición. El hombre aconsejó no colgarla. Tarde o temprano su cuerpo se deformaría por el propio peso, incluso podría llegar a desgarrarse. Propuso hacer una fina estructura metálica para apoyar la caja. Quedaría horizontal, como una mesa baja de té. Como sabía que la idea gustaría al anciano, ya había hecho la estructura. Mandó traerla a los mismos operarios. El tejedor rió con la ocurrencia y atrevimiento del extranjero. Colocaron el armazón en medio de la tienda. Entre cuatro hombres pusieron la fina caja de forja encima, con la vieja alfombra dentro. Todos la miraban con orgullo. Bertol Schulz sabía que le había salvado de una muerte segura. El anciano y sus hijos la seguían teniendo a pesar de las fuertes tentaciones económicas.

Dentro de su caja protectora, la alfombra recibía la mirada de los hombres sonrientes. De repente, notó el peso de los años como la gruesa losa de un sepulcro. A través de la pared de vidrio vio nuevas caras que se asomaban a observarla. La señalaban con los dedos indicando alguna parte de su cuerpo a la persona que tenían al lado. Le gustaba, como siempre le había gustado, que la miraran y la admiraran pero, cuando parecía que iba a recibir una caricia, los dedos se aplastaban en esa pared invisible. Veía como su color rosado se volvía blanco hasta que lo despegaban de allí. Se dio cuenta entonces de que jamás volvería a sentir el calor humano, el tacto de su piel, de sus cuerpos. Ya no acariciarían sus hilos de seda. Ya no tendría la magnífica sensación de ser querida. Tampoco podría dar refugio, calor o fuerzas a sus dueños. Pero creyó que no le importaba. Ahora se dejaba contemplar, cansada, tranquila, segura detrás un cristal.

www.ingramcontent.com/pod-product-compliance
Lightning Source LLC
Chambersburg PA
CBHW070500030726
47503CB00004B/1111
* 9 7 8 8 4 6 1 6 8 5 8 5 1 *